当代中国文学书库

# 吴樯归梦

边 庭 ◎ 著

中国文联出版社

**图书在版编目（CIP）数据**

吴樯归梦 / 赵立敏著 . -- 北京：中国文联出版社，
2022.7

ISBN 978 - 7 - 5190 - 4908 - 9

Ⅰ.①吴… Ⅱ.①赵… Ⅲ.①长篇历史小说—中国—
当代 Ⅳ.①I247.5

中国版本图书馆 CIP 数据核字（2022）第 140931 号

| | | |
|---|---|---|
| 著　　者 | 边　庭 | |
| 责任编辑 | 胡　笋 | |
| 责任校对 | 周建云　李　晶 | |
| 装帧设计 | 中联华文 | |

| | | | |
|---|---|---|---|
| 出版发行 | 中国文联出版社 | | |
| 地　　址 | 北京市朝阳区农展馆南里 10 号 | 邮编 | 100125 |
| 电　　话 | 010 - 85923025（发行部） | 85923091（总编室） | |
| 经　　销 | 全国新华书店等 | | |
| 印　　刷 | 三河市华东印刷有限公司 | | |

| | |
|---|---|
| 开　　本 | 710×1000　　1/16 |
| 印　　张 | 16 |
| 字　　数 | 238 千字 |
| 版　　次 | 2023 年 1 月第 1 版第 1 次印刷 |
| 定　　价 | 75.00 元 |

# 人物关系列表

核心人物：江子游、吴炼澄、胡烈。故事围绕三个人的友谊和各自的命运与遭际而展开。

| 核心人物 | 事迹 |
| --- | --- |
| 吴炼澄 | 大哥。徽商，与吴中帮关系密切，讲义气，痛恨官府。吴中帮被剿灭后，被官府捉住，最终被判绞刑。 |
| 江子游 | 老二。老翰林江凤鸣之子，向往自由，却被父亲所逼考取功名。因跳河被吴炼澄所救，遂成好友，又结识胡烈，三人号称"江南三友"，一道游山玩水，度过了快乐的青年时光。吴炼澄与胡烈起争执时，他多次从中斡旋。科举高中后，为东安道县令，官场甚不得意，后衣锦还乡，对大哥和三弟的友谊始终如一，也保持了知识分子的初心。 |
| 胡烈 | 三弟。贫寒之士，一边读书，一边卖字、算命，急切渴望改变命运，投靠官府后，渐渐蜕变。先投靠汤县令，汤县令被革职流放后，又投靠了任县令，帮助任县令剿灭吴中帮，间接害死大哥吴炼澄，官运一路亨通，却离二人越来越远。 |

| 其他人物 | 事迹 |
| --- | --- |
| 江凤鸣 | 江子游父亲，老翰林，一直希望江子游能够考取功名，而江子游则一心想要摆脱父亲的约束。父子之间的矛盾愈演愈烈。 |
| 大娘 | 江子游的生母，自从江凤鸣娶了二娘后，遂信佛，很少管闲事。 |
| 二娘 | 江子游父亲江凤鸣的二房，性格泼辣，视江子游如眼中钉，处处针锋相对。 |

| 其他人物 | 事迹 |
|---|---|
| 沈霜儿 | 与江子游、吴炼澄等人是挚友，也是江子游一生爱慕的女子，乖巧伶俐，最终嫁给了胡烈。 |
| 沈南风 | 沈霜儿的父亲，碧溪小林的主人，当年徽商的班头，后隐居。 |
| 周玉凤 | 周令史女儿，大家闺秀，后嫁给了江子游。 |
| 胡老爹、胡北峰 | 胡烈的父亲、兄弟，一个是酒鬼，一个是赌鬼。胡烈这样的家境让他迫切追求功名，以图改变命运。 |
| 夏老爹、夏婶子 | 胡烈的邻居，多次照拂胡烈，后来胡烈帮助夏老爹的儿子夏开甲逃脱了官府追捕。 |
| 陆元贞 | 吴炼澄生意上的伙伴，被吴炼澄一手带出来，吴炼澄死后，接管了吴炼澄的生意，最后与衣锦还乡的江子游在青衣江相会，并告知了吴炼澄遇害之事。 |
| 乌老大 | 吴中帮会老大，与吴炼澄交好，最终被胡烈带领的官兵剿灭。 |
| 汤县令 | 前任县令，北宋改革派人物，因改革派失势而流放。 |
| 任县令 | 现任县令，提携胡烈，剿灭吴中帮。吴炼澄最终死于他之手。 |

# 一

屋外茫茫一片，江子游坐在窗前，看着窗外漫天的飞雪发呆。他记得昨天还晴空万里，不知什么时候忽然就下起这么一场好雪来了。一片片漫天飞舞的雪花，像极了鸡鸣湖畔被风刮起的柳絮，纷纷扬扬，散落一地。平日里闹腾腾的大院，忽然变得安静了，静得几乎可以听到雪花落地的声音。他正准备偷偷推开书房的门去后院赏雪，忽然见到管家江安穿着一件宝蓝缎袍子，从院子里飞跑进来，老远就大声喊道："中了！少爷，中了！"

江子游诧异地问："中什么了？看你跑得满头满脸的臭汗！"

江安抹掉额头上的汗珠，咧开露出两排黄牙的大嘴直笑。

"不得了！是少爷高中了！朝廷派了两位专员过来，正在村口歇着哩。家里老爷、大太太、二太太和二公子一早就赶了过去，县太爷领着一班人也在那里候着了，连宗师也亲自去了，只等少爷您了。"

须臾，就听到几匹马在门口打着响鼻。江安叫道："一定是接送的人到了！"说完便把早已准备好的红绸子挂在江子游的脖子上，牵着他的手，扶上马。等候在门口的两班吹打手便一齐唱起来。江安在前面一路散花，一班人跟着大吹大擂，迤逦往村口方向而去。霎时惊动了整个南风坡，村民们纷纷跑出来看，只见江子游被众人前呼后拥，好不威风！

到了村口，江子游远远便看见朝廷派来的沈学道，绯袍锦带，站在临时搭建的卷棚子下。本县汤县令则穿一身光鲜的绿袍小心地陪在一旁。后面站着又高又瘦的师爷，手上拿着一面锣，见江子游骑着马来了，便用力一敲。伴随着一声震天的锣响，那师爷大声叫道："状元爷到！"众人便不约而同地让开一条道来。只见在沈学道的右手边，分明站着江子游的父亲，平素严厉，不苟言笑，现今却攥着手，神态可掬。县里平时难得一会的周举人、张乡绅、金学士等一班大人也都到齐了，站在沈学道后面，一个个都踮起脚跟，伸长脖子，眼巴巴地望着路口。

江子游从路口转出来，下马，先向学道参拜，又向汤县令等官员行过大礼，正要向父亲江凤鸣跪拜，却被父亲一把搀住。旁边师爷见了，忙叫下人："快拿酒来！"

学道接过酒，亲自奉上，说："请状元郎吃了这杯喜酒！"江子游接了酒，一饮而尽。汤县令又拿起一杯酒奉过来，说："请状元郎吃了这第二杯喜酒！"他庄重地接了，又一饮而尽。等到接第三杯酒的时候，江子游忽然觉得有些好笑，平日汤县令、周举人这些人一个个耀武扬威，从不正眼瞧他一眼，此刻却一个个毕恭毕敬。他又瞅瞅父亲，只见江父激动得两颊泛出潮红，眼神有些迷离，双手也止不住颤抖起来。江子游不无得意地想："老江啊老江，这回你儿子终于给你争了一口气，当着这么多大人的面，你脸上总算是有光了，我看你今后还要说什么！"等吃完了喜酒，师爷又敲起了锣，干着嗓子叫道："请状元郎暂回驿馆休息，待会儿将有衙门的大轿来接状元郎回府衙。晚膳正在准备之中，衙门里安排了青草堂的戏班子，请各位大人先行启程，回衙看戏等候！"两班吹鼓手又唱了起来。江子游坐在高头大马上，后面学道、县令坐在两顶暖轿里，其他人则一路跟着。走了一会儿，江子游觉得那红绸子勒得太紧了，脖子被勒得很不舒服，他想解开，可那绸子打的是死结，怎么也解不开。江子游便有些不耐烦了，叫道："江安，你替我把这带子松一松。"

叫了一遍，没人应答，他又叫："江安，你在哪？快松一松我脖子上的带子，我被勒得快喘不过气来了！"连着叫了数遍，都没有人应答。江子游就有些焦躁，挥起鞭子朝马屁股狠狠抽去，骂了一句："我打你这不听话的老不死江安！"那马儿性子也烈，不提防受了这一惊，两只蹶子往后一蹬，嘶叫一声，狂奔起来，眼看江子游被跌得七上八下，就要从马背上滚落下去，惊得后面的人面如土色，齐声叫道："不好了！不好了！状元爷要掉下马了！"

众人正乱着，只见江安气喘吁吁地从人群后面跑了出来。

"少爷！"

"少爷!"

……

"少爷,你还睡哩!快起来,日头都已经晒到头顶了!"江子游迷迷糊糊地睁开了双眼,朦胧中江安正使劲掇着他的衣襟摇晃。

"你跑哪儿去了?"他生气地看着一脸茫然的江安。

"我一直在院子里,哪也没去呀!"

"我不是中了个状元回来了?沈学道和汤县令他们都散了吗?"说完,江子游又抹了抹脖子,除了抹着一手的冷汗,脖子上并没有缠什么红绸带子。

"什么状元?"江安呵呵地笑道,"少爷一定是在做白日梦,想状元想疯了!今年的乡试尚未开考,少爷才进了一个学,就想起状元来了?"

"既然少爷梦见了状元,这便是一个吉兆,说不定今年的大比,少爷少不得要中个状元回来哩!"

江子游醒过神来,方知那只是南柯一梦,自觉有些不好意思,见外面有白洋洋的光晃眼,问道:"外面下大雪了吗?"

"这才刚刚入秋,哪里来的雪?"

江子游站起身,走上前去,推开窗。后院空荡荡的,一片雪影儿都没有,只有高墙外一棵黄葛树的叶子开始变黄了,飘下两片半卷的枯叶,吹在了他的头顶上,他被清秋的气息冲得打了一个喷嚏。又转过头问:"江安,现在几时了?"

"已过了辰时,老爷要我叫你去客厅,今天金学士一早过来,带了几幅字画送给老爷,因那字画隐含了五子登科的意思,寓意很好,老爷看了喜欢得不得了,叫你也去挑一幅,好挂在你书房正墙上替你发发兆。"

江安说完便下去了,江子游忽然想起什么来,叫住他:"慢着,你不要把我刚才在这儿打瞌睡的事告诉老爷,免得他又开始唠叨个没完。"

江安听了,禁不住叹了口气,同情地说:"少爷,你尽管放一百个心,我会守口如瓶的。呔!咱家老爷也真是,什么都好,就是对少爷管教得太严了些。不过话说回来,这还不是因为老爷一心希望少爷考个功名回来!"

江安这话说得一点也没错。说起来，江家在这南风坡也是世代簪缨的名门望族了。江子游的高祖曾做过朝廷的御史，祖父袭荫，做到了江宁的按察使。父亲江凤鸣虽然没有做到上一辈那样的高官，但到底也是一个翰林编修，本应前程无量，奈何人到中年，一日在跑马场与朋友赛马时摔了跤，扭到了脚，自此落了脚疾，一遇冷天就疼痛难耐。偏偏京城一年到头有五六个月严寒，故此不得不提前致仕，在老家吴中的南风坡高塘口买了一块地，建起了一栋六进六出的房子，又陆续购置了上百亩田产，做起了一名乡绅，日子过得倒也快活，只是功名之心未死，壮志未酬，心里总不免留着些许遗憾。于是，一心希望儿子将来考个功名，重新光耀门楣，才不至于丢了列祖列宗的脸。家里二公子江子钧尚且年幼，前两年才开蒙，急不得。惟有大公子江子游不久前进了学，新赚了一顶头巾，这光耀门楣的大任，自然就落到了江子游的身上。江凤鸣殷殷期盼，拳拳之心，全指望着大儿子在今年的乡试上拔个头筹回来，进而参加会试，再接着参加殿试。

为了大公子的学业，江凤鸣可没少操心。原来江子游在前厅左边的厢房用功，江凤鸣嫌那里人来人往，太吵，影响儿子学习，于是叫工匠专门在后院辟出一块地方，修了一座雅致的书房，美其名曰"沉潜斋"。又怕儿子偷偷出去跟着那些破浪弟子厮混，便在后院围了一堵高墙，把书房通往前边的廊坊堵死了，只留一个角门，专门给江子游端水送饭。自此，这座高雅别致的书房，成了后院的一座孤岛，变得死寂一般荒凉、沉静。江老爷子自以为儿子从此可以在书房内心无旁骛地用功，却不想儿子因此倍感苦恼。在江子游看来，这样读书，还比不上坐牢舒服呢！

就算真的坐牢，倒也罢了，最让江子游受不了的还是父亲江凤鸣摔断了那把他心爱的楸木雕花古琴，那成了他心里永远也无法抚平的一道伤疤。在没有进学之前，江子游自诩为吴中赫赫有名的风流才子，琴棋书画，无般不晓，笃好弹琴。结交了几个梨园弟子，终日游山玩水，聚在一处，笙歌燕舞，放浪不羁。惹得吴中正儿八经的读书人暗地讥笑，宗师听说，更是不屑，常说："我听说江凤鸣也曾做过编修，出自诗书簪缨之族，他家的公子何故自甘堕落？专与一班伶人为伍，吴中的好子弟们，不要学他！"

一日，江子游知会了几个梨园兄弟，在吴中鸡鸣湖上泛舟，见云霞倒影在水中，连接天际，波光荡漾，风景甚好。内中一位叫阮四郎的开口说道："如此美景，岂能无乐？我们这帮风流子弟，正好弹奏一曲，方不负这天光云影，也让游湖的旅客见识见识咱们的手段！"众人都拍掌叫好，于是取出瑶琴、古筝、小阮、竹笛，一起吹弹起来。不一时，惹得飞鸟驻足，渔船流连，那些在鸡鸣湖上泛舟的游人仕女，一个个听得如痴似醉，纷纷喝起彩来。这帮子弟也十分得意，弹了一曲又一曲，还不尽兴，又相约一起去三观桥边的胜集楼吃酒，直闹到三更方散。那时，江子游已喝得酩酊大醉，踉踉跄跄地回了家，一个童子拿着瑶琴，紧随其后。原来，那一日，二太太也去了鸡鸣湖上泛舟，远远地望见那锦船船尾上坐着的人分明是她家大公子，正和一帮浮浪子弟在那儿抚琴奏乐呢，看在心里，回来时便对江凤鸣说了，又添油加醋说："子游不学好，终日与一帮不三不四的破浪子弟厮混在一起，昨日在月牙滩吃醉了撒酒疯，把人家围在鱼塘上的竹篾子扯破了，放走了塘里几十斤大青鱼。今日又在鸡鸣湖弹琴唱曲，做出许多怪模样来，却不幸被前来泛舟的沈学道看见，沈大人问是哪家的弟子，如此放荡，听说是江家的，就摇着头去了。子游这样不顾体面，胡作非为，把江家的颜面都丢尽了，成个什么体统！"

那江凤鸣听到儿子败坏家风，连沈大人都知道了，顿时火冒三丈，怒不可遏："你咋不早说？"

二娘道："还早说呢？很早以前我就说过多少回了，你心疼你宝贝儿子，哪里听得进我半个字！"

江凤鸣骂道："等他回来，看我不好好教训他一顿！"

于是，气得连饭也懒得进了，茶也懒得吃了，坐在一把朱红官帽椅上干瞪着眼。等了大约两个时辰，江子游还没回家，又等到用完晚膳，还是没回。叫人去寻，小厮去了半日，回来说鸡鸣湖上除了几条打鱼的船之外，哪里有公子的影儿？但凡茶楼酒肆都找了，小城里跑了个遍，也没找到公子。

大太太不安地劝说："老爷去睡吧，他也老大不小了，到时自会回来。"

江凤鸣一怒，把茶往大太太脸上一泼，骂道："看看你生的好孽种！"

大太太哭着回了厢房。江凤鸣仍然怒气未消，又等到三更。终于看到江子游醉醺醺地回来了。

据说，那一晚江家的楼房在冷夜里一连打了几个寒颤，南风坡的居民听到几声凄惨的哀嚎，把附近熟睡的小孩也惊醒了，吓得大哭不止。第二天，二太太笑着对贴身丫鬟说："昨夜的惨叫你们都听到了吧？"

"听到了，那是大少爷的叫声吗？天哪！"现在回想起来，丫鬟依然心有余悸。

"是的，恰似杀猪一般，这祸种平素目中无人，为所欲为惯了，从不把咱俩放在眼里，如今好了，遭了报应，这都是他咎由自取。"二太太媚笑着，说道，"今儿总算出了一口恶气！"

从那一夜开始，江子游的心便死了。他的心死，倒不是因为江凤鸣打了他几个耳光。说实话，那几个耳光甩在他的脸上，顶多就像被虫子蜇了一下，痛一痛就过了。他心死是因为父亲的雷霆一怒，把他心爱的那把楸木雕花古琴摔成了两段。那可是他最心爱的一把古琴呵，那琴为前代有名的乐师所斫，上面刻了他的名字，是任何琴都不能及的。

没了这把古琴，他的心便似已灰之木，对生活没有了指望。他不再与那帮梨园子弟知会，一天到晚只待在书房里，懒懒地哪儿也不想去。表面上看，他父亲让他读什么书，他就读什么书，让他去考个功名，他就去考个功名，可是他的心思早就在昏昏沉沉的遐思中遨游千里，在想象的绚烂云彩中消失得不知所踪。也就是这一年开春，江凤鸣领着他，在宗师面前好言好语，终于让他进了一个学。见到儿子已经变好，况已进学，前途似乎一片光明，江凤鸣忍不住窃喜，心里暗暗祈祷："既然子游进了学，就是一个好的开端，但愿他早日考个功名回来，显宗扬名，了却为父的一片心愿，我江凤鸣这一生也就再无遗憾了。"其实江凤鸣哪里知道，儿子的变好，不过是装出来的，是以心死换来的表面顺从。

# 二

这已经是第三个教书先生了。前面两个先生不是被江子游气跑，就是被他羞辱。前面那两个先生一气之下跑到江凤鸣面前告状说："令公子才气过人，举一反三，老朽已倾囊相授，再没什么好教的了，也教不了这样的学生，我看老爷还是另请高明吧。"

江凤鸣知道先生说的是反话，只得好言相劝。内心狐疑，又单独叫来江安盘问："少爷这一阵可曾认真读书？"

"怎么没认真读书？少爷读书不知疲倦，就像走火入魔了一般，常常读至三更半夜，仍不肯去睡。就是昨天小的晚上从乡下收完租子回来，看见少爷书房的灯还亮着哩！"

"你去叫少爷过来，我要当面考考他，看看他是不是真读进去了。"

须臾，江子游来到他父亲的房间，目光呆滞，沉默无言，一副心不在焉的样子。

"我儿，最近读书累吗？"江凤鸣关切地问道。

"倒也不累。"

"听江安说你最近用功颇深，那些书应该都记得滚瓜烂熟了，你且把《中庸》背给我听一听？"

江子游便很快把《中庸》背了出来且一字不差。

江凤鸣又问，"《诗》云：'瞻彼淇澳，菉竹猗猗。有斐君子，如切如磋，如琢如磨；瑟兮僴兮，赫兮喧兮；有斐君子，终不可諠兮。'你试解一解这句话的意思看看？"

江子游只略微想了一想，便说出自己的见解来，说得又快又好，入木三分。江凤鸣捻着胡须，心中窃喜，暗道："莫不是我错怪了子游？还是先头两位先生真的已经江郎才尽？看来下一次还得再去哪里请一位鸿儒来家讨教才行。"

自然，江子游的天赋是极佳的。平日里他沉默寡言，把自己隐藏得很深，没人知道他在想什么。表面上看，他一门心思全部扑在读书上面，可是他的志向全然不在此。刚来的第三位先生很快就发现江子游天资不凡，可读书时老容易走神。他对江子游说，我读一句，你跟着读一句，不要停下。江子游便摇头晃脑地跟着读起来。

"我徂东山，慆慆不归；我来自东，零雨其濛。"

"我徂东山，慆慆不归；我来自东，零雨其濛。"

……

"衡门之下，可以栖迟。泌之洋洋，可以乐饥。"

"衡门之下，可以栖迟。泌之洋洋，可以乐饥。"

……

读了一会儿，江子游的声音越来越小了，两只眼又望着窗外出神。先生看见，放下书，一声不响走过去，哐当一把推开窗门，往外环视一周，问道："院子里到底有什么好东西？让我也瞅一瞅。我见你一双贼眉鼠眼，一直盯着窗外瞧个不停！"只见那院子里光秃秃的，只有一株芭蕉树，一株歪脖子黄葛树，在风中相依，叶子瑟瑟地抖着，其余什么也没有，满目一片荒凉。先生关上窗，过了一会儿，先生又让江子游背诵先前读的一大股文字，江子游最讨厌的就是这些空洞无物的时文了，没想到这回他竟一字不漏地背了出来。先生领首，又让他读应举的经文，读了一会，江子游打了一个哈欠，又盯着窗外出神了半天，先生终于没忍住，大发雷霆，拍打着桌子叫道："江子游！江子游！"

"噢，在，夫子。"

"我说你这脑袋瓜子里成天在想什么？是外面有金子，还是有佳人？让你那两只眼老是盯着外面！"

见江子游低着头，老先生又训斥道："你看自古有几个人是不用功就能考取功名的？你纵有天赋，也不能如此骄傲自矜。似这样下去，今年乡试，莫说高中魁元了，只要能不丢你父亲的老脸，就属万幸！"

江子游不耐烦了，见老先生在耳边像只嗡嗡叫的苍蝇一样唠叨个没完，便蓦地站起来，涨红着面皮说："老师！你只道读书只是为了功名一途吗？"

"你不考功名，那读书做甚？"

"人生一世，草木一秋，只看他能不能过得快意自在！譬如这读书，只要能消得心中块垒，就足矣。至于功名之事，终不过缧绁之苦。若为功名而读书，就如在美酒中溺了一泡尿，让琼浆玉液变得酸臭难闻，这样岂不有污圣贤文字，让圣人真正蒙羞！"

"你这是歪理邪说！"

"夫子！我看你才是执迷不悟！你来这里教书，也不过为锱铢计较，若是你自己发过，又岂会沦落到这个地步肯来教书？就如我父亲，自己做官不得意，就想他儿子做官得意。可他是他，我是我，他的志向，凭什么要我去完成？如今，老师肯涎下脸皮，来这里教书，除了为了那几个孔方兄外，也为收一个得意门生，继你未竟的功名之志，一则证明你才学不差，二则光大师门，这与我父亲的做法有什么两样？难道我说的不对吗？"

这话正好戳到了老不及第的夫子的心痛之处，那先生顿时便急了，气得血气直往上翻涌，面皮涨得通红，半天说不出一句话来，只好悻悻地跑到江凤鸣那儿告状去了。

晚上，江安送宵夜到书房，看见江子游还伏在书案上，无精打采，哈欠连天。江安从食盒中摆出莲子羹、银丝鲊、鸡尖肉，说道："少爷，你犯不着又惹老夫子生气！今日老夫子在老爷面前告你的状哩，说你不听教，还出言不逊，闹着要辞了馆，坐船回扬州去。被老爷好说歹说，才肯再留几日看看。"

江子游不以为意地说："他留几日也是白留，还不如坐了船，径直回扬州痛快一些！"

"你还好说哩，上回那两个夫子被你气得不辞而别，老爷没少责骂你。这一回，老爷断不会轻饶了你！"

"江安，你是不知道，这些夫子满嘴都是些陈词滥调，就像一只蚊子成日在耳边飞来飞去，聒噪不停。他们一个个只会掉书袋，至于案台上那几本册子，我早已烂熟在心，读来读去，也没什么意思！"

那江安听了嘻嘻地笑着。

"江安，你笑我做什么？"江子游觉得这笑有些古怪。

江安说："就知道少爷天赋过人，架子上这些书怎能解你的馋？小的不才，今日在江盛大街地摊上花二钱银子买了两本奇书，猜少爷一定会喜欢！"

江子游顿时来了兴趣，好奇道："是什么书？快拿来我看看。"

江安连忙从怀里掏出两本封皮上都沾满了油渍且皱皱巴巴的书来，一本叫《清梦记》，另一本叫《玉娇奴》，都是不得意的无名人氏写的才子佳人书。打开一看，里面尽是成段成段露骨的淫词艳语，江子游却如获至宝，连夜宵也顾不及吃，津津有味地品读起来。

自此之后，江子游经常托江安让小厮胡秀儿去江盛街路边摊买才子佳人书读。那胡秀儿哪里知道这些书也有正经与不正经，入流和不入流之分，他以为天底下只要是书，便是学问；但凡读书，便是一等好事。他还不无得意地对下人们说："你们看看，自从少爷收下我送的书后，是真的用心在读书了！"

自然，江子游因为侮辱了老夫子，又没少被江凤鸣责骂。不过这种责骂无论多么严厉，对江子游都不算什么了。反而，这令江子游尝到了一丝复仇的快感。平日，他对父亲又怕又恨，父亲越是震怒，他越是在日益加深的恐惧中舐到一丝难以言状的愉悦。

他读着那些所谓才子佳人的小书，被书中的故事打动，他倒不是羡慕那些凄美的或者无奈的爱情，也不是沉迷于那露骨淫荡的场面，而是羡慕一群痴男怨女对自由的追求，这让他不禁生出一种同是天涯沦落人的感慨。晚上，他挑起青灯，打开那本《沉香亭》，因为南风坡书摊上所有的才子佳人书都被他读完了，这一本还是前天江安托一位朋友从金华带过来的。他细细地读了起来，完全忘记了时间。读到三更时，他伸了一个懒腰，没想到这时江凤鸣忽然走了进来，把他吓了一跳，连忙把书藏在桌子底下，一只手颤颤地捺住书皮，一动都不敢动。

江凤鸣说道："我儿，你连日读书，辛苦了，我让你娘亲自炖了参汤，你喝一盅。"

他没想到这么晚了，江凤鸣还端了参汤送了过来。不过，他并不领情。说不定这只是父亲的幌子，目的是要监视他。神色紧张的他一动不动地端坐在书桌前，用手紧紧压住那本《沉香亭》。

"你哪里不舒服吗？"

"没有……"江子游露出惶恐不安的神色，"不过……也可能是读书读累了。"

江凤鸣似乎也觉得儿子最近对自己十分冷淡，他心里很清楚，儿子还在为那日摔断那把楸木雕花古琴而耿耿于怀呢！他咳了咳，挺直身子，带着一丝难以察觉的歉意，把参汤放在江子游身旁，看见书案上摆着一部《三经新义》，便指着问道："这经义上的文字，你都铭记在心了？"

见江子游不说话，又说："像你爹年轻时，无论经义，还是策论，做出的文章都是理真法老，花团锦簇。或摹物，或论言，都是有板有眼，有骨有血。文章做得好不好，还得看道理真不真，这道理，总不出名教之外，说来说去，不外乎孔夫子的三纲五常。"

江子游道："一代有一代的文风，一时有一时的道理，再说爹也老了，恐怕写出的文章，已不是我们这一代人能够读的。"

江凤鸣不服气，说道："你以为你爹果真老了吗？哼！龙头属老成，我看文章也还是越老成越好呢！"

说不了几句，因话不投机，江凤鸣也自觉无趣，就挺着腰板儿走了出去。江子游终于松了一口气，理了理两鬓的头发，再看看手心，捏出了一把汗，而那本《沉香亭》，因他用力过猛，连封皮都被压皱了。

# 三

江子游以为能够躲过父亲的耳目，却忘了提防家里还有一个隐伏窥伺的二娘。在江子游看来，二娘在这个家就如同鬼魅一般，她的一颦一笑、一举一动，无不绵里藏针。她的影响力无处不在，让他不寒而栗，防不胜防。

一日，江子游正在书房内打着小盹，小弟江子钧突然闯了进来。偌大的江家宅院，能够真正说上几句知心话的，也许就只有这个比他小十一岁的弟弟了。子钧虽小，却十分懂事，虽是二娘所生，却一点也不随二娘的性子。二娘经常在江凤鸣面前说江子游的坏话，而子钧却经常为哥哥说好话。有一次，江老爷因为江子游不认真读书，大发雷霆，二娘在一旁添油加醋，说了不少风凉话。这位小少爷，却乖觉地走到父亲面前，拉拉他宽大的衣裳，分辩道："爹，你不要生大哥的气了，大哥之所以不用心，是因为那些书，大哥早就烂熟于心了。"

知道哥哥被关在后院书房里用功，也知道哥哥心爱的瑶琴被爹爹摔断了，子钧十分担心他。他趁爹和娘去隔壁乔员外家吃满月酒时，偷偷从他娘的楠木描金漆柜里偷了一个精致的果盒，一径跑到哥哥的书房，安慰道："哥哥，看我给你带来了什么？"

江子钧忙打开果盒，掏出一颗蜜饯果脯，剥开外层红绿相间的糖纸，送到哥哥的手上说："这是韩大户家六姐送给我娘庆生的果盒，你吃一颗，可甜着呢！"

江子游接过来，说道："你偷你娘藏的东西，她知道了，定要讨一顿打！"

江子钧嘻嘻地笑道："我娘疼我，舍不得打我哩。"

江子游说："这果子最适合拿来下酒了！"

"我就去拿酒来！"话未落音，江子钧一溜烟跑出去了。只片刻工夫，就抱着一瓶桂花酒跑了回来。

江子游诧异地问："你这么快从哪里拿来的酒？"

"咱爹房间里偷来的。"

"你不怕被爹发现？"

"他们都去乔员外家吃酒去了。"

江子游取出茶台上的小瓷碗，把酒斟了两杯。江子钧尚小，不吃酒，只吃了几块果脯，江子游让他尝尝桂花酒的滋味，骗他说这是王母娘娘蟠桃会上的琼浆玉液，江子钧吃了一小口，又甜又涩，忙吐出舌头，用小手一个劲扇着嘴巴。江子游大笑，便把那瓶桂花酿吃了一半，剩下一半退回给江子钧，说道："你还把这瓶酒放回原处。免得被爹发现，讨打！"

江子钧问："哥哥，你每天在书房读书，一点也不累吗？"

江子游苦笑道："怎的不累？与心的累相比，身体上这点累又算得了什么！你以为我愿意像个犯人一样，整天被关在这囚笼里面读这些无聊透顶的书？"

"心累是怎样一种累呢？"

江子游叹口气，摇着手说："你小孩子家，不懂这些。"

"听咱爹说哥哥你已经改过自新，立志读圣人书，近日用功颇勤，大娘也是这般说，江安也是这般说，可我娘却说江山易改，本性难移，说你骗得了大家，却独独骗不了她。"

"你娘倒看得真。"江子游笑着说。

江子钧问："十月初十日，县太爷要在南风坡的高奇岭上摆戏台，还请了章山人说书，听说那山大人只拿着两片梨花简，面前摆一面小鼓，就能把书说得天昏地暗，鬼哭神嚎，哥哥，你说这山大人真有这样的本事？"

"还惊天地泣鬼神呢，这牛皮吹上天的话你也信？"

"那哥哥会一起去听吗？"

"只要初十日老夫子不出题为难我做，我就去。"

两人一边吃着果脯，一边攀谈着，很快一盒子果脯就被吃了个精光。

江子钧又问他哥最近读什么书，顺手拿起一部《论语》看了看，忽然看到《论语》下面还压着一本书，封皮上画着一个正在簪花的衣着暴露的仕女。

江子钧问："咦，《沉香亭》？这是什么书？"

江子游连忙抢过来，说："这也是历代选家精选的三科乡会的墨程。"支吾了一阵，总算含混过去，也就罢了。

过了一会儿，便听到管家江安在门外叫停轿的声音，知道老爷和太太们吃喜酒已经回来，那江子钧连忙奔回自己的房间，拿起一本《弟子规》，一顿摇头晃脑地读了起来。

几天过去了，喝掉了半瓶的桂花酒还搁在江凤鸣房间内，吃得干干净净的果盒也没有被二太太发现。然而，有一日，江凤鸣趁江子游没在时进书房，忽然看到书桌下面那本《沉香亭》，打开一看，尽是些淫词艳语。江凤鸣终于知道江子游一直在糊弄他，顿时气得发昏，狂怒道："孽子！孽子！不好好读四书五经，不好好读时文策论，却去读这些不堪之书，要这样的人有什么用！"

二太太帮腔说："我就说嘛！你每天见他书房内灯火亮到三更，你只道他在读书！天知道他读的什么书？他躲在书房里，还不知道每天干的什么勾当呢！"

大太太说："子游怕是读书读得太累了，才看看那些闲书消遣消遣！"

二太太说："耶乐，大娘，你也别只一味护短。谁不知道，自从老爷摔了他那把破琴，他见谁都是乌眼鸡一般，恨不得把我们这些没瓜葛的人一个个都生吞活剥进肚去！他要是肯认真读书，问心无愧，为何经常把自己反锁在书房内，不肯出来见人？前面两个先生被他气跑了，第三个先生也被他气出一场病来，难道也是假的不成？下人说谎，难道夫子也会说谎？大娘，我也是为了子游好，他若不好好读书，姑且不说能否高中，却不白白浪费了咱们老爷的一片良苦用心！"

被二太太这么七说八说，又被她一力撺掇，江凤鸣更加怒不可遏。

二娘继续说道："老爷还只是翻出这本《沉香亭》来，指不定他还藏了其他什么东西呢！"经这么一提醒，江凤鸣又跑进江子游的书房，命人把被褥、柜子、书案、板凳都翻了一个底朝天，结果翻出几十本才子佳人书，什么《阑干亭》《玉娇奴》《冷霜花》《长亭短》《杏楼春》……全是花花绿绿的封皮，里面都是男男女女的图像，江凤鸣怒极了，一把火，把它们全部烧成了灰烬。

烧掉了心爱的书，江子游对父亲的恨意也就越来越深了。这一回，他没有像上次摔断瑶琴那样发出哀嚎，看着那些被烧成灰烬的书，只是发出两声干巴巴的冷笑，那怪异的冷笑，恰好被他父亲看见，让江凤鸣忍不住打了一个寒噤。

四

一连几天，江子游都懒得去理睬自己的弟弟江子钧。他断定他读《沉香亭》这些闲书就是他弟弟告发的。因为，除了他那日发现了《沉香亭》，还会有谁呢？这些书是江安弄来的，所以，江安不可能去告发。虽然江子钧努力辩解，拒不承认，也无法改变江子游的看法。再说，俗话讲，"有其母必有其子"，有那样尖酸刻薄的二娘，调教出来的儿子又能好到哪里去呢，他早应该有所警觉的！江子游失望透顶，倒不是因为那些书被烧了而失望，而是连自己最知心的朋友——不，是兄弟，也背叛了自己。他本对"兄弟"二字满怀敬意，以为兄弟其实是这寂寥而凶险的人生中最后的慰藉了，如今却倍感无奈。"兄弟，兄弟，咳！这世上哪有为你真正掏心掏肺的好兄弟呢？你看看那些书上兄弟阋墙的故事还少吗？连亲兄弟都靠不住，更何况那些不是亲兄弟的兄弟，就更不用说了！"他发出呓语一般的惨叫。在这个世界上，他感觉已经找不到一个可以值得交心的知己了，一种孤独无助感像毒液一样直钻他的心底。他想这样活着还有什么意思呢？倒不如干脆一死了之才叫痛快呢。

十月初十日，汤县令为庆祝他家老太太寿辰，果然在高奇岭摆了一个大戏台子，请了章山人说书压轴，又送帖子专门请了江老爷、张乡绅、金学士、周令史、刘太公等南风坡一众有头有脸的人物去看戏。大太太、二太太和江子钧也跟着去了。这一天，老夫子倒是没有出题为难江子游，反倒特别开恩，准了他一天假。江子游不想跟家人一起去看戏，而是偷偷跑到鸡鸣湖，一个人呆呆地看着波澜不惊的湖面，任由从江心吹来的冷风拍打在脸上。他看着湖对面泊着一条渔船，船舱里的灯光忽明忽暗。此刻周围静悄悄的，一弯月牙儿隐在薄云之中，时隐时现。湖水拍打着岸边的石头，发出野兽磨牙般"嘶嘶"低沉的声响。水中几只鹈鹕，随着浪头一起一伏，惊慌失措地扑打着羽翅。江子游想着这一个月来的遭遇，心情沮丧，就像鸡鸣湖的水一样冰凉。父亲的不解人意，二娘的刻薄尖酸，加之兄弟的背叛，让他对这个家心灰意冷。他似乎听到远远的湖心深处有个声音在召唤，好像有一股神秘的力量在牵引他。他站在岸上，捶胸顿足，自言自语地说："江子游啊江子游，你看看你自己，过的都是什么日子！你还不如水上这些野鸟过得快活呢！它们虽然在风浪中沉浮，随时都有被大浪吞噬的危险，可它们也体会到了与自然融为一体的快乐，至少他们的身心都是自由的！为了这自由带来的片刻欢愉，就是葬身江河鱼腹也是值得的！"他就这样自怨自艾了一回，又情不自禁叹道："罢，罢，我这一生身不由己，常被逼着去干自己不喜欢的事，这样的日子，我也活得腻了，与其这样苟活着，还不如一死了之痛快！"他开始"嘤嘤"地哭泣起来，就像个迷途的孩子一样，哭得很伤心。他脱掉鞋袜，正准备跳下河，一死了之。忽然，旁边芦苇地里闪出一道光，一个坐在湖岸垂钓的男子，点起一根火折子，映出高高的额角，浓浓的眉毛。只见那人披着蓑衣，拿着钓竿，走过来，开腔说："年轻人，你在岸上兀自唠叨什么呢？你看你看，全怪你，把我的鱼儿都吓跑了！"

想到自己就要投河去死，这个人见死不救也就罢了，却还在担心鱼儿会跑掉！一股无名火顿时在胸口高高蹿起来，江子游忍不住骂道："我就吓跑了你的鱼，你想怎样？难道我的命还不如你的鱼金贵？"

那人笑道："你连自己的命都不肯要了，何谈什么金不金贵？"

见江子游不说话，那人又十分平淡地补充道："你既然不要你的命，那么你的命也就一文不值了。"

"大不了我用自己的命来抵，总抵得过你的鱼吧！"

"你这个无理取闹之人，我平白要你的命干什么？"

那钓鱼的中年人摇着头，连忙收起钓竿和鱼篓，像躲"瘟神"一般，远远地挪了一个地方。

江子游大笑起来，索性唱起了歌，那歌声开始低沉，进而激越。他边唱边走到岸边礁石上，停住，大叫了一声，似乎发泄了心中的块垒。过了一会，一切都变得沉寂了，可就在这沉寂中忽然听见"扑通"一响，原来是他一头扎进了湖里。那时候，湖边的水尚浅，刚刚没过他的小腿，他从水里爬起来，又一面唱着歌，一面朝着湖心慢慢地走去。才在湖里蹚了四五步，湖水就已经没过他的腰杆，很快就没过他的胸口了。

一旁钓鱼的人以为他只是一时的气话、疯话，没想到他真的跳湖了。那钓者听见"扑通"跳水的声音，叫了一声"呵呀！"连忙丢下手中的钓竿，狂奔过来，觑着较近的地方，往水里一扎，直往湖心游去。那时，月光冷冷地融在湖面上，让湖面泛起一层黯淡凄冷的白光。眼看湖水已经没过江子游的头顶了，只有那五色裹头巾还飘浮在水上，一旁冒着水泡。多亏这飘着的头巾，救了江子游一命！那钓鱼的人在湖里摸索了一阵，忽然看见浮着的头巾，急忙游过去，提起头巾，一把捞出江子游，抱住他就往岸边游去。

当江子游睁开双眼的时候，发现自己躺在柔软的沙滩上。旁边生起了一团篝火，把他烘得暖暖的。一阵烤鱼的香气和松枝燃烧的香味钻进他的鼻孔，冲散了他嘴中那一股腥臭的泥沙味。

"你醒了？"是那个垂钓者在说话，他正在用力拧干湿漉漉的衣服。

"我以为你在说气话，好家伙，没想到你还真跳了！"

江子游苦笑了一笑，吐了一口水，呻吟道："你为什么救我？"

"我可不想用你的命来换我的鱼。"

说着，那人便把衣服晾在搭起的木架子上，顺手从地上拣起一支松木棍子，穿起烤好的鱼，尝了一口，吧唧着嘴，说："香！"

那人把烤鱼递给江子游。

"哎，尝一口！"

江子游满怀戒心，没有接他的鱼。

"怎么？怕我问你要钱？"

江子游觉得好笑，忍不住看了那人一眼。这一回，他终于看清了这人的面庞。这个钓鱼的人，似乎与平素那些戴着斗笠在鸡鸣湖岸垂钓的老人很不一样。这个人很年轻，三十五六岁，身材魁梧，两眼炯炯有神，面带红光，眉宇间却又夹杂着一股斯文气，又有一股侠气，看上去不像是一个钓鱼的，也不像是吴中一带读书人的模样。

那人又把手一伸，问他要不要吃鱼。这一次，江子游犹豫不决地把鱼接了，才吃一口，那鱼的香气便沁入五脏六腑，让他疲惫不堪的身子霎时恢复了生机。加之早已饥肠辘辘，便不管那么多，大快朵颐起来。

那人紧接着拿起另一条烤好的鱼，一边吃着，一边问："年轻人，有什么想不开的，干吗非要跳河呢？你在岸上说的那些话，俺都听见了，也不过为一些鸡毛蒜皮的小事，连这都看不开，还算什么堂堂男子汉？"

江子游冷笑了一声："你说得倒轻巧！"

"能读书是多少人求都求不来的福气，哪有什么痛苦？"那人哈哈大笑起来，重新穿起鞋袜和衣服，又打量了江子游一眼，问道："你姓什么？这天色晚了，我看你身上的衣服一时半会儿也干不掉，我送你回去如何？"

见江子游不说话，知道他还怀着戒心，那人便主动自我介绍道："在下吴炼澄，是徽州来的客商，来吴中看望我的堂舅，听说这鸡鸣湖的鱼儿又肥又美，今日难得有这分闲情，特意趁空过来钓鱼，却偏巧遇着你这货色，被你这个不要命的家伙败了我的雅兴！"

说罢又是爽朗一笑，见江子游不言语，便问："你既不愿回去，跟我一起去月明楼吃杯酒怎么样？"

江子游不愿回家，倒是很愿意去月明楼吃几杯酒。干脆尽情一醉，也许什么苦恼都抛在脑后了。不知为什么，他对眼前这个叫吴炼澄的家伙感到好奇。他先前还抱着一死了之的念头，奇怪的是，现在就连这种念头也没有了。

# 五

自从那一天起，江子游和吴炼澄便成了朋友。

在月明楼，他们挑了一副靠窗的干净座头，叫了一盘酱牛肉、一碟驴子肉、一碟银丝鲊、一碟海蜇，温了一壶姚子雪曲，一直吃到深更半夜，两人吃得酩酊大醉。趁着酒气，江子游向吴炼澄倾诉内心的苦闷，抱怨自己的父亲，感叹毫无意义的生活。吴炼澄耐心倾听，深表同情，还时不时地点一点头，最后握着他的手说："兄弟，日后你跟了我，我带你游山玩水，饶你什么苦闷，准一扫而光！"那一刻，江子游连日郁结的心情才渐渐畅然，也不再兴起自寻短见的念头了。

那时，汤县令的戏台已经连着唱了三个时辰，几个州府的戏子，唱了一回韩熙载夜宴，又唱了一回三郎招亲，接着唱了一段目连救母。最后是那个压轴的章山人走上台来说书，只见他弹着小阮，清了清嗓门，开口便是一段关羽温酒斩华雄的故事，说得余音绕梁，让人拍案叫绝。江凤鸣和大太太、二太太、二公子坐着轿子回来时，仍在津津有味地谈论那位说书的章山人。回到家里，江安接轿，江凤鸣问道："子游他还没有睡？"

江安应道："少爷房间的灯还亮着，敢情此刻正在用功呢！"

二太太冷笑着说："你看到他房间灯亮着就说他在用功？反正家里的灯油不要钱，你们这一回别又被他糊弄了！"

江凤鸣说："我去书房看看子游。"

进了书房，哪里有江子游的半个影儿？只见那盏油灯里面的油都快燃尽了，书案上的书码得整整齐齐，中间搁着一封书信，用端正的楷书赫然写了十二个大字："孩儿累矣，今当永诀，再勿挂念！"

江凤鸣看罢，慌了，身子顿时就瘫软在地上，心里生出一种不祥的预感。家里人议论纷纷，像没头的苍蝇一样，不知所措。大太太看了子游的绝命书，更是吓得当即昏厥倒地，被参汤灌醒后，拿着一方手帕不停地抹着眼泪。

还是江安老道，怀疑说："不对呀！白天我见少爷还好端端的，问下人要鲜鱼汤喝，还一个人在院里唱着小曲儿，不像是要轻生的模样，也许少爷只是想吓唬吓唬大家，未必会当真。"

"他年纪也不小了，可心智怎么还像个三岁小孩一样。"二娘发出轻蔑的嗤声。

江凤鸣说道："上个月摔了他的琴，昨天又烧了他的书，只怕他这一次是认真的！"

连忙叫下人四处寻找。不一时，家里所有人都出动了，打着火把、灯笼，叫着少爷的名号，分头去衙门、城楼、水月街、鸡鸣湖，青衣江、司前巷、锦绣园……几乎每一个地方都寻遍了，就是没有看见江子游的身影。正当家人空手而归的时候，只见一个浓眉大眼的壮汉，背着醉得不省人事的江子游回到江府。江凤鸣连忙叫家人把江子游扶到榻上，大松一口气，双手合十，说："谢天谢地，幸亏只是喝醉了酒，还好没出什么事！"正要问那壮汉的姓名，好当面酬谢，抬头看时，那位壮汉已不知什么时候离开了。

自从江子游那日留下一封遗书说要自寻短见后，江凤鸣着实被吓得不轻，他万万没想到儿子会做出这样疯狂的举动！这时，江安也趁机劝江凤鸣："还好这次没事，不过少爷做出这样的举动，算是给咱们敲了一回警钟，我看老爷再不能这样一天到晚逼着少爷读书了！要是少爷真干出什么傻事来，那就悔之晚矣！"江凤鸣听了默然无语，稍稍有些醒悟。二娘不以为意，对江凤鸣说："耶乐，你听江安胡诌？你儿子留了一封遗书，就把你吓成这样，要是他以后动不动就拿轻生相威胁，你就跪在他面前？他要天上的星星你也去摘？你若摘不到他就真的轻生？你不因此好好教训他，还这样由着他，被他牵着鼻子走，我看你以后要怎么管他！"江凤鸣听了，又觉得二娘的话颇有些道理。

第二日，江子游酒醒起来，头还隐隐作痛。不过，昨晚的情景历历在目。他被吴炼澄救起后，两人一起去月明楼吃酒，吃光了一壶姚子雪曲，又吃光了一壶齐云清露，还嫌不够，又叫了一瓶金华酒。吴炼澄对他说起各地的人情风物，他则在吴炼澄面前诉说自己的苦恼。两人一边吃一边聊，谈到尽兴处，不免纵声大笑。他们一直吃到酒店打烊，那场酒着实吃得痛快！现在想起来，书本上所谓的快意人生，也不过如此而已！

# 六

自从那场遗书风波后，江凤鸣怕江子游一时看不开，所以，还是稍稍放松了对他的拘管。江子游暗自庆幸，他就像一只飞出樊笼的云雀，经常跑出去找吴炼澄吃酒。两人还一起游鸡鸣湖，攀云母山，爬古城楼，喝天子泉。可是每到黄昏，当钟楼上的钟敲响第三下，吴炼澄就向江子游拱手告辞。两个人在未明桥头告别，穿过三生牌，绕三眼井，一个返回他堂舅的家，一个则回到自己的"沉潜斋"书房继续读书。有一回，江子游吃了酒，余兴未减，想邀吴炼澄一起去看青衣江的夜景，说那夜景在一晚的凉风中显得特别妖娆，非要去看看不可。但见天色已晚，吴炼澄推辞道："还是下次再陪贤弟一道游青衣江吧，因我那堂舅抱恙在身，每晚需要汤药伺候，我得早些回去，照顾他老人家。"

"你堂舅一个人在家里？"

"倒是有两三个下人在家使唤，可都笨手笨脚，邋里邋遢，我不放心。"

"你堂舅家住哪里？容日定去探望。"

"就住在仙姬胡同南门口，卖北货的陈记铺子对面，一排橡木房子中间独有一栋青砖瓦房红槅子门儿的便是。我如今寄住在我堂舅家中，借他后院的两间空房做仓库，堆放丝麻绢布。等忙完了这一阵子，少不得也要去寻几间房子，搬出去住。"

吴炼澄辞别了江子游，径直跑去轩明桥头的陈生老药铺，拣了几副草药，回到他堂舅家里，一声不响倒掉药罐里面原有的药渣，换上新拣的药，生起一个火炉子，开始煎药。他堂舅躺在床上，听到外面厨房里传来窸窸窣窣的响动，想要坐起来，叫道："是谁在外面弄得"哗啦"一阵响？"

吴炼澄回答说："是我，舅父，你快别动，老实躺下罢。"

他堂舅见吴炼澄如此殷勤，很是过意不去，说道："托人捎信把你从徽州叫过来，本意是要你来吴中游玩散心的，却带累你来服侍我，心里过意不去。你明儿还是回徽州去吧，我在这里有下人服侍，你别把在徽州的生意丢了。"

"徽州铺子自有傅伙计看着呢，丢不了的！你那些下人一个个呆头呆脑，毛手毛脚，晓得什么？我还是不回去了，专门在这里侍奉舅舅。再说，我也结识了几个吴中一带的客商，常约着一起下江贩丝，这里的人情风物也被我慢慢摸透了八九分，一应关节也被我打通得差不多了。难得的是外甥最近交到一个知心朋友，常常一起吃酒，流连山水，倒也自在。"

他堂舅问："你那位朋友是谁？不妨请他来家中做客。"

"我这位朋友是衣冠中人物，风流才子，叫作江子游，现住在南风坡高塘口。他也说要来探望舅舅，既得舅舅允许，容日我在家中备个薄筵，请他来吃酒。"

他堂舅又说："也罢，我仓库里还有二十担丝，本来要发往北方去卖，奈何我一病不起，你下回去贩丝时，一总帮我发脱了吧，卖丝得来的钱全部归你做本钱！"

吴炼澄说："不妨，我这几日叫条船儿去发脱了便是，卖丝得来的钱，外甥分文不取，全部奉还给舅舅养老。"

说罢，把煎好的药倒进一个小瓷碗里，扶起他舅舅，吹着凉气，一口一口地喂进嘴里。

他堂舅喝了药，又要去如厕，他扶着进了茅房。他堂舅怕他嫌茅房臭，说自己扶着墙壁就可以了，意思不肯要他帮忙。他硬是不肯，弯着身子，一直扶着等打完恭，又背他堂舅到床上，盖好被褥。过后，又回到院子里，在月色下，扎马步，打木桩，打熬筋骨，兼学古人长啸，抒发胸中意气，宛如一名侠士。

第二天，住在邮亭街的帮闲陆元贞来找他，那陆元贞一进来就开门见山地说："眼下有一笔富贵，只需动一动手，抬一抬脚，就唾手可得，不取白不取。"

"是什么富贵？"

陆元贞说："昨日我桐庐的兄弟去州府找当值的郭排军吃酒，打听到州府宋大尹发下一道公文，着令本县府汤老爷限期采办太湖石，十日之内便要运往扬州，再由扬州发往东京。我今日特意早早赶来，就是想请大哥出面，接下这单生意，共享富贵荣华。倘若迟了，被别人抢了先去，恐怕到嘴的鸭子就飞了。"

吴炼澄说："俗话说，'不入这一行，不吃这碗饭'。我们是贩丝的，跟太湖石有什么关系？"

陆元贞笑道："大哥，我们纵然不做太湖石的生意，但那太湖石总要大船来运吧，如今官府愁的是哪里去找那样的大船？我知道大哥常年贩丝，认得极多船家，我们拉几条空船帮官府运石头，单这船费的利润都是贩丝的好几倍哩！"

吴炼澄听了，断然回绝："我的船从来只做清白生意，让我帮那个狗官汤县令运太湖石，想都别想！"

陆元贞说："可官府的买卖不也是买卖？而且，官府的买卖还是一桩大买卖，给的又都是成色十足的官银！大哥若不接，倒便宜别人接了去！"

"那就让别人去接好了！别说一个汤县令，就连州府大尹，我都没放在眼里！这些狗官们，平日搜刮民脂民膏还不嫌够，如今见朝廷兴起收藏什么奇石，就又变着法儿来祸国殃民了！"

"世道如此，我们也只好随波逐流，我劝大哥还是圆融一些罢！"

"你眼红要去接这笔生意，你一个人去，别拉上我！"吴炼澄开始有些不耐烦起来，一双冒火的眼睛狠狠地瞪了陆元贞一眼，瞪得陆元贞缩头缩手，再不敢有半句言语了。

吴炼澄又拉着陆元贞的手说："你是去做你的春秋富贵大梦呢？还是与我一起去吃一杯水酒呢？"见陆元贞沉默了，又说："你不愿与我去吃酒，便不算是我的兄弟！"

二话不说，硬拉着陆元贞去了月明楼，叫了一壶清若空，一盘牛肉，一碟干笋，开怀畅饮起来。

陆元贞吃着酒，仍然郁郁不乐，感觉快到手的富贵就这样白白让它溜走了，忍不住叹息。

一杯酒下肚，陆元贞开始抱怨起来："哥哥，你看别人做客，只要有银子赚，哪管是官府的生意还是民间的生意？你倒好，做生意还有这么多穷讲究，官府的买卖偏不肯做。这还不止哩，你做客就做客好了，没见你专门与那些酸秀才待在一起！把白花花的银子花在他们身上，倒用那些秀才的规矩来管束我们生意上的事，这些书呆子，只合捧着孔夫子的书念几句之乎者也，至于生意上的事情，他们懂得什么？"

"他们都是斯文人！不像我们这般粗鲁。"吴炼澄不动声色地笑着，撮了一把花生米，像弹珠子一样往嘴里送。

正吃得带劲，忽然楼下一阵乱糟糟的响动，一个年纪二十来岁穿长袍的人慌慌张张地跑进月明楼，老远就在叫喊："哪位是吴大官人？我有急事请吴大官人帮忙！"

酒倌儿问："这里有两位吴大官人，是楼上阁楼内吃酒的那位吴公子？还是楼下包厢里面坐着的那位吴老爷？"

那人道："我也不知哪位吴大官人？他多大年纪？反正是从徽州来的大官人！"说完三步并作一步，先去楼下包厢里一顿乱觑，看看不是，又爬到楼上，见到吴炼澄，估摸着不差了，便"扑通"一下跪在地上，说道："请吴大官人救救我父亲性命！"说完泣不成声，又说一遍："请吴大官人一定要救救我父亲性命！"

吴炼澄放下酒杯说："你先起来说，是什么事？"

那人道："小的蒋兴，与我父亲走熟广东做客贩丝，今日到了吴中，不想被这一带贩丝的帮会扣了我们的船只，说是我们不合在他们的地盘上把丝卖给岸上的绸缎铺，连小的父亲也被扣在船舱不放出来，限小的五日内拿五百两银子去交换，才肯行船放人。小的一时哪里去筹措这么多银子？听这里贩丝的客商说大官人也曾在徽州贩丝，人多路广，且帮会里的人都认识，所以才一径跑来求大官人帮忙！"

吴炼澄说："谁说我认识吴中帮会的人？我也是初来乍到，人生地不熟。若是在徽州地盘，还好说话。"

那个叫蒋兴的人顿时就急了，哭丧着脸说："所有商客都说这事惟有大官人才帮得上忙，若大官人不肯帮，就再没有人可以帮忙了！"

吴炼澄听了此言，沉吟半晌，说道："罢，罢，见你救父心切，必是个孝子。我就去帮会走一遭，三天之后，你还到这里来，等我的消息。"

那人听了，千恩万谢，说："若能救小的父亲出来，小人情愿把那一船丝拿一半出来孝敬大官人。"

吴炼澄连忙制止道："你这人，我要你的丝做甚？你先不要谢我，能不能帮得成还不好说哩！"

吴炼澄让那人先回去等候，约定三日之后再到这月明楼讨音信。

等蒋兴走后，陆元贞说："大哥，像采办太湖石这样躺着发财的捷径你不走，却偏要去帮别人蹚这一趟浑水？我听说吴中帮会里的人个个都是杀人不眨眼的强盗，你这一去，不是去闯龙潭，捋虎须？"

"没办法，既然答应了人家，就是杀人魔窟，也得去闯一闯。"吴炼澄放声笑起来。

说完，连酒也不吃了，结了账，像一阵风一样地走了出去，丢下陆元贞一个人在那儿兀自摇头叹气，提心吊胆。

吴炼澄先去集市上买了一把牛尖刀，插在小腿上的绑腿带里，又去找陈二，要了一条青缎子绑了头发，雇了他家一条小舢板。陈二问他要去干什么，他不耐烦，高声说："你管那么多做甚？你要借便借，我自有用处。"说罢，跳上舢板。陈二忙追上去道："吴大哥，这小舢板载不得重物，要用长杆撑，仔细，仔细！"吴炼澄嫌他啰嗦，焦躁道："你咕唧啥？知道了！"一人摇着橹，一径来到青衣江芦苇荡。

原来，整条青衣江就属这芦苇荡水域最为复杂了。这里港汊极多，路径纵横交错，水中大大小小的岛屿星罗棋布，湖上芦苇足有一丈多高，绵延五六里长。若是那不识路的过往船只，误入港汊，不是迷路，就是触礁。吴中帮占据着这般水势，在水上横行无忌，就连官府都拿它没有办法。

那时，正好是晌午时分，太阳照得湖面发出刺眼的白光。一阵风吹过，几百亩的芦苇像海浪一样高低起伏，发出一阵阵呜呜瑟瑟的响声。吴炼澄叫了一个熟悉芦苇荡水域的渔民带路，绕过密密匝匝的芦苇地，再转过一个葫芦形的小岛。狭窄的水面豁然开朗起来，又行了三四里，见河中心一小岛，小岛边停泊着几条大船，船上生起一缕炊烟，想必船上的人此刻正在做午饭吧。见到一条舢板迎面驶过来，船上的人立刻警觉起来，几个水手在船上又跳又叫。一个穿着亚麻布短缀、扎着红头巾的水手从船舱里抄出一把马刀，对着吴炼澄挥舞起来。发白的波光，映射着白色的刀刃，亮堂堂地照着那个人的大麻脸，只见那大麻脸一只脚跨在船舷上，冲着吴炼澄大喊："你是谁？哪里的？快报上名来！"

吴炼澄不慌不忙，站在舢板上，作了一个揖，说道："在下是徽州贩丝的客商，叫吴炼澄，想见一见你们乌老大！"

"你找我们老大有什么事吗？"

"正有要事相商，烦请小哥引见！"

说完，那人进去通报了。不一会儿，另一个人走出来，牵着缆绳把小舢板拉过来。吴炼澄跳上了大船，被搜了身后，进入船舱，里面一个穿紫袍的人说："你只身来找我们乌老大？你不怕死？"

吴炼澄哈哈大笑起来，说道："我要是怕死，就不来了。"

那人上下打量了吴炼澄一番，说："我们乌老大岂是你这种人可以见的？"

"他左右也是一个人，与你我一样，我见他有话要说。"

那人与旁边一个穿褐袍的人小声商量了一会儿，说道："乌老大在大寨，我带你去见他。"

　　于是，那个穿紫袍的人引着吴炼澄上了一条小船，让一个穿直缀的水手划桨，只一盏茶的工夫，便来到一座大岛上。那穿紫袍的人叫喽啰先把船泊在一个小湾里，自己跳上岛，跟岛上巡逻的大汉耳语了几句，那大汉急忙开了木栅门，又转身朝远处塔楼上的守卫依次挥舞玄色、黄色、赤色三面令旗，须臾，三道闸门陆续打开。穿紫袍的人引着吴炼澄依次而过，最后他们来到一座大寨。进入寨子，只见四个中年男子正围着一张方桌席地而坐，吃酒吃得正酣。看见吴炼澄进来，就都放下碗筷，凶巴巴地盯着他看。

　　坐在北面的男子，身材微胖，须髯如戟，两眼炯炯有神，这就是吴中帮乌老大乌程青了。对坐的叫作范三爷，眼角一块红斑，是吴中帮的二头领。其余胖的一个叫金二爷，瘦的一个绰号叫"飞天猴"。乌程青首先开了腔，说："你就是徽州的吴炼澄？你找我有什么事？"

　　吴炼澄开门见山道："我来是想请乌老大做一个人情，我有一位叫作蒋兴的朋友，昨日运了一船丝要去广东做客，不小心误入了宝地，还请乌老大海涵，放了他爷儿俩，让他们开了船过去。"

　　那乌程青黑着脸："吴炼澄！你也是徽州贩丝的熟客了，是常在这道上走的人，应该知道我们道上的规矩。他不在规定的时间内凑齐五百两银子，休想叫我开船放人！"

　　吴炼澄说："呀，这就难办了，这蒋兴小官人初来乍到，他爷儿俩手头本来就紧，好不容易租了一条船，佘了一船丝去贩，本指望贩了丝赚几个钱，好回老家盖房子，娶媳妇。你让他一时半会儿去哪里筹措这五百两银子？我看不如这样，我现在吴中的堂舅家还有二十担丝，我去出脱了，得了钱替那蒋兴还给你怎么样？"

　　"那蒋兴是你什么人？需要你替他还？"

　　"我和他萍水相逢。"

　　"你既与他非亲非故，为什么要打脸充胖子替他兜揽这事儿？"

"也不为别的，只是我们都是走南闯北的客商，同病相怜，他如今有难，我帮他，也不算什么。"

那乌程青见吴炼澄是一个讲义气的。原来帮会中人，以"义"立足，各处寨门上都挂着"义薄云天"的金字牌匾，最看重的莫过于一个"义"字。那乌老大想了想，又与其他三位吃酒的兄弟商量了一会儿，片刻之后，站起来堆起笑说："我们帮会贩丝，那徽州地盘上也去过不下一二十回，早就听闻有一个叫吴炼澄的商客最好周济他人，今日一见，名不虚传！既然你肯仗义相助，我们也不难为他。只是帮上的兄弟，不好交代。这样吧，你让那蒋兴筹措一百两银子，买几坛好酒，亲自来赔礼，我们就开船放人，怎么样？"

吴炼澄说："既是如此，我让那蒋兴照办便是。只是这一百两银子还须四处筹措，请乌老大再宽限两日。"

"就按你说的再宽限两日！"

吴炼澄拱手相谢了。那乌老大见他答应得如此爽快，满心欢喜，请吴炼澄坐下来一起吃酒。吩咐船上的厨役端上新烹的羊头、牛肉和鲜鱼汤，热气腾腾地摆了一桌。吴炼澄也不推辞，坐下来，与帮上的人大碗吃酒，大口吃肉，吃得尽兴而回。

吴炼澄回到自己的下处，向他堂舅禀明事情的经过。他堂舅说："你要周济那蒋小官人，是好事。我庄子上次与几位老邻一起兑钱造桥、修塔，还余有四十两银子，你先拿去应急。"

吴炼澄说："暂借舅舅这四十两，我那里还有六十两，正好凑齐一百两。明日我写封书寄回徽州老家，托傅伙计捎银子过来，还了舅舅。"

他堂舅摆了摆手："不妨事。"

吴炼澄取了银子，约了蒋兴在月明楼见了面，把事情的来龙去脉都说了，那蒋兴感恩不尽，朝吴炼澄一连磕了三个响头，说道："恩人肯亲入虎穴，已是让小的全家感激涕零，如何敢再要恩人的银子？这银子无论如何都不能要的！"

吴炼澄说："救人须救彻，我不给你银子，你哪来这一百两银子给人家？"

这是实话，那蒋兴在此地举目无亲，所有值钱的东西又都扣留在船上，别说一百两了，就是二十两也筹措不出。见吴炼澄说得真切在理，只得接了银子，感激涕零地说："等小的和家父贩了这船丝，赚了钱，一定还恩公这一百两银子。"当即一连磕了几个响头，两人就在月明楼买了几坛好酒，当日搭着乌篷船，来到芦苇荡大寨。那乌程青见吴炼澄带着蒋兴来了，果然不曾失信，也就落得做个人情，亲自领着他们去开船放人。

原来，蒋兴运丝的那船白日里就泊在青衣江芦苇丛中，高高的芦苇把船只藏得严严实实，密不透风。一个帮会的水手，披着绿蓑衣，戴着旧巾帻，拿着一把牛尖刀守在船上。蒋兴的老父亲就在那船舱里面，一日三餐都有人送来，只是受了一些惊吓，并不曾受半点儿皮肉之苦。有了乌老大的钧命，父子俩当即被放出来了，俩人见了面抱头大哭，又是对吴炼澄感恩戴德，又是哆哆嗦嗦地向乌老大叩头谢罪，然后急急运着那一船丝，慌不择路，一径奔往广东去了。

# 七

回到家里，已是中午时分。吹了一早上的河风，吴炼澄觉得头有些犯困，于是，他从堂舅的房间里拿出一只宜兴的紫砂壶，跑到后院山脚下取来洁净的山泉水，煨了一壶常州商客送的金坛雀舌。独自坐在后院门槛上，一边吃着茶，一边饶有兴致地看着院子中的枯枝败叶。

刚好一杯茶下肚，下人引着一个人来见他，吴炼澄放下白瓷茶盏儿，疾步入厅，一见是江子游，十分诧异，连忙迎上去说："兄弟，你怎的来了？"

江子游道："哥哥，你这几日去了哪里？小弟寻遍了月明楼、积香寺、鸡栖楼这些你常去的地方，都不见踪影。想起哥哥先前说就住在仙姬胡同第二间青砖红瓦房里，因太想念哥哥，便不请自来！"

吴炼澄请他入座，说："只为生意上一宗事，耽搁了几天。兄弟来得好，正要略治一樽，请小弟光临寒舍，作竟日之欢。"

说罢两人哈哈大笑。吴炼澄忙去后面拿出两只青花荷叶茶盏，就在耳房边阁楼上放桌儿，又叫下人去准备筵席，再荡两壶木樨荷花酒过来。

江子游说先不急用茶，且去房间里看了吴炼澄的堂舅，问了安，说了一些祝早日康复、好好休养之类的话。又掏出一包辽东红参，这原是他父亲托走关东的朋友送给江子游补身子的，他拿来送给吴炼澄堂舅做见面礼。过后，两人才移步至阁子，吃茶。吴炼澄嫌阁楼逼仄，又嫌茶味清淡，叫下人撤去茶汤，去后园放桌儿吃酒。他堂舅听说江子游就是那位吴炼澄新结交的朋友，便殷勤地留他在庄上用午膳。吴炼澄见好兄弟登门造访，更加抖擞起精神，又是亲自去庄子附近一口水塘内捞鱼，又是去菜园子里采摘时新青菜，忙得个不亦乐乎。听说隔壁高嫂做得一手好菜，专门叫人去请高嫂掌厨，不一会儿，几样荤蔬做好，用精美的白瓷盘端来，甚是可口。

两人一边喝着木樨荷花酒，一边聊着吴中一带的新闻。江子游说道："像哥哥这样的豪杰，做侠客才做的事情，过神仙才过的生活，无拘无束，真是让小弟钦羡不已。再看看小弟，终日被家父拘管着读书，以博取功名为业，过得身不由己，连个囚犯都不如。小弟自思，哥哥的品行是小弟仰慕的，哥哥那样的生活是小弟向往的，自今以后，小弟也打算效法哥哥，丢掉书本，追随哥哥一起游荡江湖，去干一番扶危济贫的大事业，不知哥哥意下如何？愿不愿意带挈小弟一起？"

吴炼澄笑道："兄弟此言差矣！你哥只是一个粗鄙汉子，干出来的事从来上不得台面，写不进丹青，终究被人不齿。不像兄弟读圣贤书，为圣为贤，被后世景仰。像我这样在风浪里颠簸来去，何时是一个归宿？窃以为，我做的这些，终不是个长久之计，兄弟怎么能学我呢？"

不一会儿，高嫂又捧出鲜味可口的鱼汤，炸得金黄的豆腐，一碟红白相间的爆炒鸡丁，一盘油烧得滋滋响的铁板韭菜。吴炼澄的堂舅忽然想起来，说他庄子的第三间小屋内还藏了十年未开封的一大坛花雕酒，可以拿出来招待贵客。这下吴炼澄的兴致就更高了，拍着手说："好，好，趁着子游在这里，我们干脆就在这院子中间弄一个开封仪式，请家人和邻里上下都来尝一尝这坛十年的老酒！"说罢亲自去小屋里寻出那一坛花雕，又叫高嫂去多备几样小菜，遍邀了邻里，逢人便说："今日我家里来了一位贵客，开封了一坛好酒，也请诸位高邻到后院赏光坐一坐。一则尝尝这陈酒的滋味，二则赏一赏这园中的秋色。"如此盛情，邻里就都来了，见到江子游，都夸赞他温文尔雅，年少有为。听说江子游最近忙于举业，又都说他指日就要高中，一看就是状元的福相，说得江子游心中倒有一些不好意思。

这场酒一直吃到黄昏，几个人被那坛花雕和陈年老酿熏得朦胧如一片星月。秋日里的一抹晚霞，正好映照在院子前的石墩上。萧萧落下的树叶，铺在后院的琉璃瓦上，被一阵风卷起来，仿佛是一些在空中飘浮不定的音符。那时，江子游也有七八分醉了，见天色已晚，跟跄着要告辞回去。吴炼澄请他今晚就睡在庄上，江子游不肯，说家父还等着他，要看他昨晚做的一股文章，若回去晚了，恐怕挨骂。吴炼澄坚持送他，一直送过七里巷才转回来。

江子游醉醺醺地回到家中，见到他父亲江凤鸣正板着一副面孔，坐在高堂上，一言不发，显然已经在那里等候多时了。

江子游怯怯地入了厅堂，向父亲请了安。江凤鸣抱怨了几句，问他干什么去了。

"孩儿去仙姬胡同拜访俺大哥吴炼澄去了，在他那里吃了酒才回来。"

他父亲看到他吃酒吃得满脸通红，更加不悦。

"你又什么时候认了大哥？"

江子游打着酒嗝说："俺这位大哥，不是别人，正是当日救我性命，还背着我回来的那位大恩人哩！"

江凤鸣说："他救了你的命，我们自当重重地感谢他便是。可是，你成日跟那种人厮混在一起，我怕你要被他带坏！"

江子游摇着头笑道："怎么会？俺大哥是吴中十二路堂堂英雄豪杰，

我跟着他，学好还差不多，咋会学坏？"

"哼！你别以为我不知道那个吴炼澄是什么样的货色？"江凤鸣站起来，那脸色已经变得越来越难看，"早在一年前，我就听过他的大名！那时他为了跟淮阳贩丝的客商争一船货，打掉了淮阳客商三颗牙，又大闹公堂。我还听说他经常与帮会的人厮混在一起，仗着帮会撑腰，除了贩丝，还顺带走私茶叶、海盐去东阳贩卖，专干一些违法的勾当！他一张嘴更是毫无遮拦，如利剑一般，从州府的长官到县里的老父台，一路缙绅贵胄，都被他骂了个遍。莫说他做的那些事，单凭他那张嘴，也迟早要闯下弥天大祸！"

江子游寻思，这一定是父亲为了让他不与大哥来往，才危言耸听，编出这般故事来的。他自觉好笑，也懒得再听父亲一味唠叨，扯了一个慌，说要回"沉潜斋"继续温书。正要进屋，江凤鸣叫住他："上次让你抄的《劝农十策》都会背了吗？"

"会背了。"

"你文章也写好了？"

"都写好了。"

"你去拿给我看。"

江子游踉踉跄跄来到书房，拿出早上写的一篇时文。江凤鸣看了，皱着眉，那文字写得倒还清雅，理却不得其正，专谈些风花雪月，儿女情长。江凤鸣骂道："你写的这都是些什么乱七八糟的东西！如今天子重文章，你却偏讲汉唐，论风月，恁地不伦不类，如何能高中！"又狠狠地说了一通，江子游忍气吞声，挨了一顿训，悻悻回到书房，拿起一本《礼记注疏》，还没看一行字，下午喝的酒就涌了上来，他吐了一口酒气，索性把书一扔，趴在书桌上，沉沉地睡去了。

# 八

　　在睡梦里，他划着一只小木筏子，溯江而上。他坐在筏子的一头，吴炼澄就坐在另一头，两人一道唱着吴地的渔歌。他们就那样忘情地唱着歌，唱了一首又一首。那重重的山、重重的水和重重的影，在他们的歌声中次第穿过，在他们的笑声中显得风情万种。那些从他们身边游过的鱼儿和野鸭，被他们的歌声吸引住了，懒洋洋地舒展着尾巴，或伸长脖子，也跟着引颈高歌。旁边游船经过，几个穿戴艳丽的仕女从船坞里面伸出头来，朝他们嘻嘻地笑着，这些仕女的环佩在风中叮当作响，仿佛在为他们的歌声伴奏。可是，他们完全没有注意到这些游客，他们就那样沉醉在自己的歌声里，下扬州，穿巴山，过天门，把一切烦恼都抛在脑后。与这第二个梦境比起来，他做的第一个梦则显得单调而又陈旧得多了。在第一个梦中，他终于如愿以偿，不，应该是如他父亲所愿，高中了一个状元回来。他戴着红绸缎子，骑着高头大马，在村口的卷棚内接过沈学道递来的喜酒，而汤县令、钱师爷、金学士、张乡绅等一干人站在夹道旁纷纷向他道喜。在这第一个梦中，他的父亲既谦卑又自豪地站在他的身边，他终于让父亲刮目相看。他仔细比较着第一个梦和第二梦的不同，发现第一个梦是一个旧梦，尽管他已经做了很多次这样的梦了，尽管他已经不胜其烦了，可是他依然摆脱不了这个旧梦的纠缠。至于第二个梦，是一个全新的梦，在那梦中，没有了父亲，没有了沈学道，没有了汤县令……只有他和吴炼澄，以及一些朦朦胧胧的山川水泊，还有几只可爱的小动物。在那个梦中，他感受到一种美妙无比的自由和畅意。其实，他还做了第三个梦，在梦中他依稀看到一个美丽的情影，穿着一袭轻柔的白色纱裙，宛若山峦上的云彩。可是，这个梦毕竟太模糊了，他还没来得及抓住她，还没来得及看清楚那个美丽的情影到底是谁，就被江安摇醒了。

"少爷，少爷……"江安不停地摇着他的肩膀，一如上一次做梦的那个初秋的早上。

"江安，我怎么又睡着了？"江子游醒过来，揉了揉通红的眼睛说，"你呀，总是在最关键的时刻打断我的清梦。"

"少爷又在做什么梦？"

"我在梦里看见了一个人的背影。"

"那个人是谁？"

江子游笑而不答。

"唉！老远就闻到你身上那一股子酒味，看来你喝得真不少！"江安也笑了笑，用竹篾子挑了挑桌子上的灯芯，让那盏灯变得更亮了，他又说道："你以前老是感叹自己没有朋友，孤零零一个，看来，你如今终于找到自己的知己了，那个人，真是一个值得信赖的人吗？"

"你说的是哪个人？"

"少爷何必装糊涂！就是那个救过你并背着你回来，还经常拉你一道去外面吃酒的那个人。"

江子游知道江安是指与他称兄道弟的吴炼澄。不错，江子游早已把他当成是自己的知己了。

江子游毋庸置疑地点了点头。

"对，他可是一位大丈夫！真君子！"

"如今你拥有了这位好朋友带来的快乐，此刻，我要送给你另一种快乐。"江安故作神秘地说。

"另一种快乐？"

江安龇着牙神秘兮兮地笑了笑，然后冷不丁地从身后拿出一把玲珑小巧的瑶琴出来。

江安说："虽然不是原来那把楸木雕花古琴，但是，你瞅瞅，是不是一样的做工？一样的成色？你再弹一弹，听一听能不能弹出一样的声音？"

江子游轻轻抚摸着这把瑶琴，自从那把楸木雕花古琴被他父亲摔断之后，他就再没有想过自己还能拥有第二把琴。他像遇见了多年不见的老友一样，用微微发抖的手拨了拨琴弦，铮铮——珰珰——那琴弦发出了悦耳而又熟悉的声音。

"是一样的音色。"

不知为何，这琴声反而让江子游忽然变得伤感起来了，他把琴还给江安，说道："老江，你还是把琴拿回去吧！这么好的琴，难道你想让我爹再摔一次吗？"

"少爷，你咋还没看出来？虽然老爷上次摔了你的琴，他嘴上不说，可心里却很内疚。你放心，只要少爷不玩物丧志，平时读书累了，弹弹琴、散散心有什么不好？老爷断不会连这点情理都不通！"

江安一再保证，又把瑶琴送到江子游手上。江子游满怀着感激，轻轻地问道："好吧，老江，这琴我收下了，你要我弹一首什么曲子？"

"少爷随便弹一曲都行，我记得少爷弹的每一首曲子都好听得很哩。"

于是，江子游轻抚着琴弦，弹了一曲《飞鸟鸣》，那清微的曲调仿佛让人置身于烟雾蒙蒙、碧波荡漾的山涧中，一时山涧的泉鸣、虫鸣、鸟鸣相呼应和，红的、白的、蓝的花儿次第绽开，河风、细雨微微吹拂，让江安听得都痴醉了。

听完了曲子，江安见江子游的酒气还未全消，连忙端过来一碗醒酒汤替他醒酒，又怕他太疲倦，劝他早点休息，今晚就不要再读书了。

江子游使劲摇着头说："那怎么行？江安，我还不能睡，我爹说我的文章做得不好，要我重新再做一篇，还说明日一早要送给他亲自点校。"

"老爷说你醉了，是他让我过来叫你先睡的，老爷还说等明日晚上再来看你做的文章。"

江安退出来，江子游忽然叫住他："谢谢你，特意送这把瑶琴给我。"

江安笑了笑，说道："其实不应该谢我，你应该谢谢大太太，是她吩咐小的，去长林请斫琴的大师傅按照原样做了这把琴送给你。"

原来，这是他母亲的一番心意。想起这些日子，他娘为他忧心忡忡，他却丝毫不领情，甚至还对大太太心生怨言，爱理不理。此时，江子游的心里充满了愧疚，不知不觉，就流下了眼泪。等抹干了眼泪后，他又痴痴地胡思乱想："奇怪，我刚才梦见的那个穿白纱裙的人到底是谁呢？"

# 九

他一直没有见到梦里面那个穿白纱的人，也一直没有弄清楚自己怎么就做了这么一个稀奇古怪的梦。倒是，有一天，他见到了一个穿着藏青色麻布衣的白面秀才，并且，他与这个秀才一见如故，很快就成为好朋友。他说，这是他人生中遇见的第二个知己，第一个是吴炼澄。

那是一个重阳节的下午，他与父亲江凤鸣难得一起去吴中鸡鸣湖对面的姑娘山登高。去姑娘山必须先坐船，穿过鸡鸣湖，再绕过一条古道，从矮子坡上去。父亲唠叨说，"我们吴中的山很多，为什么偏要跑老远的地方去登姑娘山呢"。他说"正是因为远，来的人少，在这人迹罕至的地方登高才有意思。"姑娘山比起其他山，更加清幽静谧，上山的路更险。山上怪石嶙峋，古松苍翠，时而有猿啼和鸟鸣相和。云与山相偎，只见那云才在头上，转眼就到了脚下。江子游还记得，上山的那一段路，竟然成了他与父亲离得最近的一条路。那时，他看着父亲登上石阶，忽然觉得父亲的背有点佝偻了，人也苍老了很多。有一段时间，他站在后面端详着父亲艰难地提起脚后跟的背影，心里很不是滋味。每当江凤鸣停下来，看着落在身后的江子游，就会气喘喘地笑着说："子游，你这就累了？哼！瞧你这年轻人，竟然还比不上我这把老骨头！"这时江子游就会不服气地笑一笑，他落在后面，倒不是因为自己气力不够，而是想躲在后面好好端详父亲的背影，想紧跟着父亲，就像自己孩提时一样。也只有在这时，父亲才不再是那个不近人情，只一味强迫自己追逐功名的父亲，而是一个充满人情味的慈祥可爱的父亲。等到他们登上山顶时，已是晌午了，他从行囊里拿出二娘准备的干粮，奉到父亲面前。从山上往下看，隔着鸡鸣湖，整个南风坡都能一览无余。此时的江凤鸣也不再抱怨了，整个人兴致忽然高涨起来，像个孩子一样指着南风坡的方向说："子游，你看，快看，那儿，那个小山包后面，就是我们的庄子。庄子右边那个凹下去的缺口，是我们的田地！"江凤鸣使劲乱指了一通，可是江子游一个地方都没有看到，他只觉得那些绿色和灰色的一片连着一片，似乎哪儿都是一样。

下山的时候就轻松多了，他们沿着另一条小道一路下去，等到重新泛舟穿过鸡鸣湖，回到南风坡的时候已经近黄昏了。江凤鸣已是疲惫至极，一到吴越街，就叫了一顶暖轿。江子游不肯坐轿子，他说还要在街上散一散心。江凤鸣只得依了他，自己先坐着轿子回去休息。

穿过吴越街，来到七里巷，就开始下起了绵绵雨。在七里巷桥头的拐弯处，是沙洲河鲜坊，时而有客人进去品尝从鸡鸣湖里面当日打捞出来的河豚和鳜鱼。只见在河鲜坊左边的石狮子旁，坐着一个清瘦的秀才，穿着一件黢旧不堪的藏青色麻布单衣，一双破草鞋，露出一个脚趾头。这秀才的前面放了一把长桌子，桌子上摆了几本皱巴巴的书。书旁搁了一支脱了毛的笔。墨已磨好，正在等着客人来请他写字。见雨飞飞扬扬地落了下来，那秀才连忙用一块油毡布盖住书本，却不肯挪动桌子位置半点。又等了半天，终不见一个客人来请他写庚帖，倒是雨渐渐大了。那秀才没法，只好把桌子搬到河鲜坊的屋檐下，继续等待客人，顺手拿起一本书，津津有味地读起来。江子游也钻到屋檐下躲雨，站在秀才旁。江子游很好奇，微微侧过头去，偷觑那秀才正在读什么书。只见蓝色的书皮上赫然写着"墨程"二字，他顿时就明白了，原来这秀才也和他一样，在读时文，准备应考。

过了一会儿，河鲜坊里面走出来一位伙计，见到一个穷酸秀才坐在自家的店门口，那伙计的脸色马上就变了，嘴里开始唧唧哝哝，大意是要那秀才离开，可是秀才不愿意走，伙计没折，只好进去报告店主人。不一会儿，又走出一个穿长褂，戴高帽的掌柜，酒糟鼻，国字脸，眼睛眯成一条缝，年纪六十岁上下，对那秀才说："哎呀哎呀，你这书生，好不晓事！你坐在我店门口，我还要不要做生意了？"

那秀才也不恼，礼貌地回答道："你做你的生意，我卖我的字，我坐在这儿，不吵不闹，怎么就影响你做生意了？"

那掌柜说："秀才，不是这样说，你看你一副穷酸样，坐在我店门口，大煞风景不说，本来要进店的财主一见到你，还不都被你吓跑了，我看你这秀才还是去别的地方坐吧！"

那秀才一听，就来了气，红着脸说："你是不知，像我们这等斯文人，所到之处，都有人追捧。还有一等，若我们读书人在你店里吃酒，碰上心情好的那天，诗兴大发，在你家墙壁上题诗写词，留下真迹，你这店沾了光，人气就更旺了！所以，我坐在这儿，是看得起你，就好比你请了一尊活财神在此，你不感谢我就罢了，却还敢在这里狗眼看人低！"

那掌柜"呸"了一声："什么活财神？看你这穷酸样，不给我的店带来晦气，我就要谢天谢地了！"

江子游见掌柜的不识好歹，又怕这秀才势单力薄，被店里的一帮粗鲁伙计上来欺负，连忙插话说："这位兄台，我看这店也不甚宽敞，我找个更雅的地方，请兄台吃一杯水酒，顺便向你请教一篇时文，如何？"

那秀才抬头看了江子游一眼，说道："兄台也是位读书人？敢问兄台高姓？"

江子游说了自己的名字，又问秀才贵姓。

"在下姓胡，单名一个烈字。"

江子游道："我刚才看见兄台在读一本《三科墨程》，想是准备应考，小弟与兄台同年，也正要参加今年的乡试哩。"

"原来是年兄。最好，最好，我也要向兄台请教文章上的事。"那秀才朗声笑起来。也不管有没有客人来，站起身，忙去收拾桌上的书籍和笔墨，一股脑儿装进旁边一个破藤箱里。

江子游问："这长桌寄放在哪儿？"

"不妨，这是我向隔壁卖茶的王妈妈借来的香桌，就在这河鲜坊后面的院子里，江兄帮忙照看一下囊箧，我去还了香桌就过来。"

不一会儿，胡烈还了香桌回来，一把背起藤箱，对江子游说道："我与兄台一见如故，这一顿酒该我来请，我知道一个地方，是最雅不过的，我现在就带你去。"说罢拉着江子游的手就往前走去，一直走到青衣江碧水湾南边口岸。只见江口泊着一只细长的乌篷船，一个中年女人正在船板上浣衣。一个七八岁的小女孩，扎着两个发髻，正在船上逗一只脱了毛的大黄狗玩耍。

胡烈朝中年妇女作揖，说道："夏婶子，夏老爹不在家里？"

那中年妇女抬起头，用衣襟擦了擦那双冻得通红且长满老茧的手，说道："原来是胡秀才，我家老夏去烂泥滩鳌儿口捕鱼去了，要到二更才回哩。"

胡烈说："夏老爹辛苦！这些年他倒是去下游捕鱼的时候多，上边去的时候少。"

夏婶子笑道："你还不知，这几年上边的鲈鱼又肥又美，倒被官府的把住了，说是要进贡朝廷，不准渔民去那里捕鱼，只得到下边的港汊里胡乱捕捞些小鱼小虾。不过话说回来，我家老夏再怎么辛苦，也比不上你胡相公一半辛苦。听老夏说，你经常读书到三更半夜。有几次，他捕鱼回家，听见鸡都打鸣了，看到你家窗口的灯还亮着呢。"

胡烈说："我不过躲进小楼读书，还是夏老爹大风大浪里的营生辛苦。"

夏婶子又问："昨天我家老夏送来一条鲤鱼，胡老爹是把它清蒸了？还是红烧了？"

"昨晚就炖了汤，那味道实在鲜美极了！我老爹说又欠你的情，实在过意不去，改天要请夏老爹和夏婶子一起去我家吃新米。"

胡烈着实感激了一回，拉着江子游的手，对夏婶子说："这是我在桥头新遇的一位朋友，今天带他过来，烦请夏婶子备几样小菜，你家的刀子鱼，也请蒸上几条。我就在这船上请客，这是饭钱，有劳。"

说着，走过去，从袖口里摸出白天写字赚来的一钱三分银子。夏婶子说什么都不肯要，还说："你也不容易，我怎么好要你的钱？你来就是了。"胡烈不肯，彼此推来推去，硬是塞到夏婶子手里。那中年妇女笑着去船尾准备饭菜。小丫头则乖巧地去船舱里搬出一张藤桌，两把竹凳，摆在船头。胡烈蹲在船板上问："你爹夏开甲去镇江打铁还没回来？"

那小丫头害羞地回了声："没回。"便一溜烟跑回去，帮她祖母打起了下手。胡烈摸着那只黄狗的头，那黄狗也十分乖觉，像是见到老朋友一样，吐出舌头，不断舔着胡烈的手。

不一会儿，饭菜就已经摆上来了，虽然只有几道最简单不过的家常菜，用几个粗陶碗盛着，品相不怎么入眼，却十分可口。那刀子鱼上面铺上一层薄薄的豆豉，再放几根黄豆芽，味道简直鲜美极了。那自家磨的水磨豆腐，吃起来真是又嫩又滑。

江子游尝了一口鲜鱼，咂吧着嘴说："我从来不知这地方有如此的美味。"又看看四周的江景，说道："我竟也不知这里还有这般怡人的景致！"

胡烈笑着说："兄弟以后应该多走出来看看，我看真正的好风光，还在那穷乡僻壤之处。"

对于这一点，江子游从不怀疑，况且他大哥吴炼澄也常常这样对他说。两人用完了饭，又一起看了看江边的景色，虽然这里沿河两岸杂草丛生，芦苇遍地，几只红尾水鸲伶仃地浮在水面，与鸡鸣湖一片澄明的水光山色相比，是萧索了一些，却也别有一番野趣。胡烈因听说江子游也是今年应举，便主动向他请教文章上的事情。两人议论了一些"破题""起讲""题比"之法，胡烈对吕、王、颜等大家的文章甚是推崇，对如今市面上流行的皇甫和沈傲的文章却十分不屑。江子游深有同感，心想："这胡兄弟的文章料想是炉火纯青了，但不知他诗词歌赋怎样？"便又向他求教作诗的事情，胡烈笑着说："平时吟风弄月，陶冶情志，做做这样的雅事，倒也不妨。可如今天子以经术才识收揽天下之士，王荆公举政，也只重策论，轻诗赋。我等正应在文章上下功夫，至于诗赋，毕竟只是末途，兄台不可太沉湎于此。"

见胡烈一心举业，对诗词歌赋不大感兴趣，江子游也就不再多问了，只就文章笔法谈了半天。两人说得投机，不觉月色朦胧，几个星子，稀稀疏疏地挂在清冷的夜空中，河边虫鸣一片，风响一片，水响一片。夏婶子见他们长谈尽兴，不好打扰，一声不响地替他们点燃一盏油灯，盖上灯罩，摆在藤桌上，又送了两把蒲扇，然后带着她孙女儿去船坞后舱睡觉去了，老夏打鱼还没有回，那只大黄狗摇着尾巴，也许是困了，没过多久也蜷在桌边睡着了。

十

等到胡烈回到马家坳的家里，已是三更。他估摸着他爹胡经远这么晚已经睡下了。为了不吵醒爹，他便从后面杂物间的小角门进去，穿过厨房，轻轻地经过他爹的房间，往里觑，却才发现他爹没有在屋里。胡烈心想："这么晚，我爹去了哪里？"正当惊疑不定的时候，他爹吃得醉醺醺的，深一脚浅一脚地走了回来。胡烈连忙跑出去扶住他爹，抱怨说："爹，你看你，又吃得醉醺醺的！这么晚了，天又冷，路又滑，你不在家好好待着，跑出去吃什么酒！"

他爹吐着酒气，说道："这屋里冷，我去吃酒暖暖身子！"又叽里咕噜胡乱叫了一通，也不知道嘴里在说些什么，一口气没有憋住，吐了一地的秽物出来。胡烈见不像话，忙用一块烂布擦了地板，又去厨房烧了热汤，服侍他爹洗了脸脚，扶上床，直等他爹沉沉地睡去了，他才伸了一个懒腰，捶打着脖颈，回到自己的房间，点起一支蜡烛，打开一本《论语大义》，细细地品起来。读了大约半个时辰，忽然听到一声喊，接着听到外面乱杂杂的声音，像是有人在使劲敲门。

"胡北峰？滚出来！"只听见外面"哇哇"一片乱叫。

胡烈连忙披上直缀，吹灭灯，心中惊疑不定，大气也不敢出一声。

"胡北峰，你不要躲！识相的话，乖乖地出来！"胡烈这回听清楚了，原来是外面有人在叫他哥的名字。

他听了一会儿，见到没有人声了，才敢出去开门。站在门口，踮起脚，打望了一圈，以为那些人已经走了，总算松了口气，正要关上角门，忽然从侧面土墙的黑影里钻出几个人来，一把抱住他，说道："好呀！逮着你胡北峰啦！看你往哪儿跑！"

"我不是胡北峰！"胡烈大叫起来。

"你不是他，那你是谁？"

"我是胡烈，胡北峰的弟弟！"

"胡北峰赌钱欠了债，你叫他出来，让他赶快还了我们的钱！"

"我哥没有在家！"

"你既然是他弟弟，也是一样，你替你哥还了债，我们就不来了。要不然，别怪我们三天两头来你家上房揭瓦！"

"要钱没有，要命一条！我哥赌钱欠下的债，你去找他。若你们再这么胡闹，大不了咱们一起去见官司，我也不怕你们！"胡烈红着脸，怒气冲冲地说。

那些人哪里肯听，胡闹了一通，大约知道胡北峰为了躲债，的确没有在家，又见他家的房子只有几间破破烂烂的茅屋，穷得上无片瓦，猜想在他家里也搜不出什么值钱的东西来，一行人就骂骂咧咧地回去了。临走时，还不忘威胁胡烈说："你哥回来对他说，若他还不还钱，看我们不弄死他！惹得大爷们发毛了，把你家这几间破屋也拆了烧了！"

等到这些人走了，胡烈仍然气不过，坐在板凳上，干瞪着眼，发呆了半天。他爹睡得沉沉的，一事不知。他不免心里一酸，眼圈儿也红了，心想："家里老爹是个"酒鬼"，老哥是个"赌鬼"，这世上有那么多秀才，不愁吃穿，只管一心一意读圣贤书，为何自己却这般命苦！想躲在小屋里读读书，都不能安心！"

胡思乱想了一阵，又听到敲门的声音，他以为那些催债的人又上门来了，越想越气，心想大不了拼了这条命。于是，跑进厨房里，拿了一根烧火棍，去开了门，正要骂，要打下去，只见月光下，一双手抱着一个光溜溜的癞痢头，蹲在门口，大声叫喊："别打，别打，是我！"原来是他哥胡北峰回来了。

胡烈丢下烧火棍，拉着他哥的手说："哥！你怎么回来了？刚才有一伙人来家胡闹，说你欠了他们赌债，哥，你咋就不听我说，又出去赌啦！"

"嘘！做小声，不要被爹听到了！"

"咱爹吃醉了，睡得正沉哩！"

他哥走进屋里，喝了一口水，歪戴着头巾，满面胡子拉碴，坐下来，一副狼狈不堪的模样。

"你欠了多少赌债？"胡烈问。

"不多，欠了村口陈春儿十两纹银，欠了邱老爹三十两纹银，还欠李家屯周伙计家五两银子。"

"这还不多？四十五两银子够得上咱家大半年的开销了！"

"那些人不会还来吧？"他哥涎着脸，心里不放心，又站起身，惊魂未定地朝窗外的空地看了看，自言自语道："不行，我还是得去外面躲一躲！"只见灯光下，他哥的那一张苦瓜脸都被吓得蜡黄了。

"哥，我看你先好好睡一觉！他们今晚断不会再来了，明天一早我们再从长计议。"

他哥打了几个哈欠，半信半疑地听了兄弟的话，上床挺觉去了。半夜，胡烈躺在他兄弟旁边，翻来覆去睡不着，看着窗外稀稀疏疏的星子，直到鱼肚白起来，干脆起床洗了一把脸，看了一会书，又去烧好热汤，等他老爹和老哥起了床，把他哥叫到一边偷偷地商议道："我昨夜想了一宿，你欠债的事，先不要让咱爹知道，可这也终究不是长久之计，你不还他们钱，他们要是又来闹怎么办？这些人是不肯善罢甘休的。书院里我认得几个读书的同年，问问他们，兴许能借三四十两银子，我这里替人写字还赚了五两银子，凑在一起，姑且把你欠的赌债还清了，再从长计议。"

"事不宜迟，兄弟赶快去借！"他哥眼睛一亮，仿佛抓住了一根救命的稻草。

"这几日，哥哥就不要回家了，免得那些人又上门来缠。老爹每日吃酒，一事不管，我让他去夏老爹家暂住几日，免得他受到惊吓。你兄弟我去外面替人写字，也早出晚归，尽量在家少待，怕遇见了那伙人胡搅蛮缠，一个人应付不过来。"

"兄弟说的是！"他哥点了点头说。

"还有，哥，依我说，你干脆去西乡塘老舅家避一避，那里离马家坳有七八十里地，不远也不近，上次老舅还让我们兄弟俩去他家做客，在老舅家有吃有喝，也可以省下几个钱。"

他哥哥没说什么，等一切都安排妥当后，他哥背了一个行囊，装了几个烧饼，急忙忙地投西乡塘的方向而去了。

# 十一

胡烈锁了门，送他老爹去夏老爹家暂住几日。又心想前几天在一个雅集上结交了几位书生，彼此聊得投机，这几个书生都穿绸衣，束锦带，踏皂靴，一个个都像有钱的公子，问他们去借三四十两银子，应不是什么难事。事不宜迟，一径跑到徐生家，却不好开口，支吾了半天，终于说到要借钱的事上。那徐生见到胡烈一副寒酸的模样，本来就有几分不自在，听到他开口要借银子，脸色顿时就变了，把手使劲摇着，找了一个借口，说是家里前几日老人家生病花了一大笔钱，现在手头紧张，如此搪塞了过去。胡烈没法子，只好去庙前坡找唐生借，那唐生平日里打扮得衣冠楚楚，其实没钱，也还要向别人借钱制衣服鞋袜装点门面。如此找了三四个朋友，总共借了八两银子不到。胡烈叹了一口气，自言自语地说："罢，罢，这些人平素锦衣华服，出手阔绰，互相攀比，临到有难时没一个肯帮忙，我还是自己替人写写字、算算命，用自己的一双手，老老实实去赚钱还债吧！"

于是，闷了一肚子气，只得又回到沙洲河鲜坊的石狮子旁边，向王妈借了那张供香火的桌子，重新摆起书本和纸笔，细细地磨了一碗墨，挂起一个替人写庚帖和算命的幌子，等着客人上门。等了一个上午，也有几个人请他写吃酒的请束的，写拜客的庚帖的，写寄给远方亲友的书信的。数一数，总共不到三分银子，心中惆怅，心想这要等到猴年马月去才能赚足四十五两银子还清债务呢！又寻思，如果哪天自己考上了功名，做了大官，就断不至于这样穷途末路了，哪还须涎着脸皮去求人和卖字！这样想着，那心里便越来越不是滋味了。又拿起一本时文，念了一通之乎者也，念得兴味索然。

正在纳闷时，忽然一个穿酱色直缀的人，骑着一匹骡子，抬头望了望幌子，过来问他："先生除了写字，也会看风水？"

胡烈说："看风水自然是在行的。"

那人说："正好，我家老太太前两日不幸见背，须寻一块宝地，看看那土的成色如何，是葬得还是葬不得？"

胡烈听罢，欣然领命，约好当日下午就去看地。那骑骡子的是刘太公家的管家，说如果看的地好，就封六两银子给他。胡烈喜出望外，中午只吃了一碗小面，就带着风水罗盘，随管家来到三青峰上，用心用意选了一块坐北朝南的高地，对着刘太公一通乱夸，说这地左青龙右白虎，龙盘虎踞之势，葬在此处后人一定要大发，说得刘太公喜上眉梢，笑得两眼眯成了一条缝。从薛村回来时，已经很晚了，同住马家坳的王麻子找到他，说隔壁刘庄要举行一个驱瘟疫的仪式，需要一名秀才涂成黑脸，扮演神道，踩高跷，跟在那瘟神后面绕着庄子走一遍。问遍了刘庄，没有一个秀才愿意做这种有损读书人体面的事情，王麻子问胡烈愿不愿意去。胡烈心想："虽然涂黑脸扮神道，名声传出去不好听，但如今也顾不得那么多了。"便问那王麻子："他们愿意给多少钱？"

"有八两银子的酬劳，还有五分银子的红包，顺带管一餐晚饭。"

"既然有八两五分银子，有什么去不得？我去，什么时候？"

"他们明天就要人进场。"

"那我明日一早就过来。"

到了第二天一早，收了家伙，跟着王麻子来到隔壁刘庄，取了炭灰，把自己涂成一个大黑脸，换了一身男不男女不女的戏服，戴了一顶高帽，踩了一双高跷，跟着那些赶"瘟神"的火把，"瘟神"唱一句，他也跟着唱一句，就这样走了一个晚上，路边看戏的村民见到他那副滑稽的模样，都笑了。还不时从人群中飞过砸来的草灰和烂菜叶子，打在胡烈身上，这是村民对着他驱赶"瘟神"。忙了一天，胡烈回到自己家里，已经是精疲力竭，想着父亲还在老夏家，不知过得如何，于是强打起精神，去酒店里打了一角酒，披着星夜提着送给他老爹喝。

夏老爹听说胡烈去给人家看阴地，帮人写庚帖，还去扮演神道，很不以为然，对他说："胡相公，你也是堂堂一个秀才，说不定指日就是一个举人，何必去做那些阴阳先生才做的勾当，听说你还去演什么神道，把自己涂成了一个大黑脸，惹得邻村的相公们都笑话你，这样岂不是掉了你读书人的身价？"

胡烈苦笑着说："不过为生活所迫，能有什么办法？只要有银子，我哪管那么多！"

夏老爹叹了口气说："可你们读书人只该一心一意读圣贤书才对！"

胡烈又苦笑一声，他不是不知道这个理，骨子里的心高气傲也让他十分痛恨目前的境况，可是又无可奈何。他咬了咬嘴唇，不再多说什么了，反过头去看看他父亲，只见胡老爹把那一角酒喝得一滴都不剩，喝得醉眼蒙眬，满脸通红，如此还嫌不够，口里只管嚷着要儿子再去买酒。

从夏老爹家回来，胡烈从一个破羊皮匣子里拿出这几天赚的银子，数了一遍，又数一遍，不多不少，整整二十两银子，已是很多了。胡烈松了一口气，可心中仍旧发愁，想着还去哪里再弄二三十两银子来，还了他哥哥的赌债才好。挨到了晚上，肚子饿得咕咕直叫，吃了一碗冷水泡饭，依旧拿出一本书来，读了一个时辰，实在太累了，便迷迷糊糊地睡去了。

# 十二

第三天，胡烈又起了一个大早，依旧去沙洲河鲜坊对面替人写字。那河鲜坊的掌柜穿着一件褐色长袍，瞪着一双势利眼，又来赶他，面目看着实在可厌。胡烈不想与店主人起争执，便腾挪了一个地方。新的地方稍显冷清，坐了一上午，没有一个客人上门找他写字、算命。正当胡烈愁闷难消的时候，江子游带着吴炼澄来找他。

"兄弟，你看我带了谁？"江子游一见到胡烈，就跑上去说。

"这位兄台是？"只见江子游旁边站着一个穿青衣的中年汉子，身姿挺拔，一对浓眉大眼，炯炯有神，给人一种不怒自威之感。

"他呀！就是我大哥，徽州大名鼎鼎的吴炼澄，我跟兄弟多次提起过，今日带大哥过来，特意让你们认识认识！"

这汉子笑而不语，恭敬地向胡烈作揖，慌得胡烈肃然回礼。吴炼澄见胡烈衣冠虽旧，却儒雅稳重，颇为得体，谈吐间，更见风雅，果然如江子游一路上所说的一样，心里先已自十二分欢喜。胡烈见吴炼澄伟貌长髯，一脸英气，也好生钦慕。故而两人一见如故。

江子游拉着两人的手，笑着说："好了，今日我们三兄弟相聚，好比当年的刘玄德"桃园三结义"，何其有幸，走，走，我们一起到月明楼吃酒去！"

胡烈犹豫道："奈何我这生意怎么办？"

吴炼澄说："嗨！兄弟现在还做什么生意！快快收了你的书，我们现在就去！"二话不说，把胡烈的书稿笔墨一股脑儿全部都塞进藤箱里。

胡烈笑道："罢了，反正没生意，坐着也是坐着，不如去喝个痛快！"

收好书，还了香桌，便跟着吴炼澄和江子游来到月明楼。靠着鸡鸣湖的月明楼生意极好，所有坐头都坐满了人，还有客人端着凳子在门口等待用餐，没有一处空位，就连插脚的地儿都没有了。

江子游问店里面伙计："还要等多久？"

伙计说："难说，客官前面还有三桌哩，就算有了位子，上菜也要挨个儿来。"

吴炼澄说："俺们饿了，谁耐烦在这里干等？"

胡烈说："要不去青衣江边夏婶子家的船坞吃酒？"

江子游说："或者去鸡鸣湖码头上的湖上人家？那里的宅子酒店，挂一长排用竹篾子扎成的栀子灯笼，也是最雅不过的。"

"你们说的那些地方，都算不上有多雅，我带你们去一个极雅的地方。"吴炼澄说罢，领着他们两个，转过七里巷，坐船绕过青衣江，沿着古城墙一直走，翻过一座不高不矮的小山丘，便来到一处极为僻静的林子。在林子深处，隐着一户人家，用楠竹和松木板搭建的房子上，立着一块牌子，写着"碧溪小林"四个大字，字遒劲有力。房子下布满一层叠一层的青岩，远远就能听到青岩下潺潺的溪水声。离房子十来米开外的地方，是一个菜园子，用齐腰高的竹篱斩齐地围起来，上面爬满了藤蔓，开着叫不出名的紫色小花。只见一个满头银发的老者，挽着裤脚，正在菜园子里松土，见到吴炼澄来了，便放下铁锄，拍了拍手上的尘土，走出来迎接："原来是世侄！你今日怎的有空不去贩丝？好，世侄来得正好，你快过来瞅一瞅，我前日才撒下的三色堇种子，今天就发芽了，你说若不是这里的土壤好，怎会出来得这么快！"

吴炼澄唱喏道："是呢！这里山好水好，养眼、养身又养心，我带来两个朋友，正要寻一处清雅的地方，头儿就想到世伯这里了！"

那老者说道："平日我这里少有人来，今日有贵客临门，正好请几位稀客尝一尝老朽新酿的湖之酒！"

于是，彼此介绍，那老者去溪水边净了手，回书房换了一身干净的道袍出来。叫家仆于廊下摆好桌椅板凳，先取山泉水煨一壶清明毛尖，几个人分宾主坐下。

江子游问道："听老先生口音，不像本地人，老先生是何时到这里住下的？"

吴炼澄说："说起我这位世叔，平生也是一位数一数二的风流豪杰，只要一说起徽州的沈南风，谁人不认识他！只因我世叔这几年厌倦了四处奔波做客商的生活，几次想找一个清幽僻静之处隐居，去年被我一力撺掇，引他到这南风坡北边的碧溪小林中，建起这一栋木屋和几个亭子，现在真正过起了神仙一般的生活！"

原来，这老者叫沈南风，也是徽州一个贩丝的商人，因为年纪大了，去年从徽州搬到吴中来隐居。沈南风笑着说道："还得多谢吴世侄给我安排了这么一个好去处，让我得以在此安心颐养天年！"

吴炼澄又笑着问江子游和胡烈："怎么样？这可也还算得上清雅？"

两人看着林中一派清幽静谧的景色，齐声说："我们竟不知南风坡还有这样的好地方！"

闲聊了一会儿，仆人又摆上地瓜干、芝麻糕和菱角，都是自家地里的出产。沈南风又叫仆人去酒窖里舀来了新酿的糯米酒，用天青色的小瓷碗盛着，那酒一入口中，醇和甘甜，如饮仙酿。

吴炼澄问："世叔，这酿酒的米是不是去年我从徽州带来贩的高山大米？"

"正是！"

"这米是真正的好米，等下酒席上来，我两位兄弟少不得要多吃几碗哩！"

喝了一口糯米酒，吴炼澄忽然想起了一个人来，便问："世叔，为何不见霜儿妹子？"

"丫头她不在家，上山采药去了。"

"她采什么药？"

"说起来，这还得怪你哩！你上次请莫敬原给我看这老寒腿的毛病，那先生开了一服药，其中有一味猫儿草，霜儿听家仆谢老儿说咱后山上就有这种草药，今早背着一个小箩筐儿，硬要去山上采药，喊都喊不住。"

"这也是霜儿妹子孝敬老爹你的地方！"吴炼澄笑起来，似乎毫不意外。

沈南风说："说起我这丫头，非把我气苦不可！她一身是胆，常带着一条花斑狗满山遍野跑，就像阵风样。山中的那些花儿草儿，我不认得，谢老儿也不认得，她偏都认得！"

听到沈老先生这么说，江子游和胡烈倒是对这位霜儿姑娘感到好奇，很想见一见这位姑娘。到了晌午时分，下人备好酒菜，问在哪里用餐。沈南风说："就在南面的草亭里摆一张大圆桌子，我们去那儿一边吃酒，一边观赏小林中的风景。"

吴炼澄说："世叔，其他的酒都不消拿出来，我们还喝你酿的糯米酒！"

不一会儿，席面上摆好一盘白面蒸饼，一碗山药猪蹄汤，一碟腊味合蒸，一碟油淋茄子，一碟笋干，一个大海碗装着二十个大螃蟹，一个大瓷瓯装了满满的一瓯浓酽醇香的糯米酒，用高山米煮出来的香喷喷的白米饭，盛在一个小木盆里面，热气腾腾。那家常的味道加上糯米酒的香甜，在三人看来，胜过了世间所有的山珍海味。吃过了饭，几个人打着饱嗝，于谈笑中，聊起了沈南风和吴炼澄当年贩丝去北方桐林的小镇遇到发大水的事情，回首起往事忍不住哈哈大笑。又讲到江子游和胡烈读书的境况，沈南风便竖着大拇指说："我看这两位公子都是京解之才，指日就是进士了！"

两位公子各自谦虚了一阵，吴炼澄插话道："若论诗书文章，假如霜儿妹子是一个男儿身，恐怕也同我这两位兄弟一样，将来势必要高中一个状元的了！"

沈南风摇头说："她不过读一些闲书罢了，难登大雅之堂。"

胡烈说："我们江南的女子向来清扬婉兮，大多有才，想必这位霜儿姑娘不仅长得好，连学问也是极好的。"

江子游说："刚才老先生说霜儿姑娘能认百草，单凭这一点，就很了不起，不知胜过世间多少女子，百闻不如一见，我们倒十分想拜会拜会令千金哩！"

"惭愧，她一天不着家，怕就快回来了。"

吴炼澄大笑道："你们若是见了我这位妹子，就知道她的厉害了！"说着把小瓷碗中的糯米酒一饮而尽，抹了抹嘴巴，说："好酒哇，端的好酒哇！"

可是等至黄昏，也没有见沈霜儿回来。沈南风忍不住皱着眉头，心想这丫头肯定又在山上到处乱跑，玩得忘记了回家。见到天色已晚，胡烈担心他老爹在夏老爹家的境况，又为他哥哥欠下的赌债还差二十多两银子还不上而忧心忡忡，说一定要早点回去。吴炼澄也说晚上约了一位广东客人在南汀码头的船坞内见面，讨论一起搭伙做生意的事情。只有江子游不急于回家，他一心想等霜儿姑娘回来，见一见沈家女儿的庐山真面目，故而迟迟不肯告辞。这样又磨蹭了半个时辰，沈霜儿还是没有回来。天色更晚，回南风坡的路程尚远，三个人等不得了，终于起身，约定好明天再来拜访，要再尝一尝沈老先生的糯米酒，又开玩笑说一定要再来拜会直至见到霜儿姑娘才好。沈南风笑着说："好，好，等丫头回来了，我跟她说，让她明日哪儿也别去，就守在家，专候三位公子大驾！"

三个人笑着，打了一个火把，坐着一条木筏子回去了。可是，等吴炼澄他们前脚刚刚转过那一片林子，沈霜儿后脚就回到了家里，一踏进门，她就叫道："爹！看我采了猫儿草回来啦！"

看到院子中间摆着一张大圆桌，桌子上杯盘狼藉，他爹正靠在回廊的木架子上打盹，因为喝了一瓷瓯糯米酒，后劲上来，沈南风已经醉得眼神迷离，双颊绯红。

"是有客人来了吗？"沈霜儿推了推他爹的肩膀，见到桌上一碟蓬蓬鼓鼓的白面蒸饼没有吃完，随手捡起一块饼，塞进嘴里。

沈南风醒了，看到女儿回来，慢吞吞地说道："你这野丫头，怎么现在才回？客人等你不来，已经回去了！"

"走了就走了呗！干吗大惊小怪的？"沈霜儿咯咯地笑起来。

"野丫头，你可知今日来的是哪几位客人吗？"

"我们这生僻地方还会有谁来？不是和你下棋的符老爹，就是喜欢与你争嘴的魏三叔，要不就是成日爱发牢骚没完没了的鲍二叔。"

"不是符老爹鲍二叔他们，是你吴炼澄哥哥带着他的两位好兄弟来了！"

"谁？"沈霜儿不禁叫出声来，"你是说我吴大哥，这是真的？"

"当然是真的。"

"他几时来的？"

"来了一下午了。"

过了一会儿，沈霜儿又嘟着嘴说，"爹，你咋不早点告诉我呢？"

那撒娇似的语气中既略带了些难以置信的惊诧，又略带着一丝错过的责备。

沈南风便笑着说："我知道你这丫头去哪里了？要我怎么告诉你？"

沈霜儿不说话了，她低下头，胡思乱想了一通……是啊，不觉时光飞逝，她已经一年多没有见到过吴炼澄哥哥了。当年在徽州的时候，吴炼澄还是她家的常客，他们就像一对兄妹一样，曾跟着沈南风一起上江北贩丝，去桃源看社戏。往事如烟，那四散的烟雾如今慢慢凝成了团，轮廓渐渐清晰，一幕幕地浮现在她的眼前了。

# 十三

江子游回到家里，心里还惦记着那位霜儿姑娘。虽未能谋面，但碧溪小林中的一席长谈，正如小林中的风景一样，让他对这位姑娘留下了浅浅的美好的印象，心想无论如何也要去会她一面，看看这位姑娘到底是怎样一位女子。

他们昨天离开时本就说好，还要去碧溪小林，那虽是一时的客套话、玩笑话，他却当真了。第二天一早，他特意换了一身簇新的青黛绸袍，把头发梳得油光发亮，戴好一顶方巾，用了早膳。忽地想起，沈老先生不是患有腿疾吗？自己的父亲也有这腿脚毛病，何不把父亲的药送一点给沈老先生呢？于是，他从江凤鸣的青釉梅瓶里偷偷倾了半瓶名贵药材，拎了一瓶泡了三年的驱邪通络药酒，一径跑到沙洲河鲜坊石狮子旁，见到胡烈正坐在长桌前替人卖字、算命，于是一把拉住胡烈的衣襟说："三弟，昨天我们原说好要一起再去碧溪小林的，这都什么时候了，你还卖字？快快收拾好东西，咱们一起去。"

"现在还早哩！"

"不早啦！若去得太晚，说不定沈老先生就不在家了。"

胡烈看着江子游猴急的模样，心想他八成是想去见那位霜儿姑娘才是真的。

"喂，你这家伙其实是想去拜会那位霜儿姑娘吧？"

江子游红着脸："难道你不想见她？"

胡烈低下头。"我没那个心思，要去你去吧，我还要守在这里，等客人来写字、算命"，说罢，提起毛笔，在纸上写了一行同叔的词，那苍白的面庞上似乎同那忧伤的词一样沾染了一缕忧戚。江子游看见他一脸郁郁寡欢的样子，便问他为何不开心，是不是有什么心事。他摇着头，惨然笑道："二哥，你看我每日吃得好睡得香，我哪里有什么心事！"胡烈既不肯说出他哥哥欠赌债的事，又不想开口向江子游借钱，故而只顾低下头去继续写着字。江子游劝了几句，见胡烈执意不肯去，也就罢了。于是，又跑到仙姬胡同去约吴炼澄，那时吴炼澄正准备把他堂舅的几担丝出脱，约了一个专门跑淮北的周客人在鸡鸣湖的白篷船上见面。江子游见吴炼澄正在院子里监督下人们担丝，走上去说："大哥，我正要问你，我们今天什么时候去拜会碧溪小林的沈老先生？"

吴炼澄笑道："兄弟，你来了，我们昨日不是才去过？再说了，你也看见，你大哥现在忙得焦头烂额，今日就罢了！"

"可我们昨天临走前说好要再去拜访的，你不去，岂不惹沈老先生见怪？"

"兄弟，那不过是句客套话，当不得真。我去不了，要去你自己去。我还约了一个贩丝的周客人在鸡鸣湖上见面，要把我堂舅这几担丝脱掉，这事已经拖了很久，不能再耽搁了。你去时代我向沈世伯问好，改日我再当面向他赔礼吧。"

听到吴炼澄这么说，江子游也就一声言语也没有了，他耷拉着脑袋，气鼓鼓地想："你们个个都说有事，不肯去，说好的话不算数，让沈老先生和霜儿姑娘在家干等，这样冷了人家一片心，怎么可以？好，好，你们不去，我代你们去！我现在就去！我硬着头皮一个人去！"于是，提着礼物，沿着昨天走过的路，绕过青衣江，翻过矮丘，三步并作两步，来到了碧溪小林。

沈南风见江子游一个人来了，就知道他的来意，迎上去问："怎么只有世侄一个人，吴炼澄和胡烈两位世侄没有来？你看，金坛雀舌已经烹好，糯米酒也已端在桌子上，只等三位公子光驾寒舍，好作竟日长叙。"

江子游向他作揖，说道："他们都有事不能来了，只好委派小生一个人来陪世伯。"

说罢，奉上那一包名贵药材和那坛药酒："昨日听世伯说患有腿疾，家父也有个腿疾的毛病，这一包药材和一坛药酒，献给世伯，乞能见效！"

沈南风谢道："你来就是了，何必送这些东西？"推辞了一番，接了药和酒，道一声："世侄有心，老朽不恭承受了。"让谢老儿拿进书房去，又在廊下安了一张藤桌，摆两条竹凳，亲自把烹好的雀舌倒在小茶盏中，放在江子游面前，请他吃茶。又问他家住哪里，祖籍何方，家中有几口人。

"小可家住南风坡高塘口。"

沈南风又问他最近读的什么书？

"为应付今年大比，正在看唐有正和周时钧编修的历代墨程。"

"公子今年贵庚？"

"小侄是十月初十生的，上个月刚好满了二十一岁。"

沈南风赞叹说："正是青年才俊！"

俄而，仆人摆上新鲜瓜果。沈南风又问："令尊大人何故也患有腿疾？"

江子游说："家父当翰林院编修时，因在京城骑马，不小心从马上摔下，扭了脚踝。每到冬天，两条腿就疼痛难忍，故而只得早早告老还乡，在南风坡村口买了一处庄园，过着清闲日子。平日无事，就种花养草，打发时间。"

原来，这沈南风虽是一个贩丝商人，却与吴炼澄有一个同样的癖好，就是仰慕斯文，对读书人极为推崇。一听江子游的父亲曾是翰林院的编修，心想这翰林院编修可不是一般的官，定然是饱读诗书的了。至于编修的儿子，自然也是不同寻常的了，那沈南风因而也就越发肃然起敬起来。

两人又闲聊了一阵，江子游抬头四顾。"今日霜儿姑娘又不在家吗？"

"早知你们今日要来，我昨晚就叮嘱她守在家里，哪儿也不要去。她这会儿正在房间梳头，我这就让丫鬟叫她出来会客。"

丫鬟青萝很知趣地跑进去告诉小姐，沈霜儿刚开始还以为是吴炼澄来了，一听不是，那热情早就消减了一大半，后来又听青萝说："虽然不是吴大哥，却是吴大哥的把兄弟，也是昨日一道来的其中一位。瞧这位公子，仪表清秀，温文尔雅，小姐还是去看一看的好，说不定那公子真被小姐看中了呢！"

青萝鬼笑着，沈霜儿朝她肩胛上拧了一把，骂了一句"鬼丫头，没正经"。又说："你不知道，所谓的温文尔雅在我这里不过是软弱秀才的别称而已，既然不是吴大哥，那书生有什么好见的！"嘴里虽然这么说，可还是不自觉地移开脚步，想去见一见吴炼澄结交的这位公子到底是什么样人物。

来到厅上，那一壶雀舌刚好已经吃完了。那时，沈南风正要往瓷壶里加新茶，拿茶罐倾茶，却发现罐里面已经没有茶叶，便拍了一下大腿，做出一个无可奈何的手势。"世侄，看来这茶是吃不成了。你看看，我才发现我这茶罐已经见了底。我想起来了，原来是前天我下围棋输给了符老爹，那符老爹说要下个彩，又不肯要我的银子，说我的茶香，便讨了我的茶叶做彩头。"

沈霜儿站在门口，远远地听见，走进去，嘻嘻地笑着说："爹爹，看你以后还敢不敢与符老爹下棋！符老爹那鬼老头可贼精着哩，他早就想要你的好茶叶，却又不好意思开口讨，便变着法儿向你要！"

沈南风笑道："是霜儿！"

"霜儿，这便是昨日来的江公子，江子游。"

江子游连忙站起来，向前作揖。沈霜儿还过礼，彼此坐下。沈南风抱怨说茶吃到一半，结果茶叶没了，不尽兴。沈霜儿笑道："爹爹，你那里没有茶了，咋不问我要？"

"你有什么茶？快拿出来。"

"每回去普安寺烧香，寺里方丈都要送给女儿一袋上好的香茶，我舍不得吃，攒起来，有一大罐。爹爹，你要我去拿来可以，不过呢，这茶可不是白拿的。"

"我下次去东关集市上买了好茶，还给你就是了，鬼丫头，你快去把你攒的香茶取一些来，我好待客。"

沈霜儿笑着跑到闺房，素手捧了香茶，用瓷勺从一个兰花罐里舀出几勺放进茶壶中，亲自煨了一壶茶端过来待客。普安寺方丈的茶叶，不同于金坛雀舌，说是香茶，吃起来却有一股苦涩的味道。等过了一会，味蕾才开始回甘。江子游吃不惯这种茶，只抿了一小口，便放在桌上，沈霜儿瞧在眼里，说道："方丈还说，这茶呀，吃起来先苦后甜，不是一般人能吃的。但凡生活的滋味，大概也就是如此吧！"

江子游忽然觉得这话有意思极了，忍不住偷偷多看了沈霜儿一眼。只见沈霜儿穿着一件青色素衣，描着淡妆，浅浅的眉黛下，一对水灵灵有神的眸子，仿佛会说话。不说有十分的颜色，也自然一股卓然不凡的气质。那时，沈霜儿就坐在他对面，咯咯地笑着，显得落落大方。倒是江子游面红耳赤，十分拘谨，甚至还显得有些笨拙。

三人坐了一会儿，住在同光庙的魏三叔棹着船儿来找沈南风下棋。这魏三叔是沈南风在淮南时的老友，经常过江来会友下棋。沈南风连忙站起来，请魏三叔坐了上席。才吃了几口茶，魏三叔的棋瘾就上来了，问："江公子可会下棋？来，来，我们对弈两盘。"

江子游说："小生不敢在尊前班门弄斧。"

魏三叔说："你是翰林编修的儿子，自然琴棋书画样样精通，哪有不会下棋的理？"取出棋秤，分出黑白两子，硬拉着他下棋。

沈南风说："你们两个下，我去取酒来。"

沈霜儿笑着说："我爹去备酒，我就给你们两位泡茶，顺便下一个彩，赌江公子赢。"

没想到这魏三叔是个棋场老手，才下了几子，就生出一个劫，吃了江子游一大片。江子游因为沈霜儿在他头上下了彩，故而绞尽脑汁，一心想赢。奈何魏三叔棋高一招，江子游防不胜防。倒是沈霜儿，在旁指点一二，才勉强维持，没有一败涂地。

魏三叔笑着说："江公子的棋艺实在高，霜儿在他爹的指导下，棋艺也精进了不少。"

江子游不好意思："魏老爷不愧是国手！若不是魏老爷让棋，小生早就输得一败涂地了！"一边说一边擦着汗，一旁的沈霜儿虽然输了彩，却仍然嘻嘻地笑着。

魏三叔知道江子游是屎棋，有意让了他十来个子，连着下了两盘，就不强求他下了，而是去找沈南风下，那沈南风也是个老手，和魏三叔旗鼓相当。江子游被解了围，长长地舒了一口气。过了一会儿，沈霜儿又带他去看院子里种的花草。碧溪小林的花圃就藏在木头房子后边，一带有沟渠环绕。一入花圃，红的、黄的、绿的，一簇簇、一串串，活蹦乱跳地窜入眼帘。三角梅、石蒜、木芙蓉、蔷薇、蟹爪兰等各色名目，如邻家少女，风情万种。一阵秋风拂过，百花吐芬，黄蝶掠影，美不胜收。园中尤以菊花开得最为出众，把半个花圃染了一层金黄。江子游被眼前的景色迷住了，被那一阵阵袭来的芬芳陶醉了，他感叹着，遐想着，恍若身处百花仙子的宫殿。

"这是什么花？"沈霜儿指着一簇三角梅问他，江子游猜了半天，答不出来。

"这种花呢……那么……这一种呢？就是你旁边的蓝色小花，这种你总该知道吧！"

江子游红着脸，摇了摇头说："小生只知花的美，又何须知花的名。"

江子游以为这样回答算是很巧妙的了，可沈霜儿只是略略一笑，以为他的回答有些轻薄了，且不懂却还要硬充好汉故弄玄虚，便不再问他了。不一会儿，仆人谢老儿担着两桶水，走进园子来浇花，淌出的水打湿了黄泥。江子游穿着长袍，怕黄泥沾到袍子和皂靴，弄脏了不好看，便提起衣襟，踮起脚跟，一副小心翼翼的模样。沈霜儿冷眼看着，默而不语。

吃中饭的时候，菜蔬安排得十分新鲜，餐具极为洁净，新酿的糯米酒也极甘醇，江子游忍不住多吃了一碗饭。席间，魏三叔向江子游问起："南风坡地面曾发生过一起巫医案，一时闹得沸沸扬扬，江公子一定知晓一二了，有人说这巫医案是一起错案，根本就没有巫医行骗之事。也有人说巫医的事是真的，当时主审官还是金县令，因判了这起案子，名声大噪，升了沅阳道的知府。再后来就是汤县令来了，这汤县令重新看了卷宗，问了几个当事人，说这案子判得冤了，其实是前任金县令做了手脚。江公子，你知道这巫医案到底是真的，还是假的？"

江子游红着脸说："小生在南风坡这几年，并未听说过有什么巫医案。"

魏三叔说："这还是几年前的一桩旧案了，公子难道没听说过？"

沈南风说："世侄一心读书，对于这些闲话自然不放在心上，等世侄回去后问一问令尊，他或许最清楚不过。"

吃过中饭，又闲谈了一会，沈霜儿借口倦了，便先回自己房间去休息了。江子游则终日恍恍惚惚，心里牵挂着沈霜儿，一面想再看看她，等她出来却不得，另一面又为自己的笨拙感到不安，便忍不住自怨自艾起来。沈南风又拉着他和魏三叔去看隐在林中的一个水次，指着对面岸边饶有兴致地说起自己的计划："我打算明年在这水次旁加盖一个茅亭，再从对面架一座吊桥，直通到亭子。到时请世侄帮忙给亭子取一个名字。"

江子游当即想出一个名来，说就叫"云逸亭"如何。魏三叔念叨着："云逸，似闲云飘逸，以沈老爹的风雅，此名大抵也配得过，这名字妙，妙！"三人品咂着这名字，大笑着往前面走去，看过了水次，又转向一座长满银杏的高岗，那里有一座前朝废弃的小土窑，里面埋了一层叠一层的土陶碎片。等再回到溪边小木屋时，已近黄昏。谢老儿过来禀说，不知几时，沈霜儿带着丫鬟青萝和那条黄狗去了后山，还没有回来。沈南风略显尴尬，沉下老脸来，唠叨了一句："这野丫头，恁的不懂礼数！"魏三叔见天色晚了，起身告辞，说还要坐船回同光庙，夜里要去听庙里的和尚敷演经法。江子游见魏三叔要走，也不好意思再待下去了，只得一同告辞，可心里面依然有一丝丝惆怅。想起白天在沈霜儿面前出乖露丑，闹了不少笑话，就懊悔不已。不过，倒是沈老爷为人宽大，毫不见外，依然对他称赞有加，这让江子游愁闷的心又多少得到了一点慰藉。

晚上，喧嚣的林子变得异乎安静了，沈霜儿也已回来，那时，沈南风尚未睡下，他把沈霜儿叫到面前，说起白天那位翰林编修的儿子，知书达礼，说不定指日就会高中状元。沈霜儿抿着嘴笑，不置一语。回到闺房，丫鬟也过来凑热闹，打趣说："白天这位江公子真是一表人才，风度翩翩呢。"

见沈霜儿没理睬，丫鬟又鬼笑着说："咱们老爷倒是对这位江公子赞不绝口，就连一向刻薄尖酸的魏三爷也说了江公子不少好话！"

沈霜儿不以为意地说道："我看这位江公子也只是虚有其表。"

丫鬟不解，沈霜儿解释说："白天我问他花圃中那些花草的名色，他一无所知，这也罢了。后来，魏三叔又问他南风坡那桩有名的巫医案，他连听都没有听说过。看来这位江公子孤陋寡闻，到底只是一个死读书的书呆子，这样的书生，我们吴中的书院里一抓一大把，有什么稀罕的！"

"罢了，小姐看不上这位江公子，可昨天来的客人里面，还有一位胡公子，我看也不赖。"丫鬟又开起了玩笑。

沈霜儿笑着打了丫鬟一下，骂道："死丫头，鬼丫头，没正经！什么江公子胡公子，你以为这是选亲呢？这些所谓的公子哥儿，本姑娘向来就没放在眼里！"

"小姐没把他们放在眼里，可他们或许把小姐捧在心上。"青萝鬼笑着。夜已深了，银白色的白月光穿过层峦叠嶂的山林，清风暗起，虫鸣唧唧，沈南风和下人们都已经去睡了，惟有沈霜儿的房间还灯火闪烁，不时传来她和丫鬟咯咯的嬉笑声与打闹声。

# 十四

自从碧溪小林回来后，江子游就有了心事。

他没有想到自己在沈霜儿面前竟然那样不知所措，表现得糟糕透顶，尽管他很想努力表现的得体一些。他想到沈霜儿看见他那笨拙的言行后，一定会觉得好笑吧。一想到这儿，他就自惭形秽，倍感苦恼。第二天中午，他去找吴炼澄和胡烈吃酒，想排遣心中苦闷，却又不肯说自己因何苦闷。吴炼澄和胡烈见他心情郁郁，只当他在家里又被父亲拘管着读书呢，于是带着他一起去外面散心。他们一起游鸡鸣湖，听画舫中风尘女子唱曲儿，登云母山看日出，爬古城楼看广场上的士兵操练，取天子泉的水亲自酿酒。他们曾为那风尘女子的浅吟低唱而落下眼泪；也曾在古城墙上模仿士兵操练的样子，做出各种滑稽的动作；也曾被自己酿的烧酒醉得不知天高地厚，胡言乱语。吴中一带的渔民经常看到他们在一起，以为他们是三兄弟，他们也不避嫌，常自诩为"江南三友"，还说古有刘关张"桃园三结义"，今有吴江胡"江南三友"。他们当中以吴炼澄年纪最大，做了大哥，称江子游二弟，胡烈最小，称为三弟。从此"江南三友"的名号就在坊间传开了。

又过了一月余，一日江子游去城南集贤书院参加了一个文会回来，看看天色尚早，又想去找他大哥和三弟吃酒。他先是来到仙姬胡同，看见吴炼澄和陆元贞正坐在陈记铺子对面的小亭子里说话，于是，他邀他们两个一起去月明楼。吴炼澄沉吟了片刻，一本正色地说道："兄弟，和你一起去吃酒没问题，但是一点，如果胡烈也去，我就不去！"

"我们三个人一向同出同入，这是为何？"江子游疑惑不解。

吴炼澄气呼呼地说："莫要说起！"

"这又作怪。"

吴炼澄吐了一口唾沫星子。 "别说了，算老子眼瞎，认这种人做兄弟！"

江子游听得更加莫名其妙了。

陆元贞道："子游兄，你不要怪大哥，要怪就怪胡烈兄弟，不识好歹，一心要巴结汤县令，不念兄弟之情！"

江子游还是丈二和尚摸不着头脑，心里想这怎么又扯到汤县令头上去了？陆元贞见江子游睁着一双困惑的大眼睛，便把事情的来龙去脉诉说了一遍。

原来，本县县令姓汤名本，也是庚戌年的进士，曾做过荆州通判和转运司的文书。来到南风坡后，一心想要整顿吴中一带的水上贸易运输，知道这里的帮会向来是难缠的，故而一直踌躇未动。也不知他从哪里听说有一个叫吴炼澄的贩丝商客，是个热心肠子，在黑白两道都吃得开，跟帮会熟络，便想请吴炼澄出面去游说帮会。就在昨日，这汤县令差黄买办持了一个宾客帖子去约吴炼澄到府上议事，吴炼澄一听是汤县令的帖子，就把那帖子掷在地上，说："请上覆你家县主老爷，小可只是一介平民，没有那么大能耐，这尊帖，我不敢领！"

那黄买办见他把县主老爷的帖子扔在了地上，立马变了脸色。"呵呀！你这个人好不识抬举！老爷请帖，你不去罢了，竟然斗胆把老爷的帖子扔在地上！难不成你活腻了？老爷的帖子你也敢扔？你……到底去不去？"

吴炼澄甩着手说："不去！不去！"

那黄买办没奈何，气呼呼地跑回县衙，禀告了汤县令，又添油加醋说了一番。汤县令一听，气得拍着桌子大声说："这吴炼澄好大胆！"马上就要派人把吴炼澄锁起来。

站在一旁的钱师爷上前劝道："老爷，依小的愚见，这吴炼澄一时半会还拿不得。"

"本官在自己的辖地要拿谁就拿谁，他不过一介小民，怎么还拿不得？"

"目前确实拿不得，老爷不是要拘管吴中一带的水上贸易吗？我听说那吴炼澄人缘颇广，拿了吴炼澄，只怕帮会的人不愿意，往来客商也会闹意见，那时老爷再想要收拾水运，就难上加难了。"

"那怎么办？叵奈这厮目无本官，实在无礼！"

"也不难办，小的听说吴炼澄与老翰林江凤鸣家的大公子江子游，还有一个叫胡烈的秀才，结成生死之交，在坊间自诩什么"江南三友"，经常一起饮酒作乐，游山玩水。咱们既然请不动那个吴炼澄，莫不如先请他的兄弟，让他兄弟帮忙出面说情。他不听我们的，难道他兄弟的话也不听？等到这事一完，老爷把吴中一带水上贸易的运输紧紧攥在手里了，到时旧账新账一并算，再慢慢收拾那个吴炼澄也不迟。"

"既然如此，你可让黄买办再持一个侍生帖子去约他的兄弟。"

那钱师爷便写了一个拜胡烈的帖子，差黄买办拿着帖儿去请胡烈。黄买办打听到胡烈家住在马家坳，辗转来到他家，见房门上落了一把生锈的铁锁。向邻居四下打听，都说胡烈去沙洲河鲜坊附近卖字、算命还没回来。黄买办又火急火燎地跑到沙洲河鲜坊，找到胡烈后，奉上帖子，说县主老爷请他去衙门府中一会。胡烈从不曾想过县主老爷这样的人物会请他，兀自吃了一惊。那黄买办见他满脸狐疑，便说了一些让他放心的话，又说县主老爷听本地乡民说胡公子为人忠厚孝顺，常常读书读到深更半夜，十分感慨和钦敬，有心要赏识胡烈。黄买办又看了看香桌上摆着的旧罗盘和笔墨，说道："我们县主老爷对本地人才向来是爱惜有加的，听说胡相公的事迹后，十分感动，特意差小人请胡相公去府上一会，若能得到县主老爷的提拔赏识，胡相公就能平步青云了，何必再在这里做这种看人脸色、受人冷眼的苦差事！"

说罢又瞅了瞅他旁边那幅写着卖字、算命的泛黄幌子，啧啧地叹息道："以胡相公大才，做这种事，也实在太委屈了些！"

胡烈听了，心想："反正自己又没干犯法的事，去衙门拜拜县太爷，有何不可？总不至于亏了自己。"于是，满心欢喜，领了帖子，也不卖字、算命了，收了东西，跟着黄买办一径来到汤县令的府邸，成为汤县令的座上客。

在酒席上，汤县令显得格外热情，问起胡烈家的境况，知道他家过得十分清苦，便慷慨封出五两银子送给他，还答应资助他去应考。胡烈接了，满心感激。

那汤县令又从读书科举慢慢说到水上贸易上来："我们吴中一带，多的是水，在各种运输中，当属水运最为快捷，也最为经济。过去吴中财收，大半来自水运。这几年却因帮会插手，从中牟利，让客商们叫苦不迭，地方财政因而陷入困顿。本官自调任以来，有心要整顿水运，为南来北往的客商大开方便之门。"

胡烈说："这是好事，有青天大老爷做主，无论是商人、渔民还是这里坐船的平民，都有福了。"

"本府本打算发兵征剿，但又考虑那吴中帮里的人多半是被裹挟的平头百姓，他们家中都有父母妻儿，俗话说，上天有好生之德。本府想兵不血刃，劝服帮会归化，贤契意下如何？"

"老父台宅心仁厚，如此甚好！"

汤县令沉吟片刻，又说道："奈何找不到一个能亲入虎穴去与吴中帮交道的人，贤契，你说这事怎了？"

说罢，看了一眼胡烈。胡烈以为汤县令是要他去吴中帮做说客，可自己跟吴中帮的人一点也不熟悉，且对吴中帮的底细一无所知，因而心虚，不敢马上答应。

那汤县令堆起笑来。"这事也不消贤契亲去，只需用得上贤契的一位兄弟才成。"

"我兄弟？"

"对，这个说客正是你的兄弟——吴炼澄。"

"我大哥？"

"正是他。"汤县令便把吴炼澄与吴中帮相熟，上次县衙特意派人去请，他却不肯来的事情说了一遍，那意思是要胡烈亲自出面去劝一劝吴炼澄，请他当面跟帮会交道。

胡烈听了，心想既然是自己的大哥，那就好办了，于是满口答应。

"这个不难，我这位哥哥为人极为仗义，我去跟他说，他自然会看我的薄面，帮这个忙。"

事不宜迟，从县衙回来后，胡烈就径直飞奔到仙姬胡同，找到吴炼澄后，把县主老爷的意思说了。胡烈满以为他大哥会看在兄弟的面皮上，满口答应下来。可吴炼澄听后，低下头去，对此颇不以为然。

胡烈却越说越兴奋，他开始在吴炼澄面前夸耀那汤县令的种种好处，兀自不停地说道："这位汤县令，真是我们南风坡难得的一位好官呐，他有一副爱民如子的菩萨心肠，有这样的好官，实是我吴中百姓之福。"

吴炼澄奋拉着脑袋，默然不语，手心捏着一块从货架上扯下的碎布，把它揉成了一团。

"那汤县令还说了，只有水运无虞，才能还吴中一片清平，县太爷这话说得一点也没错。大哥，这个忙你可一定要帮！"

吴炼澄听了心里来气，忍不住抬起头，紧绷着脸，猛地打断说："三弟，瞧你的意思，是要我去当说客，帮那个汤县令咯？"

"大哥，你跟帮会的人最熟，故而就连官府也要借重你，请你出面去说服吴中帮归顺朝廷。我想大哥若能出面，立此大功，显宗扬名不说，就连吴中一带的老百姓也会铭记大哥的大恩大德哩！"

"呸！什么大恩大德！我若是去帮那汤县令当说客，那才是真正的祸害百姓！"

"这……大哥怎的如此说？"胡烈惊诧了。

"三弟，你也是堂堂一个读书人，怎么连这点道理都不明白！你知道那汤县令是一个什么人吗？他平素勒揩百姓，酷虐小民，坐堂听断，昏天黑地，你却跟这种人一个鼻孔儿出气，竟然想要我帮他当说客！单不说吴中帮才真正替老百姓撑腰，就算吴中帮真若干了什么歹事，那也只是针对官府，而不是针对平民百姓！只有官府才去干那些暴虐小民的勾当！那汤县令狗官，口口声声说要整顿水运，谁不知道他是眼馋水运这块"肥肉"，想独自把断利益。三弟不消多说了，这个忙我是绝对不会帮的！"

"可是……大哥，这恐怕只是大哥的一时成见，那汤县令并非大哥想的那样……"

"三弟，够了！"

"大哥，我看那汤县令的确出于一片好心，是大哥误会了县太爷才……"

"你不用再说了！你一口一声县太爷，叫得倒亲切，却听得我浑身连鸡皮疙瘩都起来了！"

吴炼澄不想再听下去了，便朝胡烈狠狠地瞪了一眼。胡烈被吴炼澄那凶狠狠的眼神吓得哆嗦了一下，半晌都不敢再言语了。

那天，胡烈受了一肚子闷气，茶也不吃，便匆匆告辞，狼狈地离开仙姬胡同，无精打采地回到家里，他哥以为他生病了，问他怎么了，他也不肯回答，兀自唉声叹气。吴炼澄也气呼呼的，绸布生意也懒得去做了，坐在陈记铺子对面的小亭子，吃了一上午的闷酒。

# 十五

江子游听完陆元贞的讲述后，暂时收起了自己的惆怅，心想："我们兄弟三人向来深情厚谊，结成生死之交，岂可因为这些小事弄得兄弟之间有了罅隙？"江南三友"的名号不是虚的，倘若被传出去，岂不让外人看笑话。看来这和事佬，还得由我来当！"于是，起身对正在喝闷酒的吴炼澄说道："大哥放心，三弟是一时鬼迷心窍，我去跟他说，准叫他回心转意！"

吴炼澄说："二弟，你由他去罢了，少管！"

江子游说："大哥说的是气话，我定让三弟当面向大哥道歉！"

安慰了吴炼澄几句，江子游就匆匆离开了仙姬胡同，径直跑到沙洲河鲜坊对面去寻胡烈。奇怪的是，这日胡烈并不在沙洲河鲜坊旁边卖字。去问酒店小二，那小二眯着眼说："不晓得，他平素就不怎么爱搭理人，我们也没这闲工夫去搭理他。他平日都在这里替人写字、算命的，今天不知为何没有来。"

"那你知道他家住哪里吗？"

"听他说住在石咀湾马家坳，离这里远着哩。"

江子游谢了，不及多说，径直赶往马家坳。他绕过一片小林子，翻过一座大山，走得大汗淋漓，直走了两个多时辰，才走到马家坳的晒谷场。向附近的人打听，村民指着山坳右边的一块坡地说："哎，他家就住在那山窝窝后面，从这里过虾蟆滩，绕过石咀湾的尾巴，起码还得七八里地！"

石咀湾是青衣江上游的一个弯道，状如麻袋，又如青衣江上长了一个瘤子。江子游过了石咀湾，在湾口的羊肠小道上七转八绕，几乎迷了路。

好不容易找到胡烈家，已经是日落时分了。还没进门，就远远看见胡烈家那三椽茅草屋，孤零零地卧在一株老樟树旁。一扇烂木门半敞开着，门口堆着许多薪柴，一把小竹椅倒在木柴边，磨刀石上搁着一把钝柴刀，地上到处是砍柴留下的木屑。从门缝望进去，里面家徒四壁，黑乎乎的、空洞洞的。江子游心想："平日看到三弟辛苦卖字、算命，以为他日子过得很难，却没想到他家的日子竟苦到这个地步！"他在门口站定了片刻，连叫了两声三弟。胡烈听见了，从屋子里面走出来，一见江子游站在门口，一脸惊诧，叫道："二哥，你怎么来了！快进屋里坐！"

进了屋，只见厅里安着一张把手脱落的木柜，一条破了漆的洗脸架和一张摇摇晃晃的桌子，三只脚长，一只脚短。胡烈让江子游坐在桌子旁，端了一杯热气腾腾的清茶过来。来不及寒暄，江子游就直奔主题，说："三弟，你和大哥的事我都听说了，我特意赶来，是想说，我们兄弟情深，怎能因为这些鸡毛蒜皮的小事闹得彼此不愉快？你听二哥的，辞了那个汤县令，咱们像过去一样自由自在，要多快活有多快活！"

"看来，二哥远道而来，是来替大哥当说客的？"

"不是……我是担心三弟才……"

胡烈不等他说完："不劳二哥挂念。二哥既远道而来，请先吃杯清茶解解渴，我这就去生火，弄几个不成样的小菜，请二哥吃一杯村里的浊酒。"

于是，进去端茶。江子游一把拉住胡烈说："三弟，你甭忙活了，我才吃了晚饭过来。"又说："三弟，你好歹听二哥一句话，别跟那汤县令来往了，免得大哥好不见怪！"

胡烈转过身，苦笑道："原来二哥果真是来替大哥当说客的！唉！他要见怪，我有什么办法？大哥自命清高，要当君子，要做侠客，我都没意见。然而，人生在世，各有各的活法，他不能总把他的意志强加在兄弟们的身上吧！二哥，我家的境况你也看到了，不怕哥笑话，我家里还有一个六十岁的"酒鬼"老爹，一个快四十岁的"赌鬼"哥哥，在外面欠了一屁股债。大哥久惯江湖，人缘广、门路多，自然不会为生计发愁，可小弟不一样，小弟只有读书为官一途可走，二哥以为小弟能像大哥一样当君子，做侠客，过那种逍遥自在的日子吗？"胡烈抚着胸口，说出这一番极其无奈而沉痛的话出来，说完后又长长地叹了一口气。

江子游默默地听着，他只知道三兄弟平素在一起很自由、很快活，却从没想过胡烈私下里竟有那么多苦楚。现在，胡烈的这番话，让他如梦初醒。想起自己平素锦衣玉食，从来不曾为生活发愁过，他便忍不住深深同情起胡烈来了，便轻声地说道："三弟，我不知道你竟然过得这么苦，你为何从不告诉我们这些？你早说，我们也好搭把手，帮帮你！"

胡烈惨然一笑，摇了摇头说："我知道兄弟们一定会帮我，可我也要自己争口气，不能事事都向兄弟们伸手！"

胡烈又继续说道："其实，我也不是成心要与大哥赌气，可我真不理解大哥这人是怎么想的。说起来，那位汤县令并不坏。他一番好意，不过是想整顿水运，造福本地商贾和百姓，这难道也有错吗？你不知道，那些帮会的人把断水运，勒揩客商和渔民，那才叫可恶呢！我与夏老爹那些渔民也算相熟，对其中的苦情最清楚不过，可是大哥却不问青红皂白，一心替帮会说话。"

"这怎么说呢？"

"讲起来也好笑，大哥怎么会认为帮会是在行侠仗义？难道帮会干的那些伤天害理的事儿他一点也看不到？再说，那汤县令怎么了？他为官至少能善待我们读书人，能为四民着想，按照大哥的说法，难道是一个官，就是坏官？你想想，我们辛苦读书应考到底为了什么？还不就是想着将来发迹当官，为生民立命。等哪一天我们当了官，难道就成为大哥眼中的坏官了？我看大哥就是满眼偏见。一根筋拗到底，一点情理也不通！"

胡烈越说越激动了，他那双深陷下去的眼睛里布满清晰可见的血丝。

江子游只得劝说："汤县令为人如何，我不清楚。不过大哥也不是你说的那样好官坏官不分的。他只是痛恨那些坏官。无论如何，你和大哥各退一步吧，你们两个老这样僵着也不是个事，千万不能因此伤了和气，坏了兄弟之间的情义。"

江子游说了不少好话，劝了半天，可是依然无法安抚胡烈胸中那一股不平之气，这让江子游不免感到焦躁，心想大哥和三弟两人的心结，只怕不是一天两天能够解得开的，还须慢慢地规劝才行，等两人都冷静下来，才好做和事佬。两个人吃着苦茶，各自怀揣心事，彼此说了一些无关痛痒的话。忽然听到门外面闹哄哄的响，两匹马停在门口，打着响鼻。一面锣敲了起来，惊得屋外鸡飞狗叫。胡烈听到外面的嘈杂声，吃了一惊，心想这一定是那些破落户又来催他大哥欠的赌债了，连忙起身说："二哥，我去外面看看情况，若听到什么吵闹，二哥先待在屋里，切不可出来。"

说罢，胡烈便走到外面去看，原来不是催债的人，而是县衙来的黄买办带着几个从人，正在门口拴马，见到胡烈出来，那黄买办笑着作揖，说："今日县主老爷得空，特意让卑职备了马，请胡公子去府上做客。"

胡烈还了礼："又蒙县主老爷看顾，学生换了衣裳就去！"于是，回房间换了一身干净的袍子，戴好一顶半新半旧的方巾，对江子游说道："原来不是催债的人，是汤县令派人请我去县衙说话。我没得功夫陪二哥了，请二哥自便吧。"

江子游道："三弟放心去，大哥那边，我再去说说。"

说罢，起身告辞。江子游抬头看着胡烈等一行人骑着高头大马，扬长远去了，方才怅然若失地离开了马家坳，返回家中。

# 十六

看到胡烈家里一贫如洗，江子游被深深震动了。他知道胡烈从不在别人面前谈起自己的困窘，也从没有对生活有过一句抱怨。原来，他这样的一个儒雅书生，终日顶着被人嘲笑和辱骂的不堪，去沙洲河鲜坊对面的集市上替人卖字、算命，只是为生活所迫，为供养他那"酒鬼"父亲和"赌鬼"哥哥呀。一想到这儿，江子游便对胡烈满怀钦佩，却又替他感到难过，以致胡烈接受汤县令的邀约，也是值得同情和可以理解的了。

江子游一路行一路想，感慨着胡烈的清贫，又钦佩他的坚韧不屈，自言自语道："总归还是我大哥的性子太直了，误会了三弟，今日前去，我定要好好劝劝大哥才是。"想到此，便挥起马鞭，朝仙姬胡同的方向赶去。

却说胡烈当晚辞了江子游，骑着县衙的青鬃马，跟着黄买办一路来到县太爷府，那时汤县令刚刚退堂下来，见到胡烈已经站在仪门旁等候，连忙叫人招呼进去。汤县令看到胡烈，见他青年才俊，心中已是几分欢喜，便请他进书房里坐。只见那书房布置得古色古香，一个沉木博古书架上摆着几部四书和一排魏晋名士的笔记杂谈，中间最醒目的位置放着一部临川诗集。正对面的墙壁上挂了一轴字画，是王荆公亲手题赠的。旁边布置瓶花炉几，靠着圆窗，一株桂花树掩映，如同悬挂着一轮明月。汤县令叫下人焚了一炉檀香，顿时书房中香气浮动，让人精神一振。

胡烈且不去坐，而是站在一旁看着书架上那些装帧精美的书籍，啧啧不已。汤县令见了，赞赏道："贤契一来就在书前驻足，不愧是个读书人！"

胡烈又盯着一幅字画看，汤县令因问："贤契，你觉得这字画如何？"

"不愧是妙手丹青。"

看看字画的落款下面竟然盖着临川王荆公的名章，胡烈忍不住好奇地问："这字画果真出自当朝宰辅王荆公之手笔吗？"

汤县令笑道："这名章哪能有假？想当年我还在东京参加会试时，有幸见到王荆公真人，是他赠我字画，并勉励下官到了地方后，要体恤民情，爱民如子。下官不敢忘记荆公教诲，这些年来，学生辗转在淮南、江南一带为官，多不如意，可即便撞得头破血流，只要回想起荆公当初说过的话，就无限感慨。"

胡烈感叹了一阵，称赞汤县令为官清正，乃本县之福。自然两人从王荆公的诗词书法上谈到了推行的新法上。胡烈虽然仰慕荆公的才气，对他务实的诗书文章赞赏不已，但是一说到新法，总不以为然，觉得那新法太过严苛，施行起来多有不便。

"若论这新法，着实扰民不浅，譬如这免役法，名为免役，实则加役。至于青苗法，强制借贷，尤其可恶。恐怕是荆公一时考虑不周，好心办了坏事。"

　　这时，汤县令便一本正色道："贤契此言差矣，当今之世，世风日下，做官的不思进取，为民的不思耕织，沉疴已久，就算矫枉过正，也总比抱残守缺要好。当此世风浇漓之时，正当下以猛药，才能根除病痛。那些下民们，粗鲁无知，只看到眼前，哪里晓得朝廷的百年大计？若百姓有一点点怨言，就由着他们去，那还怎么治理国家？还怎么开万世太平？"

　　胡烈以前听到有人抱怨过新法，也曾目睹和体会新法给那些渔民带来的痛楚，故而对新法颇有怨词。不过，现在听到汤县令一番凿凿的言论，细细想来，又觉得颇有道理，当即醒悟道："还是小生眼界局促了，今日老父台一番开导，小生醍醐灌顶，豁然开朗！"

　　不一会儿，仆人进来，问是不是就在书房用膳，汤县令说："我还有两位朋友要来，就在客厅摆席吧！"

　　胡烈问是哪两位客人，汤县令道："是本县的张举人，曾在邻县做过县尊的。还有一位是江南善治小学的吉丰先生，想必世侄也听过他的大名，等下可以就学问之事，求教这位吉丰先生。"

　　两人方才坐下吃茶，那茶壶里泡的是千年古树茶叶，倾出来的茶汤色泽均匀，甘爽厚重，加之龙香氤氲，让胡烈有一种飘然若醉之感。不一会儿，两位客人到来，汤县令迎出来，分宾主坐下。仆人在客厅圆桌上摆满八色珍馐，倾出琼浆玉液。大家推杯换盏，气氛融洽。汤县令免不了在吉丰学士和张举人面前夸赞胡烈两句，指着胡烈说道："我这位贤契，品行敦厚，孝悌忠信，文章又做得极为出色，前途不可限量！两位大人乃当今饱学之士，还请两位看在下官的薄面上，从旁指点一二。"

　　张举人夸道："既然老父台器重胡相公，想必胡相公一定是高才博学了！"

　　那吉丰学士听到汤县令不吝赞美，有心要考一考胡烈。问他辞章理法，胡烈先是谦虚不敢言，汤县令因道："贤契，何必谦逊，你在吉丰大人面前但说无妨!"得了县太爷这句话,胡烈也就不再谦让了,在吉丰学士面前侃侃而谈,一问一答,往来数十回合,无不贴宜。最后,吉丰学士也忍不住颔首称赞:"真乃后生可畏!"

张举人又问:"上次县主大人说要整顿吴中一带的水运,如今事情可有些眉目了吗?"

汤县令皱着眉道:"帮会势力盘根错节,这件事,看来并不如我想的那般容易!"

张举人道:"对这些人,我看还有什么好谈的!县尊大人不如干脆派一队兵,趁着月黑风高,剿灭这一帮贼人,岂不省了很多事!"

汤县令说:"下官也曾这么想,但是这些帮会的人,在州府上都有打点,与地方小吏和兵卒多有交道,上头有人压着,下面有人顶着,怎么好动武!再说这些帮会的喽啰大都是被裹挟的平头百姓,常年在水上流窜,贼人盘踞的地方港汊又多,水域又复杂。官兵们深习陆战,却多不识水性,若开船征剿,误入港汊,不见得能占到什么便宜。"

吉丰学士说:"这还只是一件,眼下还有一件更为头疼的事情哩,不知大人将如何处置?"

汤县令问:"你说的是什么事?"

吉丰学士道:"就是岩村和隔壁霍村为争水扯皮,双方大打出手,把几个村妇和小孩打了。岩村说霍村不该偷放他们的水,霍村说岩村不该偷占他们的田,两边闹得不可开交。昨日岩村和霍村两村的里长请我出面调停,我各说了他们两句。可看那样子,他们依旧不肯罢休,估计还要告到县衙,只怕等我们吃完饭,两村的状纸就已经呈到公堂上了!"

汤县令转头问胡烈:"贤契,你以为这样的事该如何处理?"

胡烈想了想,说道:"往年大旱,村民为争水的事常有发生,不足为怪。庄稼人辛苦耕作,不过是求个温饱,不能去责备哪个村有理,哪个村无理。依学生愚见,根本之法还在于兴修水利,开通河渠,让各村不再为灌溉的事再起争执。"

汤县令说:"贤契一针见血,这才是解决问题的根本方法!"

那汤县令又在众人面前大力夸奖了胡烈一番，说他年纪轻轻，就见识不凡，将来为官，必有作为。胡烈也着实感激汤县令的赏识之恩，把汤县令的话，当成金科玉律一般。告辞回家时，那汤县令又封了五两银子送他，胡烈不肯要，汤县令说："这是我分俸些须，你本是孤寒之士，又要读书，又要供奉父母兄弟，实属不易。你且拿回家去用，安心读书，改日我再派人送些柴米油盐过去，让你不再为生活操心，一心一意准备应考。"

胡烈恭敬地接了银子，高高兴兴地回去了。刚到家里，去水缸里舀了一瓢冷水，才喝了一口水醒酒，忽然听到门外一片声响，只闻豁喇一声，似乎是门板被掀掉了。又是"哗啦"一声，似乎是瓦片纷纷地落了下来。胡烈十分惊惧，跑出去一看，原来是那帮催债的人又来了，几个无赖正要来打门揭瓦。胡烈气急了，也不知哪里来的胆气，跑到台阶上，大声喝住他们。那帮人见了，骂道："胡北峰，以为躲起来就没事了？你躲得过初一躲不过十五，若再不还钱，老子们好不好一把火把你这破房子全烧光了！"

胡烈叫道："我看谁敢动！"

众人骂："呵呀，老子不撩拨你，你倒在老子面前耍横！"

一个满脸横肉的大汉指着胡烈骂道："你去叫胡北峰出来！"

胡烈大声说："慢着！你们不就是来讨钱吗？我哥欠你们多少钱？我还给你们便是！"

"你现在能还钱，便万事皆休！不还钱，叫你好看！"众人嚷起来。

不待众人说完，胡烈急忙跑到房间，从床头抽出一个小方屉，把自己连日来辛苦卖字、算命赚来的银子，加上汤县令两次封的十两银子，凑拢来，算一算，除了凑齐四十五两银子外，还多了一两五钱。胡烈用一个袋子把银子装了，捧出来放在众人面前，说道："四十五两银子在这里，不多不少，你们拿了回去，以后休要再来缠我哥了！"众人得了银子，欢天喜地说："早点还嘛，就不至如此！"说罢骂骂咧咧地回去了。看到这些人走远了，胡烈长长地吁了一口气，身体顿时觉得无比的轻松，之前的疲惫也一扫而光了。他把剩下的一两五钱银子用一块靛青色布包着，藏在抽屉里，本来打算拿着慢慢度日，却寻思道："这一两五钱银子能做甚？我如今在县衙帮着汤县令办事，逐日也有几分银子进账。俗话说，千金散尽还复来。剩下这些须银子，索性去买酒，谢了夏老爹，把爹和哥哥接回来，好好过日子。"于是，袖了银子，去外面集市上买了一斤肉、一壶酒，去菜园子里摘了一把青菜，又去屋檐下取了一尾腊鱼，炒了几个菜。跑到夏老爹家，见到他爹坐在一个圆凳上正与夏老爹攀话，胡烈谢过夏老爹，说道："这些日子，多蒙老爹看顾，我备了一些薄酒，请夏老爹和老婶去我家小酌闲叙，算是感激老爹老婶连日来对我爹的眷顾之情。"

那夏老爹说："又劳小二相公费心！"

"不过粗茶淡饭，表意而已。"胡烈上前，硬拉着夏老爹和夏婶子来到家中，去灶头端来热好的酒菜，请夏老爹和他爹吃酒。直吃到二更，老两口才打着一个破灯笼回去了。

第二天一早，胡烈又跑到西乡塘老舅家接了他老哥回来，只说好不容易才借到足够的钱还了赌债，千叮万嘱告诫他哥以后切莫再赌了，并不说自己连日来的辛苦。他老哥听了，还一路抱怨不止，认为他兄弟来得迟了，且小题大做，他哥唠叨道："兄弟你不早来！这些日子待在老舅家，清汤寡水，哪里也不敢去，不把你哥饿死，也要活活憋死！"

自从还了赌债，胡烈感到一身轻松。汤县令的赏识，让县衙大小官员们对他另眼相看，让他不免感到春风得意，踌躇满志。加之他写得一手好字，差人们要写什么东西都来找他帮忙，每日也有几贯钱的润笔费，渐渐手头也开始宽裕了。胡烈又去刘家缎子铺买了一顶簇新的方巾，裁了一件蓝缎袍子，把自己装扮得整整齐齐，出入县衙，威风凛凛。见到以前诗会的朋友，腰杆儿也挺直了。一回到家，就一心一意看书备考，也不去沙洲河鲜坊对面卖字、算命了，就连他兄弟吴炼澄和江子游也很少能见到他。

# 十七

　　胡烈的日子变好了，江子游这些日子却过得十分愁闷。也许正如吴炼澄说的那样，二弟这人什么都好，就是太容易多愁善感。看到荒园中枯败的落叶就要唉声叹气，看到梧桐细雨就要像悲情的诗人一样发一阵牢骚，看到街道上一只黄狗瘸着腿落寞地走过，就忍不住感到莫名的惆怅。是的，江子游的神经太敏感了，他那种天生诗人的气质，总容易把所看到的景象联系到自己的身上去，总是觉得天地之大，人如蜉蝣，那些所谓的功名也好、利禄也罢，都将化为尘土，故而这些东西都变得毫无意义。可是没有这些执念的羁绊，他又像断了线的风筝，不知何处是归处。他经常觉得人生空虚、无聊，为了抚慰内心的痛苦，这种时候江子游便喜欢沿着青衣江栈道上走一走，吹一吹江边的冷风，看一看江面的月色，从浩瀚的星辰大河中获得一丝慰藉。当这些也不能让他解脱时，他便去找城南清宁寺的老僧开导，那老僧是一个很枯寂的人，终日坐在佛堂敷演佛法，江子游耐心地听着，从早到晚，每一次听后都觉得醍醐灌顶，可那佛法也只能解暂时之痛，没过几天，他又很快陷入一片惘然之中。

　　有一天，他独自一人回来得很晚。河岸上，三三两两的行人路过，他们满面尘霜，行色匆匆。一个卖菱角的老人坐在一棵垂柳边大声吆喝，也有卖花的花童走过来，问他要不要买一枝花送给朋友。他忽然想起了沈霜儿，又见那花童瘦骨伶仃，实在可怜，便俯下身买下了小姑娘手中的那一束长春花。他数着长春花的花瓣儿，红的白的相间，惹人喜爱。他觉得这花与谁都不相配，除了霜儿姑娘。他恨不得现在就坐着船，摇着桨过青衣江，把长春花亲自送到霜儿姑娘的手中。可是，他马上又叹了一口气，心想，等赶到碧溪小林，这些花就要蔫掉了吧！就算没有蔫掉，霜儿姑娘也未必会喜欢吧！因为她花圃中花的名色更多，也开得更好，哪会在意他手中的这一束呢！他忽然自惭形秽起来，是呀，霜儿姑娘怎会要他送的花呢？想到这儿，他苦笑了一声，自言自语：“算了吧，算了吧。你有什么资格呀！你这样做作，真是异想天开！”他便默默地把花扔到河里面，一个浪头打过来，把花瓣卷进水中，又一个浪打过来，把花瓣冲得七零八落，一会儿就不见了。他以为流水带走了花瓣也就带走了思念，可是脑海中却依然浮现沈霜儿的身影。

回到家时，已经很晚了。江凤鸣见他在外面溜达了一个晚上，不好好读书，忍不住又发了一通脾气。江子游低着头，听他父亲的训，不吱一声。等父亲骂累了，他便扯了个谈，跑回书房，拿起一本书来读，当读到王维《渭城曲》里面的“开轩面场圃，把酒话桑麻”时，他忽然想起了吴炼澄和胡烈，心中不由得生出一丝感触：“大哥和三弟老是这样僵着，弄得我们兄弟三人很久没有在一起相聚言欢了。哪一天我们三兄弟才能像过去一样，坐在轩中，也像摩诘居士那样‘开轩面场圃，把酒话桑麻’呢？”

第二天一早，他醒来了，王维的诗句还在脑际回旋未散。他又前往仙姬胡同找吴炼澄，问他大哥是不是愿意陪他一起去月明楼吃酒。他似有意无意地提醒说：“大哥，你还记不记得我们兄弟三人一起游鸡鸣湖，坐在乌篷船里一起吃酒的情景？还记得那时我抚着琴，三弟吟着诗，你就在船舷上打了一套醉拳，那样潇洒的日子不知还能不能再有哩！”

吴炼澄就说：“二弟，我知道你又想来替三弟说情了，罢了，我也不是那种不通情理的人，只要三弟不与那汤县令来往，他还是我的三弟，我还是他大哥。”

江子游费尽唇舌也没能说动吴炼澄，他更说不动胡烈，没想到胡烈执拗起来与吴炼澄一样犟，两个人针尖对麦芒，谁也不肯让谁。说来说去，胡烈对江子游还是那一句话：“做大哥的怎么可以把他的意志强加在小弟身上呢？再说汤县令又不是什么坏官，他对我有知遇之恩，我不负汤县令，正如大哥不肯负吴中帮一样！”

这样的话让江子游听得很不耐烦，却又不知如何辩驳，便红着脸说：“你们呀！都一个样，两头犟牛，拉不回的犟牛！”江子游夹在两人中间，两边往来了不知多少次，可是两头都不讨好。见吴炼澄和胡烈依然闹得不可开交，江子游感到心力交瘁，索性甩开手，气鼓鼓地说："好吧，好吧，你们就这样僵着，我吃饱了撑的，干吗非要打肿脸充胖子，做什么和事佬！罢了，你们这么爱闹，随你们闹去，我也不耐烦管啦！"

有一天下午，他在一个挂着暖帘的小酒馆里独自喝着闷酒，忽然听到外面锣鼓喧天，街上的人站成了两排，议论纷纷。江子游以为又是州府里哪位大官下乡视察民情，也就不去理他。只听见坐他前面的客人正在小声地议论："你们可知道？这刚过去的轿子里面坐的是新到的知县，名叫任达。听说这任知县是从东京来的，曾在枢密府为官，后来丁忧在家，不知为何被朝廷打发到这里当地方官来了。"

"那汤县令呢？"一位老客问道。

"汤县令坏了。据说王荆公被罢了相，汤县令因为一贯支持新法，也遭了牵连。昨日察院派人来摘了他的印，还查了他一堆烂账，那汤县令说不清道不明，这会儿恐怕已被押着在去大理寺报到的路上了。"

又一位胆小的酒客说："嘘！小点声！我们吃酒好了，莫管闲事！"

酒客们虽然说话小声，但是一旁的江子游分明听得一清二楚。他先是一惊，后来忽然觉得害怕起来，心想三弟跟汤县令走得那么近，会不会也受牵连呢？接着心里又是一喜，心想既然这汤县令被投了监，自此三弟就可以与汤县令断绝往来，再无瓜葛了。他似乎看到三兄弟和好如初的曙光了。胡思乱想了一通，一阵喜一阵忧纠缠着在他胸口撕扯一番，于是，不吃酒了，匆匆付了酒钱，就在店门口雇了一辆马车，先去沙洲河鲜坊附近寻胡烈，见胡烈不在，心中顿时涌出一种不祥的预感，于是，又慌忙跑到马家坳。

来到胡烈家中，胡老爹还不知道汤县令被罢官的事。吃了酒的胡老爹醉醺醺地对江子游说胡烈不在家里，从昨天起就没有回来过。见到江子游一脸焦急的模样，胡老爹也感到事情不妙，遂让他哥去寻。他哥胡北峰去外面溜了一圈，回来说不知道胡烈在哪里，胡老爹让他继续去找，他哥便不耐烦，说道："他这么大了能有什么事？说不定是约了几个读书的朋友参加什么雅集去了，又或者是去了哪个酒楼，独自逍遥快活去了！"说罢又要去赌坊赌。江子游听了他哥的胡言乱语，愈加不安，拍着大腿，慌道："坏了，坏了，莫不是三弟因为汤县令的事，也被拿了去？"

"汤县令怎么了？谁被拿了去？"胡老爹还要问。来不及回答，江子游跨上马，就往回跑，赶着去县衙打探消息，看看胡烈是不是也被关了起来。就这样，一气奔了几十里，来到县衙，却被守门的兵卒一把拦住，不让他进。他又跑到牢营打听，守牢的姚孔目直接把他赶了出来，说牢营里面最近是关了一批新到的犯人，却没有听说过胡烈这个人。江子游还是放心不下，急得团团转，一时也不知道该怎么办才好，心想："我还是去找我大哥吧，他见多识广，虽说现在还恼着三弟，可是三弟有难，他断不至于不闻不管，且去听听大哥怎么说！"于是，一径来到吴炼澄家里。

那时，吴炼澄正坐在院子中央监督下人们捆扎葛布，陆元贞站在一旁记录各项进出的数目。听了江子游的一番诉说后，吴炼澄惊了，猛地站起身，说道："我早让三弟不要跟那个汤县令往来，现在如何？这下该如何是好？"

"你三弟是不是在沙洲河鲜坊那儿卖字？"陆元贞提醒道。

"寻了，没在。"

"那是不是在家里？"

"我才从三弟家回来，也不见人影。"

吴炼澄见江子游满头大汗，宽慰说："二弟，你跑了一天，也够累的，先回家去等我的消息吧。我认识衙门里的一位郭排军，我即刻去找他，托他去衙门找金令史，打探三弟的下落。"

"我同大哥一起去。"

"不用，人多了反而坏事，再说三弟就算被抓，衙门还要过堂提审，一时半会儿也不会拿三弟怎样。我一有三弟的消息，就马上告知二弟。"说罢，吴炼澄叫家人从马厩中牵出一匹膘肥体壮的大黑马，骑到衙门，找到那位郭排军，摸出三两银子，放在排军手里，说："劳烦兄弟帮我去县衙里打听一个人。"

郭排军按照吴炼澄的叮嘱进了衙门，过了半晌，出来对吴炼澄说道："我问了金令史，县太爷才到任，还论不到这件事上。目前与上任汤县令被抓的，只有钱师爷一个。我又去问了管营的人，也确定牢房里没有胡烈这个人。吴爷请回吧，说不定你那位胡烈兄弟，只是外面闲玩去了。不过，我还是建议他最好去外头避一避，现在新太爷上任，衙门的事也不好说，让他躲过这一阵风声再回来。"

"有劳郭爷了。"听了郭排军的话，吴炼澄也就放了心，回去先安慰了他二弟江子游一番，又去马家坳看胡烈是否已经回来了，可是胡烈哪里回来！一时之间，又不知去哪里寻，只好暂回家等候消息。

原来，汤县令被摘印的那一天，胡烈正好与吉丰学士、张举人在县太爷府上吃酒，忽然见到抚院一个差官，同一位二府，抬着一顶轿子，径直走上堂来，叫汤县令出来答话。不一会儿，那差官拿出一张牌票，同汤县令耳语了几句，又去押了钱师爷，满县衙的人很快便知道县太爷被摘了印，全部慌了神，闹闹嚷嚷地说："不好了！我们的县太爷坏了！"一个个吓得慌了神，胡烈、吉丰学士、张举人三人更是惊得说不出一句话来。那差官说："不干你们的事，上面只要求缉拿汤县令和钱师爷，其余闲杂人等，一概不问。"说罢，开了宅门，押着汤县令和钱师爷出去了。

过了半晌，三个人才回过神来。那吉丰学士说道："这是县太爷卷进了旧派与新派之争，听说王荆公前几日才被罢了相，旧派的人卷土重来，开始要清算总账了！"

张举人说："刚才听抚院的大人讲，其余人等一概不问，但是我们毕竟与汤县令往来相厚，也应该去外面避一避风头才是。"

吉丰学士也说应该去外面避一避，免得卷进汤县令的案子中来，惹祸上身。胡烈听了，义愤填膺地说："老师对我有知遇之恩，现在老师蒙难，学生岂能置老师于不顾！"

张举人冷笑道："现在朝廷来摘县令的印，我们能够自保已属万幸。你一介书生还能帮什么忙？"

胡烈不听吉丰学士和张举人的劝，说就算不能救老父台出来，也应该去见恩师一面。汤县令被押赴东京的那一日，府衙里竟然没有一个人出来送行，冷冷清清，那场景十分凄惨。胡烈没有回家，而是在村口的一家客栈住下，守着，天没亮就起来，特意去集市上沽了一壶酒，包了一些干粮，买了一只烧鸡，早早地在通往大理寺的村口等待，等到汤县令被差拨押着路过的时候，胡烈噙着眼泪，在寒风中躬身向汤县令敬了一杯水酒。汤县令郑重地接过酒，笑着一饮而尽，又勉励他几句用心举业的话，说他将来必是朝廷的肱骨之才。胡烈铭记恩师教诲，把准备的干粮送给老师，又请差拨好生照顾老师，直看到汤县令有些佝偻的背影远远地消失在前面那一片斑竹林时，才转身离开。

送走了老师，胡烈怅然若失地走在回家的路上，过了青衣江，顺着石阶，他跟跟跄跄地爬上了麻丘，坡上红叶纷飞，秋色已浓，寒意像青衣江的浪涛一阵一阵袭来，把脸吹得冰凉刺骨，胡烈理了理两鬓的乱发，裹紧了松垮的大衣，因为心里还在为汤县令的遭遇感到愤愤不平，故而无心去观赏沿路的景色。回到马家坳，刚刚过了石咀湾的第二条羊肠小道，他忽然听到有人在后面叫三弟。

"三弟，你可回来了。"

胡烈诧异地扭过头一看，只见江子游牵着一匹白马，气喘吁吁，正好从羊肠路的转弯处拐出来。

"三弟，那汤县令坏了，你知不知道？"

江子游一见到胡烈就激动地说："三弟，那汤县令坏了，你知道了吧？我以为你也跟着出了事，还好，还好……谢天谢地，你总算平安回来了。"

江子游跳下马，不知什么时候噙了一汪热泪，上前一把握住胡烈的手，如释重负地舒了一口气。

"嗯，我回来了。"胡烈眼眶也有些湿润了。

胡烈看见他满面风尘，额上沁出细细的汗珠，脸上却露出会心的笑容和疲惫的神色，忽然感到一股巨大的暖意袭来，在周身扩散，慢慢流淌开去。此时，胡烈也不禁动容了，握紧了江子游的手，接着，他在刺骨的寒风中展开双臂，两人含泪相拥在了一起。胡烈拍了拍江子游的肩膀，似乎是在安慰江子游一样，喃喃地说道："二哥，我没事，我没事，对不起，让你担心成这样子。你看，我这不好好地回来了嘛！我要回来，当然得回来，因为我还惦记着你上次欠我的一顿酒呢。"

"三弟，这种时候，你还想着吃酒。"

"天底下没有什么事是一顿酒不能解决的。"

很快，天空中响起了他们两人爽朗的笑声，那笑声穿透寒风筑成的森严的壁垒，在石咀湾朦胧的水汽中久久地回荡着。

# 十八

自从汤县令被摘了印，押到大理寺提审去了后，胡烈便失去了县太爷的资助，衙门里的大小官僚也都忙着与他撇清关系。他又不得不重拾旧业，去沙洲河鲜坊石狮子旁摆桌儿卖字、算命。吉丰学士和张举人怕受牵连，都携家带口，逃离了南风坡，去北方暂避风声。江子游也劝他避一避，胡烈不肯，说道："我又没犯法，为什么要避？再说我若走了，丢下我老爹和老哥怎么办？"

江子游说："你爹和你哥，自有我们帮你照顾。三弟还是去外面避一避风头，切不可大意。"

胡烈执拗不肯去。那时，江子游替他捏了一把汗，他爹和哥哥也因此担惊受怕，一天到晚埋怨他。胡烈嘴里不说，不免还是有一些心虚，但是依然憋着一口硬气，不肯有半点妥协。幸好，新来的任知县并没有要穷追不舍的意思，这件事也就不了了之了。

有一日，秋高气爽，正是出游的好时节。新来的任知县是一个爱听戏的县太爷，俗话说"新官上任三把火"，他烧的第一把火就是在南风坡东大街搭了一个大戏台子，又在七里巷的西面搭了一座小鳌山，挂起几百只花灯，把半边天照得通红。东边唱戏，西边赏灯，他说，这叫与民同乐。

任知县的到来，确实给死气沉沉的南风坡带来了一些新的气象，尤其是对于那些为生计窘迫的渔民而言，他们晚上划着渔船把西岸的人送到东岸去看戏，又把东岸的人送到西岸去看灯，哪怕不再去打鱼了，单凭载客这一进项也不愁生计。所以，夏老爹动辄就在胡烈面前夸赞这位新来的知县，说这位新知县真的是为老百姓着想，比原来的汤知县要好多了。胡烈每一次听了，都默不作声，心中却很不以为然，心想："堂堂一个县令一上任就搭了一座戏台子，弄了一座小鳌山，这样的县官能好到哪里去？"可是，他又懒得去辩驳。

任县令爱听戏，自然有一帮人每天围着县太爷张罗戏班的事情。可是，县太爷说这唱戏须在外面唱，要让所有的人都能观看，那才有意思。对于新老爷爱听戏这一点癖好，江凤鸣家的二娘表现得最为上心了。二娘本来就是个戏子出身，她知道哪里的戏班最好，尤其是知道哪个人唱南戏唱得最好。她一天到晚谈论着县太爷的这点癖好，连江凤鸣听得都有些不胜其烦了，就说："你那么会唱戏，那你咋不去唱给这位新来的县太爷听？"

二娘拍着江凤鸣的肩膀说："我就唱了又怎样？想老娘还年轻的时候，也是这十八街数一数二的角儿，那时我唱的一套《锁南枝》，哪一个听了不道一声好的？老爷，你不是也打算结交这位县太爷吗？既然他爱听戏，我就唱给他听，他听了我唱的，你不去高攀他，他还来高攀你哩！"

江凤鸣说："难道你没听说过这位县太爷脾气有些古怪？他不喜在家里看戏，倒喜欢在闹嚷嚷的大庭广众下看戏，你却还要在家里摆个戏台！"

二娘说："你懂什么？你要宴请县太爷，当然得在家里摆戏台了！"

十五日那天，江凤鸣请了一班唱诸宫调的，在院子里摆了一个大戏台子。那任县令带了两名随从，如约而至。吃酒的时候，江凤鸣叫戏班杂耍助兴。任县令看了一回，也不说话。尔后听说二娘唱得一手好曲子，就请二娘唱了一曲《锁南枝》，二娘展开歌喉，卖力唱了一回，功力不减当年。那任县令这才忍不住拍手叫好起来。听完后意犹未尽，又请二娘唱了一套《青衲袄》。任县令连声夸赞道："好，好，没想到尊夫人有这般才艺，这一曲《锁南枝》和《青衲袄》，真是绝了，恐怕吴中十八街的女子没有一个比得上，就连京城也没一个比得上的！"凭着这一唱，任县令就成了江凤鸣家的座上客，与江凤鸣成了无话不谈的密友。二娘也因此颜上有光，自以为替江家立了大功，与大娘说话的时候，也更加趾高气扬了。

江子游本来就对听戏不怎么感兴趣，心里觉得二娘趾高气扬的模样看着也令人生厌，至于那位任县令，就更没什么好感了。不过他倒是觉得小鳌山上的那些花灯值得一看。一夜鱼龙舞，一盏盏花灯在秋风中摇曳起来，宛如一首首诗、一个个音符，在跳跃、飞翔，别有一番风情。有一天，他在花灯中踱着碎步，一不小心便迷失在花灯丛中，那些五颜六色的光，那些颤动的火，在他看来似乎是生命的律动，在大声召唤着什么，在声嘶力竭地呐喊着什么。他忽然心跳得厉害，心想："如果大哥和三弟看了这些花灯，也一定会被这些五颜六色的光震撼住，萌生出一样的感受吧？对了，何不叫他们一起来赏灯！趁此机会，好化解大哥与三弟之间的误会！"

他为这个念头而兴奋不已，觉得这是一个让兄弟和好的千载难逢的机会。第二日一早，他一径跑到吴炼澄家里，那时他大哥正盯着下人给他堂舅熬中药。江子游迎上去说："大哥，二十二日立冬那一天，青衣江七里巷西边的两岸都挂满了花灯，码头上搭了一个大棚子，棚子下是几百只花灯扎成的大船儿，没事我与大哥一起去看！"

"二弟，我早听说那里的花灯与其他地方的花灯不同，我们徽州的庙街也常常举行灯会哩，我倒要看一看这里的灯与我们徽州的灯到底有什么不同。"

于是，两人约好在七里巷花家绸子铺楼下碰面。告辞后，江子游又去沙洲河鲜坊对面，找到正在那里卖字、算命的胡烈，对他说道："二十二日立冬，我请三弟去孙二娘家的七彩画舫吃酒，顺便一起看花灯，兄弟一定要来。"

"我准定来。"

胡烈爽快地答应了。江子游没想到这回三弟答应得这么快，又陪着胡烈饶有兴致地一起吆喝了一阵买卖，还亲自磨墨，帮着写了几幅大字。胡烈给人算命的时候，江子游就在一旁不动声色地听着，等那算命的人付了命钱走了后，江子游笑着打趣胡烈："三弟，你这算命到底准不准？要不给俺也算一卦。"

胡烈一本正经地说："二哥，这算命的话听听就是了，其实当不得真，是福是祸，是富是贵，都看个人的修为，何必听别人乱说！"

"那三弟你明知故犯，还干这个勾当骗人？"

"皆因世人不肯修为，只愿求捷径寻得心理安慰罢了。"胡烈抿着嘴笑。

等到了二十二日，吴炼澄果然如约来到七里巷西边的水岸，江子游早就在那里等候了，他一见到吴炼澄，便拉着他的手兴奋地说道："还怕大哥事忙，不会来哩。"

"就算再忙，可二弟有约，我怎敢不来？"的确如此，吴炼澄在"江南三友"的聚会上还从未失过约且一向守时。

于是，两人一起看花灯，穿过那些琳琅满目的小灯笼，那些灯的颜色、神态各异。有龙灯、花篮灯、棱角灯、鲤鱼灯、蘑菇灯、伞灯、船灯……各盏灯胖瘦不一、有高有低，不一而足，被风一吹，发出叮叮当当的声响，就像手臂上挂满铃铛的歌女……每一盏灯上面都写着一首小词，他们一路看过去，品着那些诗词，还不尽兴，又跑到闸道口一起去看那一盏最大的花灯，听说单这一只灯就用了五个工匠花了三天三夜的时间才扎出来。等看完了花灯，江子游又说："大哥，你看船上面也有人在放灯哩，我们去河上的画舫，一边从河面上看那些流动的灯，一边听曲吃酒如何？"

吴炼澄也感到有些口干舌燥了，便说："甚好！"

于是，两人就近雇了一条三明瓦，渔人撑着，往桥石上轻轻一磕，船退后几尺，径往对岸的画舫驶去。原来开船的地方叫黄花荡，四面是一片睡莲，再往前面是高高的芦花，几只水鸟浮在荷叶上，被乌篷船这庞然大物一吓，扑着羽翅惊飞了出去。船儿误入荷叶深处，恰好与迎面而来的脚划船撞了个满怀，多亏渔人力气大，撑住了船板，倒是对面的小船被撞得摇摇晃晃。那渔人吐了一口唾沫星子，站起来，朝那只小船骂骂咧咧道："喂，你——划船的老儿，到底会不会开船？"

脚划船在月夜下依然摇晃着，又有几只潜在荷叶中的青桩鸟惊飞了出去，乱扑着翅。过了一会儿，那小船终于停稳不动了，从里面走出一个女子，扎着两个发髻，看打扮像是一个丫鬟。那丫鬟气嘟嘟地叉着腰，回骂道："这么宽的水路你不走，偏偏往这边撞，明明是你不对，你这人还有理了？"

吴炼澄有些焦躁，走出船舱，对那丫鬟说："反正大伙儿都没事，请姑娘把船挪开一些，让我们先过去。"

丫鬟不肯，说道："何不你们让开？让我们的船先过！"

吴炼澄正要发作，忽然从乌篷船里走出一个人来，叫道："吴大哥！"

吴炼澄问："是谁？"

借着月色，定睛一看，大声叫道："霜儿妹子！怎的是你！"

沈霜儿站在乌篷船上，嘻嘻地笑着说："太意外了，已经有一年多没见到大哥了，上次大哥到碧溪小林，小妹碰巧不在家，想不到能在这里见到，还是以这种方式见到大哥。"

说完，又扭过头说："船家，你快把船儿靠过去。"

等那船儿靠得更近了，沈霜儿自上而下打量了吴炼澄一番，仍然嘻嘻地笑道："大哥真是一点也没变呢，还如当年一样威武、精神，连声音也没变。"

"我看霜儿妹子倒是越变越漂亮了！"

"大哥到这里想必是来看花灯的？"

"今天难得有闲，听说这里的花灯好，我与二弟一起来看一看。"

"江公子也来了？"

沈霜儿向江子游致意。回过了礼，江子游问："霜儿姑娘，你也是来看花灯的？"

"不是，我带青萝去普安寺烧香。"

吴炼澄说："我们刚刚才看完了灯，正准备去吃酒！你这会儿还去普安寺烧什么香？这么晚那山门想必早关了。走，走，很久没见妹子面儿，跟着你大哥一起吃酒去！"

沈霜儿问："你们开着船去哪里吃酒？"

江子游说："就在对面水边泊着的画舫里，不远，霜儿姑娘去吧，请青萝姑娘也一同去。"

沈霜儿抿嘴笑着说："那我们去。"

于是，沈霜儿不去普安寺烧香了，吩咐青萝把香烛暂放在船舱角落里，叫撑船的老翁掉转船头，让三明瓦先过去。脚划船和三明瓦一前一后，就像一条小鱼尾随着一条大鱼，拨开水面，往对岸的画舫驶去。此时，对岸停着好几只画舫，枋楣橼柱上都一律挂青色的帷幔，露出凤雕的脊背。江子游笑着，指着靠最右边的一条画舫说："大哥，那画舫宽敞，我们去那边！就在那条画舫上吃酒。"叫渔人往右首的画舫划过去。原来，那条画舫与别处的画舫皆不同，不仅宽而长，而且，其他的船上都只挂两盏明角灯，水面映出的是白光。独独那条船上沿着白篷子两沿都挂着一排栀子灯笼，把水面映出一片红光。

那时，胡烈受了江子游的邀请，早早地坐在这条画舫里等候了。按照江子游的安排，酒席先行备好，桌上摆的是本地最好的花雕，大碗盛着的是从这条河里面刚刚打捞出来的河鲜，碟子里装着藕片、鸡肉、秋葵、冬笋干、海蜇等下酒前菜。胡烈拿着一本书在画舫里翻着，等候了多时，忽然听到外面有划水的声音，继而好像听见江子游在说话，奇怪的是又夹杂着一两名女子铃铛一般的笑声，胡烈还以为是画舫中陪酒的艺伎之类。他放下书，走出来说："二哥，等了你很久，你可终于来了！"

抬头一看，站在他前面的是吴炼澄，江子游和两名陌生女子一左一右站在吴炼澄身边。胡烈看见吴炼澄，兀自吃了一惊，半天说不出一句话来。吴炼澄也不说话，脸色有些难看。江子游见状，笑嘻嘻地说道："原来三弟也在这里呀！"

"不是你叫我……"

"正好，人都齐了，外面冷，大伙儿都愣站着干什么？快点进去，我们一起去里面吃酒！"不等胡烈说完，江子游就招呼大家进去。

吴炼澄和胡烈几乎是被江子游拉着进了画舫。吴炼澄坐上首，江子游和沈霜儿打横，胡烈坐在吴炼澄对面。江子游向胡烈介绍说："三弟，这位便是上回我们在碧溪小林想见却无缘一见的霜儿姑娘！"

又向沈霜儿介绍了他这位三弟："这位便是我以前在你面前提起的我三弟胡烈。"

灯影摇曳中，沈霜儿不经意打量了一眼面前这位面色苍白、清瘦英俊的少年。她含着笑，向胡烈略略点头，算是致意了，胡烈则向她作了一个长长的揖。过后，船主人在船舱中加了两把竹椅，点上青灯，焚起一炉沉香。四人坐下，叙些闲话。沈霜儿的话匣子慢慢打开了，大胆问胡烈手中看的是什么书，家住在哪里，来了多久了，胡烈斜着眼睛看了一眼江子游，似是请江子游帮忙招架，可江子游含着笑，只顾往他们三人的酒盏里倾酒。沈霜儿又问他们三人是如何相识的。

一旁的江子游抢着告诉沈霜儿说："说起我与大哥和三弟相识的情景，倒也传奇。"

"怎的个传奇法？"

江子游便把他当初如何想跳水轻生，如何被正在河边钓鱼的吴炼澄救起，叙了一遍。说起这一件糗事，惹得一旁的吴炼澄哈哈大笑："说起来，那天二弟扑通跳下水去，把我的鱼儿也吓跑了，那可是一条正要上钩的大青鱼，有五六斤重！拿回来炖汤是最好不过的！"

沈霜儿说："虽则你那条大青鱼跑了，可却有一条真正的大鱼上了钩！"

几个人被这话逗得大笑起来。江子游有些不好意思，红着脸说："我可不想被大哥炖成汤。"

众人越发大笑。江子游又把如何在河鲜坊对面结识胡烈的情景说了一遍，还打趣说："夏婶子做的柴火饭令人难忘！"

沈霜儿接过话："夏老爹那条船如今还在那里吗？我也想去那条船上吃夏婶子做的柴火饭。"

胡烈说："一直都在的，那船儿就是他们的家。改日我请大伙儿一起，都去夏婶子船上吃她蒸的酒糟鱼。"

四个人回忆着过去游玩的情景，说些吴中的新闻轶事。只有吴炼澄似乎还在生他三弟的气，单单不肯与胡烈说话，而胡烈的眼光似乎也在有意无意地避开吴炼澄。

一旁的江子游早把这一切看在心里了，他碰了碰胡烈的肩，说道："三弟，来，来，我们一起敬大哥一杯酒吧！"

被江子游半推半拉，胡烈只得起身，向他大哥敬酒。过后，江子游又转过头对吴炼澄说："大哥，你看，汤县令也早已罢了官，三弟如今只一心一意在家看书，与那汤县令再无半点瓜葛，我看你就不必再恼三弟了。"

又趁势端起一杯酒敬胡烈说："三弟，你也别怨大哥，大哥其实都是为了你好，你不知道，当初听说汤县令被摘了印，你又不知去向，我们一个个都心急如焚，大哥二话不说，骑着马就去县衙打探消息。为了你，大哥不知操了多少心哩！"

吴炼澄说："我倒罢了，可怜二弟，忧心如焚，为你的事不知跑了多少趟，我早就说不要跟那个汤县令扯在一起，可你不听，结果差点把自己也搭进去了。"

胡烈道："那日我去了村口，我通不知。"

江子游又给他们两人的酒盏斟上，笑着说："三弟没事就好，我看我们之前的瞎折腾也不算白费！"

胡烈听了，知道吴炼澄为自己的事没少操心，心里很是过意不去，加之自从汤县令被抓后就有了和好的心思，便主动拿起桌上的酒，敬吴炼澄说："大哥，是小弟的不是了，前天，二哥对我说了，我才明白，大哥为我的事着实费了心。"

吴炼澄吃了敬酒，也就松了口："三弟，你也别怪大哥死板，你与那汤县令交往，有什么好？到时牵连到自己，惹上官司不说，还白白毁了自己的大好前程！我听说那汤县令不仅在我们南风坡收了不少士绅的好处，在他任过的几个地方，都牵连好几桩诉讼，参他的本子可不止一两本，如今他已经被朝廷革职法办，不日就要流放到琼州去了。"

胡烈惊道："大哥说的都是真的？"

"那还有假？昨日我一位朋友，就是经常去东京行商的沈客人，坐船回来告诉我。他从衙门里抄了邸报，上面头一条就写着汤县令贪赃枉法的丑事！我看只在今明两天内，这汤县令就要被押解上路了！"

胡烈看着吴炼澄一本正经的样子，不由得不信。想想自己的前程，差一点因汤县令而葬送，顿时吓得脸色惨白，背脊上直冒冷汗。一旁的江子游趁机端起酒杯，打圆场："好了，过去的事，都不必说了，今天我们兄弟和好如初，实在难得。俗话说，'兄弟齐心，其利断金'。大哥是一片好心，三弟也不容易。往后，不管遇到什么，我们'江南三友'都要不离不弃，现在，让我们一起为友谊干杯！"

这时，坐在一旁的沈霜儿嘟着嘴开腔道："你们兄弟举杯，倒是快活，可好像还忘了一个人？"

吴炼澄当即醒悟过来，哈哈大笑道："对了，咱们举杯，怎么可以少了霜儿妹子！"

大伙儿都笑起来。四人一直吃到很晚，那时，月色正朦胧，水面上笼罩了一层清冷的白气，三五颗星子倒映在水上，随着起伏的水面上下摇曳。岸上人家放的花灯，在江风中随水漂转。有几只花灯还未全熄，如点点萤火闪耀，悄无声息地从船边流过。船上的酒倌儿走进来问是不是还要添酒，看看那一瓶花雕已经快吃完了，吴炼澄说："那便麻烦船家再添一瓶花雕来。"

他们又点了一盘河虾、一盘银丝鲈按酒，船坞里时而传出说说笑笑的声音，伴随着船桨击水的哗啦声，划破了湖面的寂静。只见远处的地方有点点微光，对面的小船上，隐隐约约有人立在船头唱歌，那声音时断时续、缠缠绵绵、凄凄切切，忽而透着一股穿透尘世的苍凉，忽而像一根绷紧了的细弦，戛然绷断了之后，弦声也从粗砺的尖端于这无穷无尽的寂夜里霎时消失得无影无踪，可过了一会儿，那歌声又平地而起。听到这清幽的曲调，四个人都不吃酒了，他们走出船坞，细细地听着远处的歌声。胡烈靠着画舫的栏杆，见月明星稀，忍不住吟出一首小诗来，那诗作的又快又好，沈霜儿接着他的诗，瞬间就把它唱成了一首歌。忽然，远处的歌声又响了起来，这一次，那歌声似乎带着幽忧的气息，离他们越来越远。

江子游异想天开地说："我们何不划船去那边，看看到底是谁在那里唱？"

吴炼澄说："听着像是一位小姑娘在唱，那唱歌有什么好听的，还不如吃我们的酒快活！"

走进船坞，却发现连第二瓶花雕也已经吃完了，菜也吃得一干二净，于是四个人终于下定决心去寻远处的歌声，他们坐上沈霜儿的那条小船，朝对岸驶去，沈霜儿在船坞上挂了两盏明角灯，江子游撑着前篙，吴炼澄拨动后篙，那小船在暗夜中飞走，游动如一只青鱼。可是，等到他们划到对岸时，哪里还有什么歌声，除了迎面吹来的阵阵江风外，四周一片静悄悄的。四个人都意兴阑珊，沈霜儿叹息说："那船上唱歌的人不知道去了哪里了，也不知道她还会不会再来。"

吴炼澄说："早知道不如再叫一瓶花雕，我们兄弟几个吃个痛快！现在船家已收拾了杯盘，我们该去何处？"

江子游提议说："霜儿姑娘还没有看过花灯呢，我们不如带她再去看看那些灯，尤其是那条用几百只花灯扎成的灯船，一定要去看一看。"

大家都同意，于是江子游更有了兴致，愈加用劲地划船，没想到才行驶了不到十米，那船又一次误入睡莲之中，惊起了更多的鸥鹭，它们扑打着翅膀乱飞出去。

胡烈"嚯嚯"地叫着，挥舞着双臂，试图赶走那些水鸟。江子游朝天空乱挥着桨，喊着"冲呀！冲呀！"胡烈也跟在后面挥着手，喊着："嚯呀！嚯呀！"那些受惊的飞鸟在空中盘旋了一会，又窜进水里面不见了。不一会儿，湖面安静了下来。吴炼澄坐在船坞里打盹儿，沈霜儿为胡烈赶水鸟时夸张的表情嘻嘻地笑着，胡烈见了，脸像少女般一下变得绯红。江子游大致因自己划船的水平差而误入莲叶中觉得有些不好意思了，他小心地拨开那些荷叶，开出一条水路来，用力地把小船划到对面码头边。四个人上了岸，这时赏灯的人已经不多了，因为已是深夜，游客都很困，白天还要去外面做工，只好回去睡觉。他们四个人从东边一路看到西边，只有沈霜儿最为兴奋，她时而摇着灯笼，时而拿起灯笼上贴着的封皮，认真读着上面的小诗，口中喃喃呐呐地说道："这首诗作得好……这首词挺有趣……哎呀，这个灯谜到底是什么呢，是雷峰塔吗……"

等到他们看过了小鳌山上所有的花灯后，他们又来到那条灯船那儿，从十米开外望过去，那只灯船更像一只虎鲸，横卧在河边，鲸鱼的头部伸出来，对着河水，好像要去吸水的样子。沈霜儿数了数灯船上的小灯，不多不少，足足有二百八十盏，那些灯笼整齐地排列着，用一根红线连起来。灯船上张着一只白帆，从桅杆上，清一色的鲤鱼灯笼一直垂下来，被风一吹，舞起来，就像一条腾空而起的长龙。

# 十九

看完了灯，已是三更。吴炼澄一连打了四个哈欠，说是明天约好了几个客人要去常州贩丝，要尽快赶回去，可是其余三人的兴致仍然很高，说还要去江边走一走。恰在此时，一个穿着长袍的人匆匆跑过来，一见到江子游，就一把拉住他的衣襟说："少爷，你原来在这里看灯，这么晚了还不回去？老爷正发脾气哩，叫人满城寻你不见。"江子游一看是江安，兴味索然，不肯走。江安只顾一直催，江子游就有些不耐烦了，狠狠地瞪了江安一眼。胡烈见状，连忙劝道："罢了，二哥，你还是回去吧，免得又回家挨骂。"

江子游问："那你们呢？"

吴炼澄说："霜儿妹子的碧溪小林离这里还远，看来今晚是回不去了。胡烈家住在马家坳，离这里也有四五十里路，况且夜路难行，索性都不走了罢。这样，我们不如去青衣江边找两间河房，让他们暂住一宿，如何？"

沈霜儿说："可我明早还要去普安寺烧香，东西都搁在船上，让青萝守去了。"

吴炼澄说："既然这样，叫青萝把东西搬过来，让她陪你，总不能让她一个姑娘家孤零零地睡在船上。"

于是，几个人同回小船，那时青萝已经在船舱里睡着了。沈霜儿把她推醒，胡烈和江子游把香烛等物一股脑儿抱起来。六个人一起去寻河房。他们沿着青衣江一直往上走，沿河的一条小巷是用青石板铺成的地面，两边一律是用青砖和松木砌成的矮房子，房上是斑驳的黛瓦，家家户户门前皆植月桂或楠竹，屋檐下皆挂一两盏红灯笼。有些房子的门扉紧闭，有些房子的门上则挂着一面木牌，上面写着"此屋出租"四字。他们一连看了几间河房，最后看中了两椽带有阳台的房子。阳台伸出来，就像浮在水面上一般，站在阳台上，可观月色，可听江声，可一览江景。其中，有一间房在楼上，让沈霜儿和青萝住着。一间在楼下，让胡烈住着。商定好价钱后，吴炼澄争着付了房钱，又拱手向他们告辞，说是这一回一定得回去了，回去后还要把要贩的丝一捆捆打包，清点后明日一早发货，如若迟了就要误大事。江安又在一旁催促，要江子游赶紧回去，说江老爷此刻怕是要大发雷霆了。于是，他们相继告辞，分别叫了两辆马车，一个朝南走，一个向北行。

到了深夜，一切都安静下来，此时的江风似乎也变得温柔了很多，好像少女湿漉漉的吻，微微带着水草的清香气。江岸上的花灯似乎也黯淡了，不过仍然如点点星光，在江面上笼了一层朦胧的白光，只是看灯的人已经没有了。胡烈还不曾睡下，也许是之前太兴奋吧，也许是喝了太多酒的缘故，他一点睡意也没有。他站在阳台上，看着青衣江。此刻的青衣江就像一条沉睡的蛟龙，在连绵的群山之间蜿蜒着身躯，等待一朝醒来时腾云驾雾。江水静静地流淌，仿佛是在低声呢喃，被风一搅动，时不时发出一声重重的叹息。胡烈看着眼前的江景，不知为何，忽然生出一种惆怅出来。他眼前的青衣江，让他忽然感叹起空有一身抱负，却因功名未就，不免像那江水一样发出一声长叹。他久久地注视着江面，看着天边的月色，在江中映出奇怪的形状，他时而哀叹世事多艰，时而感怀自己的身世，忍不住轻轻地吟出一首小诗，以慰平生志向。不想他的浅吟低唱，他的喟然长叹，全被楼上的沈霜儿听在耳里了。

原来，就在同一时刻，沈霜儿也站在上面的阳台上，看着绵延的江水。不过她眼中的江景，却别有一番姿态。那江是温柔的、缠绵的、多情的。江上的那些光，闪耀着梦幻一般的色彩，可没有那么多哀愁和忧伤，而是一副自足的样子，就连江风吹在人身上，也像婴儿轻微的呼吸，又像恋人的呢喃，让人感到无比惬意。正当她舒展着身子，感受着江景的畅意美妙时，她忽然听到楼下的人在叹息，她便屏住呼吸，侧耳倾听，楼下那人好像是在吟诗。她知道这人就是胡烈，于是细细地听着，她觉得那诗虽然过于悲伤，却每一个字、每一个声调都饱含才情。不知为何，她竟然被他的诗歌打动了，也跟着莫名地叹了一口气。她不清楚胡烈何以那么伤感，也许这读书人真的有什么不平的遭际吧。

她故意咳了一声，她的咳声马上就惊动了楼下的胡烈，胡烈没想到楼上的人还没有睡觉，吃了一惊，嗫嚅地问道："是霜儿姑娘吗？"

"是我。"

"这么晚了，霜儿姑娘还没有睡下？"

"你不也没睡吗？"

"我睡不着，出来看看江景。"

"太巧了，我也在看江景。"

"多谢霜儿姑娘，今晚多亏你在一旁圆场，才化解了我与大哥之间的误会。"

"你和吴大哥之间究竟怎么了？"

"说起来真是一言难尽。"楼下传来胡烈的叹气声。

"你刚才是在楼下吟诗吗？"

"做了一首拙诗，让霜儿姑娘见笑了。"

胡烈听到霜儿姑娘在楼上笑，尽管笑得很轻，还是被他听得真切。他大窘，也不知道沈霜儿是什么时候站在楼上阳台的，也许他发的那一通牢骚全被人家听了去，所以，才引起霜儿姑娘发笑吧。想到这儿，他就红着脸一本正经地说："在下刚才胡言乱语，霜儿姑娘听了千万别往心里去。"

"不，你说的可不是胡言乱语，你吟的诗也不是什么拙诗，是绝好的诗，我能从你的诗中感受到你的远大志向。"

沈霜儿凝望着眼前的江水，过了一会儿，像是自言自语喃喃说道："你看，这江多么静啊，今晚的夜色多美啊！"

她又指着又长又弯的青衣江说："你说，这一江的秋水最终会流向哪里？"

"大概是流向大海吧。"

"那大海是什么样子的呢？"

"我没见过。"

"真想坐船儿，沿着青衣江直流而下，一路看两岸的风景，就像一片叶，随风而起，被吹到哪儿算哪儿，喔，或许会被一直吹到大海上的。"沈霜儿靠着栏杆，托着下巴，若有所思地笑起来。

胡烈也忍不住轻声笑起来。这时，两人完全消除了戒备，之前无论是在画舫的酒桌前，还是在岸上交错的灯影里，他们都刻意保持着一定的距离，彼此说着一些客套话。现在，则放开胆子，无所不谈了。他们谈论着鸡鸣湖的山色，感叹青衣江的静谧，又说到人生志向，胡烈忽然变得慷慨激昂起来。男儿抱负，在他胸中如长空皓月，似乎青衣江的水此时变成了酒，眼前的月也变成了诗，他吟着曹植的《白马篇》，诵着李白的《塞下曲》，意气何等风发，可是他很快又莫名惆怅起来，因为他又想起了自己的落魄，这与他的鸿鹄之志多么地不般配啊！

沈霜儿就这样默默地倾听着，虽然看不见胡烈的样子，但是她却能感受到他的气息。在迎面扑来的江风中，她那么真切地触摸到了他的抱负、他的痛楚、他的心跳、他的温度。沈霜儿说："胡烈，你在叹什么气呢？你是一条沉睡的龙，就像这蜿蜒的青衣江一样，一遇到风，就会倒海翻江。你若遇到赏识你的人，也一定会实现你远大的抱负！"

胡烈又问沈霜儿以后想做什么，沈霜儿笑着回答说："我可没你那么远大的志向，人人都以为女子无才便是德，都以为女儿家只合养在深闺不见人，我却不这么认为，我这一生，只求活得像这江面上的一阵风一样，哪怕倏忽吹过，飘然而逝，却也落得自由自在。"

她说出了自己的心里话，这一生只愿做林中的一只小小鸟儿，或者江面的一缕微微风儿，或者水上浮着的一片叶儿，自由自在地飞，哪怕那只是一瞬的芳华也罢。他们就这样闲聊着，也不知过了多久，主人家的鸡开始打第一声鸣，一只花猫跟着叫唤了两声，夜空又安静了，他们才知道现在已经很晚了。蜡烛就快要流尽，烛汁顺着桌腿流了一地。沈霜儿房间里的丫头睡得正香，嘴角还挂着微笑，一定正在做着美梦吧。楼下的胡烈说天晚了，劝霜儿姑娘赶紧回去睡觉，楼上的霜儿却毫无睡意，她说："我还想再看看这里的江景，或许，明天就看不到了呢！"

"这江景天天都可以看见。"

"你若困了就去睡吧。"

"我也不睡，陪你一起看。"

胡烈就站在下面的阳台上，陪着楼上的沈霜儿。他们一个在楼上，一个在楼下，同时默默地凝望着青衣江。他们不再说话了，两颗心灵却似乎有了默契，靠得更近了。甚至，胡烈在阵阵江风中还能闻到沈霜儿身上散发的那一股清香，就像这夜色一样令人沉醉。他们久久凝视着那宽阔奔流的江面，月明星稀下的青衣江显得分外妖娆和可爱，忽然，那空灵的歌声又响起来，他们像树枝上休憩的鸟儿一惊。之前他们四个人为追寻这消失的歌声而误入莲叶深处，惊起一滩鸥鹭。现在，这歌声却离他们那么近，原来是本地的渔民半夜开着小船去青衣江上游港汊里打鱼，载了满满的一篓鱼虾，直到快要天明才回来。那唱歌的人便是撑船的渔家的女儿。在灯影摇曳里，依稀可以看见这女儿扎着长长的马尾辫，戴着鱼婆巾，穿着碎花布衣，一边摇橹一边哼着歌喉。胡烈听了一会儿，高兴地说："等明天，明天，我一定去告诉大哥和二哥，他们寻不到的歌声，不意被我们在这里寻到了！"

沈霜儿看着他，动情地说："是的，这歌声在此时响起，恰像只为我们唱的一样。"

他们各自笑了一阵，看着渔家抛了锚，熄了灯，船家的女儿收了竹篓子，这才终于决定各自回房去睡，那时，远处山峦的天际已经露出了鱼肚白。

第二天一早，胡烈迷迷糊糊地听到楼上有动静，似乎是那种花猫在叫。可是，他太困了，又沉沉地睡去。等他醒来时，花白的阳光穿过窗棂，洒在他宽大的额上，他半眯着眼睛，从窗内看到朦胧的江面在波光中透着白气。他坐起来，穿好直缀，推开门，看见房屋的主人正拿着一把扫帚在打扫落叶，他揉着眼问："请问楼上的客人起来了吗？"

"你是说楼上的两位姑娘？早起来了，她们一大早就拿着行李走了，说是要去普安寺烧香，还说你昨晚一宿没睡，让你再睡一会儿，不要去打扰你，此刻那两位姑娘恐怕已经到了七里巷咯。"

他听了一惊，悔恨自己睡得太沉了，都没来得及与霜儿姑娘道别。他站在房门下，踮起脚跟，看着空无一人的远方，若有所失。昨夜的景象还历历在目，就如刚刚发生过一样。不知为什么，他开始有些自惭形秽起来，一股惆怅之情在他的胸口处化开，又被江风吹得翻涌滚烫起来。

# 二十

离乡试的日期已经越来越近了。南风坡有几个准备应考的秀才约在一起，谈了一天的论语大义，接着又请来书院的宗师点评各人写的文章，那老宗师让童生把所有的文章汇在一起，装成一本册子，在上面密密匝匝的圈圈点点，时而说这个人的文章尚欠火候，时而说那个人的文章缺少章法条理，弄得秀才们一个个紧张兮兮。宗师一路批点下去，独独对江子游和胡烈的文章评价甚高。

从书院回来后，江子游吃了一口热茶，屁股还没坐热，江凤鸣又拿了一部《春秋解》叫他批点，他接过书，回到书房，看着上面密密麻麻的蝇头小字，头昏眼花。不一会儿，书童又搬来厚厚一摞书，说是老爷托人从东京购来的各科墨程，江子游说："都搁在书桌上吧，我慢慢看！"书童把书垒在桌上，加上原来的厚厚一摞书，那条长书案还摆不下，就连柜子里的书也装满了，床头柜上也是书。书童张着嘴巴问："少爷，这么多书，你都看完了吗？"

江子游苦笑着说："哪里看得完，只好慢慢看，总有一天会看完。"

为了准备即将到来的乡试，江凤鸣把江子游像囚犯一样关在家里，还说："等大比完了，你要去哪，会什么人，我也不管你了。不过，这一阵，正值紧要关头，你就给我老老实实待在书房用功！"江子游只好耐着性子，终日窝在"沉潜斋"读书。他枯坐在如牢笼般的书房内苦读，只有膳后才能去院子里踱一踱碎步，放一放风。踱步时，他便想："我大哥不知现在在做什么？他上次说要去东京贩丝，不知是不是已经去了？还是已经回来，在和帮会上那些兄弟们一起吃酒？"时而又想："三弟说要去碧溪小林，不知见到了霜儿姑娘没有？"又想："不知霜儿姑娘的园圃中那些花草这回开的是哪种名色？"他胡思乱想了一通，不免唉声叹气，再也看不进去书，索性趴在榻上，用被子闷着头睡。

这几日，其实胡烈哪里也没有去，他没有去碧溪小林，也没有去看望夏老爹，更没有去沙洲河鲜坊旁边卖字、算命。他就一个人待在马家坳的破屋里，终日捧着书本，一心一意准备应考。家里早已揭不开锅，一连几天都没通一丝烟火气，经常是吃了上顿没下顿。他哥哥又不知道跑到哪里去了，几天不回，说是跟一个陕北的客人去扬州卖些杂货，以他哥哥的性子，天知道他是不是又跑到哪儿去赌了！

吴炼澄又要往东京贩丝了，这一回一去就需一个月。临行前，他特意去看望胡烈，跑到马家坳，只见胡烈正拿着一本书坐在屋檐下摇头晃脑地读。见到吴炼澄，胡烈连忙放下书本，去里屋拿出一个缺了角的旧瓷杯，倾了五六片茶叶，泡了一杯清茶端上来。吴炼澄见他面黄肌瘦，脸色苍白，以为是读书用功过猛之故，好心劝道："三弟，这功名的事，料想是跑不掉的。不过，我看你也不要把自己逼到这个程度！到时真把自己折腾个毛病出来，看你还怎么去应考？"

胡烈说："大哥的话，小弟谨记在心，只是大比在期，因而不敢有半点怠慢。"

吴炼澄走进屋子，见他家四壁空空，厅里面只摆着一张旧木桌和几把破竹椅，正中间的墙壁上供着"天地君亲师"的神位，右手边放着一个掉了漆的柜。往左边走是一间厢房，没有窗，十分昏暗，大小刚好放一张床。后边是厨房，门口摆一个洗脸架，灶台上积了一层灰，显然好几天没有生火了。吴炼澄见了他家这样穷困，不胜惨然，忍不住问道："三弟，你家已经几天没生火做饭了？"

胡烈苦笑着说："实不相瞒，我平时若觉得饿了，就吃些白薯充饥，或者去缸里舀一瓢冷水喝，这样过了一天，倒也省事。"

吴炼澄说："三弟！没想到你过得这么苦！你这样还怎么安心读书？到时哪还有力气去参加科考？你为何不早对我说？咳，你先等着，别动，我这就过来……"话未落音，连忙出去从马背上扛下一包东西，放在桌上。

胡烈说："大哥，这是你上京的干粮，我可不能要！"

"嗐！这一点东西，你还跟我计较什么？"

坐了一会儿，只听见外面有人在"哼哼"地叫唤，胡烈跑出去看，见是他老爹从原三相家吃了酒，醉醺醺地回来，不小心在大门口摔了一跤，半天起不来。胡烈慌了，连忙扶住老爹，说道："爹，你没有摔着哪里吧？"

"我这屁股哟……老腿哟……"

胡老爹蓬头散发，啃了一嘴的泥巴，坐在地上哎哟哎哟地呻吟不止，胡烈见不是事，连忙扶着他爹上了床，服侍洗了脸。吴炼澄说他包裹里有治跌打损伤的药膏，忙去拿了过来。

吴炼澄问："三弟，我听你说还有一个哥哥，你哥呢？"

"他哥跟着一个陕北客人做客去了。"胡老爹一边揉着腿肚子一边说。

吴炼澄对胡老爹说道："老爹，你那酒还是少吃点吧！你岁数大了，吃多了伤身！"

胡老爹唯唯诺诺地点头，嘴里胡乱地叫着，一会儿说这里疼，一会儿又说困了，胡烈给他盖好被子，让他挺觉去了。

吴炼澄从胡烈家告辞回来后，又去南风坡高塘口去见他二弟江子游。江凤鸣听说是吴炼澄来拜访，有几分不悦。他本来就对吴炼澄这个人没什么好感，怕他把儿子带坏，于是对吴炼澄爱搭不理，茶也不倒一杯，扯了一个谎，说江子游去他表舅家走亲未回。吴炼澄见不着江子游，只好告辞。下午便坐了船，运了一船丝，同吴中帮会里的一个兄弟，上东京做生意去了。

二十五日，是乡试的日子。在乡试前两天的晚上，江子游忽然发起了高烧，这可把江凤鸣给急坏了，连忙去请住在后街的满郎中。郎中看后，开了一服药。江凤鸣不安地问："满先生，我儿得的是什么病？严不严重？该不会影响这个月的大比吧？"

"令郎只是因为太累，感染了风寒，不妨事，今天吃下我开的一帖药，出了汗，散了寒气，明早再吃一帖，保准没事。"

尽管满郎中一再打包票药到病除，江凤鸣仍然不放心，紧张地在房间里来回踱步。家人又是熬白米稀饭，又是炖人参鸡汤、八珍乳鸽。大太太在小佛堂捏着佛珠整夜祈祷。一家人忙活了一晚，都不曾睡。第二天一早，江子游果然感到好了一些，也不发烧了，也不头昏脑胀了。到了下午，江凤鸣叫家人去买了新方巾，料理好场食、考袋，又派江安叫了一辆马车，打包好衣服和干粮，备好笔墨纸砚，待一切妥当后，送江子游启程。去往贡院的途中，江子游让江安绕道去接胡烈，约好胡烈就在衙门前的酸枣树下等候。接了胡烈后，两个人同坐一辆车，一路攒行。江子游感到心情舒畅，对这次乡试似乎并不着意。胡烈则惴惴不安，对乡试看得颇重。两人寒窗数载，只待在考场一显身手。

二十四日晚上，他们就住在同一家客栈内。二十五日一早，贡院放了三个彩炮，栅栏门一开，考生们纷纷归号。没想到江子游在前一日晚上吃了冷食，旧疾复发。考试当日，便觉头昏昏沉沉，眼冒金星。三场下来，也不知自己写的什么，总之胡乱写了一通，就早早交了卷。胡烈则因为紧张过度，在一字一句上斟酌太久，以致交卷的时间到了，一张卷子还没有写完。考完下场后，被江安接着，江安见着二位就说恭喜。

"恭喜什么？离放榜还早哩！"江子游沉着脸，转过头问胡烈："三弟，你考得怎样？"

胡烈不说话，垂着头重重地叹了一口气。江子游便明白胡烈这回也考砸了，只得安慰道："俗话说，'不愿文章中天下，只愿文章中试官'。也许三弟的文章正好入了考官的眼，只要未放榜，就有希望！"

虽然嘴上这么说，可两个人都感到有些郁郁不乐，一言不发地回到了房间，无处排遣惆怅。晚上，江子游问店家要了一壶酒，叫江安摆出板鸭、炒米、酱瓜等，两个人就坐在临街的走廊上吃了一醉。

二十九日放榜，江子游和胡烈果然名落孙山。当时这两个人都被书院的宗师看好，说无论从面相还是文章火候来看，都是做举人、状元的料，没想到两人一道落榜，大出所料！胡烈看着榜单，脸色惨白，嘿嘿无言。江子游只是摆了摆手，大笑一声，也就罢了。见到胡烈面色难看，便上前宽慰了几句，约好明年两兄弟再上科场，一洗前耻。事已至此，无可奈何，两人只好匆匆收拾了行李，准备打道回府。一路上，江子游瞧着胡烈十分痛苦的模样，知道这次乡试落第对三弟的打击甚大，可是他也不知道如何去宽慰胡烈。路过镇江的时候，江子游便提议说："三弟，反正考也考了，事已至此，也不必再想它。我们不妨去这里的金山湖走一走，散散心。镇江素有'吴头楚尾'之称，这里风景如画，尤其是雨中的湖和湖边的山，看了你准会把所有的忧愁都抛在一边！"

胡烈说："金山湖怎能比我们那里的鸡鸣湖好？"

江子游道："怎不能比？好不好，我们去看看不就知道了！"于是，不回南风坡了，而是往北取道去镇江的金山湖竟一日之欢。

可是，江安一心急着回去，他怕挨江凤鸣骂，他知道江老爷一定在家焦急地等着儿子科举旗开得胜的消息。再看看两个人落寞的样子，江安又十分理解和同情这两个年轻人此刻的心情，不愿打扰他们的兴致，故而犹豫不决。江子游知道江安的难处，便说："江安，你先回去吧，我和三弟去金山湖走一走，第二天就回来。你怕我爹担心，就回去先吱一声。"

江安道："你们回去没车怎么办？"

"我不晓得自己雇车？"

得了这一句话，江安便先回去了。江子游与胡烈两个人来到金山湖，果然这里的风景与鸡鸣湖不同，湖光和秋水交相辉映，光影中水波荡漾，烟雨下塔影重叠，栈道一直延伸到水汽之中，仿佛从天而降，幽深而又朦胧。此时的金山湖如同海市蜃楼，虚无缥缈，让人仿若置身仙境一般。那淡淡的山川，从湖中拔地而起，仿佛银盘中盛着的一枚青螺。

两个人沿着湖边的栈道一直往前走，江子游看到胡烈脸色凝重，悒悒不乐，便向他夸耀起金山湖的美，他说以后要叫大哥和霜儿姑娘也一起到这湖上划船，请江南最会画山水的清道人把他们几个都画进画里面去。江子游兴奋地说道："三弟，你还记不记得上回我们去青衣江看花灯，误入莲叶深处，惊起鸟儿乱飞，这里没有青衣江的残荷，却多的是青荇和菱角。"

"我怎么不记得？那时你拨前篙，我拨后篙，大哥一个人在船舱里打盹。"

"那你一定记得，当时我误入莲叶中，你大叫大嚷，朝天空挥舞着双臂驱赶鸥鹭的样子，把霜儿姑娘逗笑得腰都直不起来了。"

胡烈想到那时的模样，终于忍不住大笑。说到霜儿姑娘，江子游就更起劲了，他说："后来，我们终于上了岸，在花灯影丛里穿行，霜儿姑娘似乎对一切都很感兴趣，她几乎把每一盏花灯都看了一遍，把花灯上的每一首诗和词都念了一遍，她蹦蹦跳跳的样子，活脱像一个小孩子。"

"亏她竟把花灯上所有的谜底都猜了出来！"胡烈说道。

"这正是她聪明之处！"江子游忽然停了下来，脸上泛着一点红晕，他转过头，盯着胡烈看，这让胡烈觉得诧异。江子游欲言又止，沉吟片刻后，他终于鼓起勇气说道："三弟，你说我们辛辛苦苦读书应举，考取功名，犹如负重而行，常有身不由己之叹，毫无一点快乐可言，这样的功名又有什么意思呢？倒不如像霜儿姑娘那样，做林中的一只小鸟，自由自在，一身轻松！"

"正是负重而行，我们的人生才有意义。"

"可我不想让自己活得那么累，我倒想和霜儿一样……三弟，你觉得霜儿姑娘这人怎样？为何一见到她，我就觉得自卑起来，就紧张得说不出一句话？可没见到她时，我又老想着她，恨不得马上就跑到碧溪小林去见她……"

胡烈忽然像被什么刺了一般，身子颤抖了一下，呆呆地立在那儿，有些手足无措。江子游没有注意到胡烈这一细微的变化，他继续说道："三弟，你说我要不要请个媒人去碧溪小林说亲？"

胡烈咬了咬嘴唇没有说话。

江子游又说："我若是叫媒人去说亲，那霜儿姑娘一定会大吃一惊的，说不定她会觉得这很好笑。你知道的，她向来不喜欢这些俗规陋套。霜儿姑娘就像那天青衣江岸那些花灯上的灯谜一样，既令人摸不透，又令人着迷。不过，还好，看得出来，沈叔叔对我的印象倒还不赖，这让我看到了一点希望……"

他看着胡烈，那真诚的目光似乎在期盼胡烈给他一些建议，或者是希望从胡烈那儿获得一点勇气。

胡烈本想躲开他炙热的目光，可那目光灼灼逼人，让他无处躲藏。最后，胡烈耸了耸肩，苦笑着说："二哥，你何必问我呢？我以为，你既然喜欢她，就应该勇敢地去追求她。你不大胆说出来，怎么知道霜儿姑娘的心意呢？"

"你说的我都明白……可是，我想，万一，万一呢……"江子游点点头，又摇摇头。此刻，他既因说亲的想法而兴奋，又因怕被霜儿姑娘拒绝而感到不安，他变得那么优柔寡断，甚至变得有些前言不搭后语了。

两个人继续往前走着，有一段时间，两人都不说话，似乎各怀了心事。本来，他们跑到金山湖看风景，是为了散去科举失利的苦闷，可是刚好金山湖的一行秋雨落了下来，又让他们染上了新的惆怅。对于江子游而言，那是一种甜蜜而不安的惆怅。但对于胡烈而言，那是一种难言而苦涩的惆怅。

# 二十一

江子游还未回家，江凤鸣就从江安的口中知道了儿子科举失利的消息。这两年来，为了儿子能够金榜题名，他煞费苦心。儿子在书房用功时，他就在自己的房间看书写字，直到儿子睡觉，他才肯睡。他怕儿子读书太累，经常叫下人去买各种滋补的食材和药品，可在外人面前，他又不遗余力宣扬"吃得苦中苦，方为人上人"的信条。他觉得下人毛手毛脚，宁肯亲自下厨煲汤。这几年来，他不知道炖了多少乌鸡汤、羊肉汤、三宝乳鸽汤……这些用珍贵药材熬成的高汤，早就被江子游喝腻了。

江子游去参加乡试的那一天，江凤鸣一宿没睡，表面上看他心情平静，谈笑风生，其实内心比任何人都要紧张。他暗自为儿子祈祷，还一个人偷偷地跑到广福寺去烧香，叫家人去永宁街买红绸子，裁新衣裳，准备打发报子的"报喜钱"。

二娘冷眼瞧见，很不高兴地说："还没放榜呢，瞧你这猴急的模样！"

"你懂啥？这些东西准备在这儿总不是什么坏事。"

"瞧你这点出息，你儿子考不考得中，得看他平时用不用功，你去寺庙烧香有什么用，我也不曾见你信过佛！"

"你几时见我去烧香了？"江凤鸣红着脸，矢口否认。

二娘看不上，冷哼了一声。在一旁剥橙子时，江凤鸣又问："现在是什么时候了？子游也应该考完了吧？"

二娘说申时已经过了。江凤鸣兀自沉吟了好一会儿，然后，慢悠悠地说道："算来此刻子游应该在考第二场了。考完了诗赋，就该考策论。"

二娘对江凤鸣把全副心思都放在江子游身上感到十分不满，可眼下正是江子游大比的关键时期，她不好插嘴，只好指桑骂槐，无故说一些刻薄话，或者莫名其妙地对下人发一通脾气。

快要放榜的时候，江凤鸣就在掐算儿子归程的日期了。他好几次站在门口打望，恍惚中听到了江子游说话的声音，似乎还听到报子报喜的锣鼓声。他想起了自己当年考中进士的情景，那是他人生中最重要的时刻，甚至比他入选翰林院还重要一百倍！他完全能理解寒窗十年的艰辛，也完全懂得一朝高中的幸福。

江安拖着行李回来的那一天，他正在书房教子钧写字，家人告诉他管家回来了。

"子游回来了？"

江凤鸣连忙搁下笔，一径跑出来，看见江安正把马牵到马厩，江凤鸣劈头就问："子游呢？怎么就你一个人？"

"少爷和胡相公去金山湖散心去了，还要过两天才回哩。"

"这小子在搞什么名堂，考完了不赶紧回家，怎么跑到镇江去耍了？"江凤鸣觉得十分纳闷，又急切地问子游考得怎么样？住在哪里？有没有先去拜见宗师？应考的人多不多？什么时候放的榜？一切可还如意？江安面对一连串的问题，支吾了半天。江凤鸣连问了三四遍，见江安吞吞吐吐，便很不耐烦地催促道："嗜，你这人，婆婆妈妈的，你倒快说呀！子游到底考得怎样？"

"老爷……我若说了怕你气苦。"

"你实说！"

江安见瞒不住了，只好如实禀告："少爷，他这次……这次……考砸锅了！"

"你说什么！"那种不祥的预感一旦得到证实后，便如平地一声霹雳，惊得江凤鸣面无血色。

"唉！有什么办法呢？少爷这回考砸了，这只能说是时运不济，临考的那一天，少爷风寒又发作起来。少爷是抱恙才写完了那五道策论，等到回答墨义的时候，少爷简直快要撑不住了，头疼得连笔都快拿不起来了。"

"子游的病不是已经好了？"

"哪里好？还加重了呢！"

江安说少爷这回一定是风寒复发了，又说可能是水土不服，又说可能是吃坏了东西，说了半天，也没有说清楚是什么原因。

"这都是满郎中误了我儿大事！"江凤鸣拍着大腿，发出一声长长的叹息。

"这与满郎中有什么干系！"倒是二娘又抓住了江子游的话柄，趁机说道，"老爷，你也不看看子游成个什么话？他考不好，就推说生病了，你这就信了？天底下哪里有这样凑巧的事情？出门时还生龙活虎，一考试就得了病？明眼人一看这就是借口，要不然，他一考完，怎不直接回家，倒还有闲情跑到金山湖去看风景？我看他根本就是在躲避，没把科举当一回事！平日老爷让他在书房用功，他装模作样，一个人不知在书房里捣鼓些什么名堂。常和一帮不三不四的人混在一起，瞒上欺下。亏老爷还在他身上费了不知多少心思呢，现在倒好，全打了水漂！"

江凤鸣红着脸，知道子游落榜，一颗火热的心本来就像被泼了一瓢冰水，又像从九重天宫掉入深渊，经二娘这么一挑拨，更加动气了，忍不住连二娘也一道骂起来："你胡说什么！子游没考好，这回你高兴了！"

二娘的脸霎时红到了脖颈，咬着嘴唇说："我高兴什么？你儿子没用，朝我撒什么气！"跺着脚，砰地关上门，带着子钧愤愤地回房间去了。

这个晚上，江凤鸣痛苦得辗转反侧。他想事已至此，再怎么责备子游也无济于事了。他本有一千个理由去埋怨儿子，但是不知为什么，他更多的是埋怨自己。他想这些年来自己是不是做错了，是不是对儿子要求得太过严苛了，以致儿子形劳神倦，在临考时得了病，正所谓物极必反。不过，二娘的话又刺激到了他，此刻他想得更多的还是子游怎么偏就落榜了呢？书院的宗师不是说他的文章火候已到了吗？怎么不巧就得病了呢？难道真是子游的借口？抑或是流年不利？还是自己得罪了上天？他想了一整晚都没有想通，只是大娘在隔壁房间听到他叹了四五回气。

过了两天，江子游终于忐忑不安地回来了。刚踏进村口，他就感到一种山雨欲来风满楼之势，忍不住打了两个寒噤。可是，回到家里后，一切如常，家里安静得可怕。江安见到他，连忙向他招手，江子游误会了他的意思，以为是要自己赶快躲起来。他正想要躲进书房，却被早在院子里浇花的江凤鸣发现了。江凤鸣佝偻着腰，叫住他，问了一句："是子游呀，子游回来了吗？"

江子游立住脚，像做错了事的孩子，低着头说："爹，儿子……儿子这回没有……"

"江安已经告诉我了。"江凤鸣摆了摆手，叹口气，只说了句，"你应该早些回来的，却还跑到金山湖去胡逛什么，让家里人牵挂。"说罢，又拿起水壶低头浇花。

"我没考好，你不怪我？"江凤鸣冷淡的反应越发让江子游感到不安了。

"我想你一定饿了，等会让厨役给你热几个小菜，送到书房去吃吧。"江凤鸣答非所问。咔嚓一声，他拿着剪子用力把伸到墙角的花枝剪掉。

江子游退出来，大大地松了一口气。他觉得他爹今天十分反常。不仅如此，就连江安、二娘，以及其他下人都十分怪异，他们微笑着与他打招呼，问他一路辛不辛苦？金山湖好不好玩？他觉得这些问候都是绵里藏针。他想，他们一定在等着看一场好戏哩。也许，在所有人中，唯一让他觉得没有什么变化的是他的亲娘。大太太面色依然那么苍白、憔悴，手里捏着一串佛珠，淡定的神色，总能给他一种安详。她见到儿子后眼睛湿润了，喃喃地说道："我儿回来就好，回来就好……"

用过午膳，下人又送了一套新衣裳过来，说："这是老爷为少爷新裁的衣服，让少爷穿穿看合不合身。老爷说，其他的东西都用不着了，惟有这一套衣服，浪费了可惜。"江子游听得糊里糊涂，心想其他用不着的东西是什么东西呢？现在给自己穿新衣服，到底是什么意思呢？他寻思："现在我爹不打也不骂，还让我吃好穿好，这恐怕不是关心我那么简单，或许这是囚徒行刑前最后一顿大餐。到了晚上，他们就该要好好地收拾我了。我爹和二娘的这种小把戏，怎么骗得了我？也罢，也罢，他们爱闹，由他们闹去！"

他接了衣服，穿在身上，大小尺寸正好合身，他也不管那么多，躺在床上，用被子闷住头，呼呼大睡起来。等到了晚上，家人坐在一张桌子上吃饭，气氛有些尴尬，有一段时间还显得有些沉闷，可是什么也没有发生，他长长地舒了一口气。如此过了一天，又过了一天，到了第三天，江子游实在憋不住了，他看到家仆段韶正拿着二娘新买的一匹尺头送到房间，江安叫下人拿着一包草料去马厩喂马。他连忙叫住江安，问道："作怪！这到底是怎么一回事？"

"什么怎么回事？"

"我爹呀，我落榜了，他既不骂我，也不打我，真奇怪！"

"少爷，你在想什么呢？你为什么风得落榜了老爷就非得要骂你打你？"江安笑着亲自把草料撒在马厩中，理了理马的鬃毛，又拍了拍马屁股，说道："少爷，你看这马儿真肥！脚力一定不赖！"

撒完了草料，江安哼着一段南曲回了自己房间。

其实，早在头一天晚上，江凤鸣不是没有想过要狠狠地骂一顿或打一顿江子游方才解气，不过来自心底的内疚和不安，让他很快就把这个念头打消了。不仅如此，他还叫家人谁都不准说起少爷落榜的事情，他怕刺激到子游，怕子游又一时想不开，毕竟在他的记忆中，儿子自寻短见也不止一回两回了。他还宽慰自己说："自古以来有几个人第一次应考就中了的？自己不也是考了三四回才中的！""这次没高中，还有下次。"这样一想，心里也就舒坦了一些。他自信儿子天赋过人，只是时运不济。他想这两年来儿子表面上是在读书，可是还没有真的用心、用功。于是，他又想，总得寻个因缘让子游真正一门心思放在读书上面才好哇！不是像以前那样逼着他读，而是要让他自己真正喜欢读。"是呀，一个人只有真正做自己喜欢的事情，而不是被逼迫去做，才能把它做好。"他在房间来回踱着步子，像在呓语一般。

这时，在一旁刺绣的二娘忍不住插话说："你来来回回地唠叨什么呀？"

"别提了，我正为子游的事心烦着哩！"

二娘放下手中的刺绣，笑着说："没见过你这种没思量的人，亏你还是个翰林出身！老子要管住小子，这还不容易！你给他找一位娘子，他成了亲，自然就明白了责任，这男人若有了担当呀，还怕不会变好？我听说王三官人的儿子王子源以前也是一个浪荡公子，自打结了亲，就被他娘子拴得牢牢的，整个人就变了个模样，如今也不去烟花柳巷了，也不走街串巷了，只一心一意在家温书哩。"

江凤鸣拍着大腿说："对呀！我怎么没想到！这王子源改邪归正的事我也听说过。子游若有了妻儿，就不至于再跟那帮不三不四的人厮混在一起，这倒不失为一个好办法！"

二娘又说："不过你也不能找那漂亮的娘子当子游的妻子，如果是那年轻美貌的姑娘，子游终日沉醉在温柔乡里，哪还有心思读书？"

"这也对。"

"刘太公家的女儿就不赖，听说那女儿相貌虽不出众，但知书达礼。有人去提亲，她说'我要嫁的人头一样是要会做文章，将来一定要中个进士'。有人说这女儿有些痴人说梦，可我看与子游正是一对儿。"

"不成，不成，我听说这刘家女儿有些痨病，隔三差五要去任照溪铺子里面买人参、当归服药，恐怕不是个长寿的。"

"那周令史的女儿呢？"

"周家的女儿年纪比子游还大。"

"就大一两岁又何妨！只要八字合就行。再说那周令史又是你的故交！"

江凤鸣沉吟片刻，说道："我也见那周令史有八九分热心，前年在县太爷筵席上还主动问我要子游的生辰八字，那时，我因子游要一心应考，还不是谈婚论嫁的时候，也就懒得理会他。"

"噢哟，既然周令史有意在先了，这事没有不成的道理！"二娘拍着手，"事不宜迟，明天我就托隔壁开茶坊的刘婆去说亲，不过这事还得先对大娘子吱一声才对。"

"大娘子不会有什么意见的。"

不知为什么，二娘对江子游的其他事情一概不热心，倒对他的婚姻大事格外热心。她先是派人去打听周家的女儿，又亲自拜帖登门造访周令史娘子，送去一笼珠翠和三匹缎子的厚礼。坐了一日，回来后就在江凤鸣面前夸赞起周家女儿来，她不无得意地说："这周家的姑娘不但人长得标致，一张嘴甜得像吃了蜜饯似的。还亲自给我端茶倒水，给我看她写得一手好字，刺的一手好花！"又说，周、江两家都是官家出身，门当户对，这门亲事断不会亏了子游半分。单凭这一点，就说到江凤鸣心坎里去了。二娘那张"漏风嘴"，让家人很快就知道了江凤鸣要给大儿子娶亲，男仆们议论纷纷，丫鬟们窃窃私语，只有江子游还被蒙在鼓里。

这几日，江子游见谁都觉得古里古怪，心里依然寻思："这些人皮笑肉不笑的模样，大概都在等着看我的笑话哩！恐怕也就在这一两天内，等过了今晚，我爹就要收拾我了。"胡思乱想了一回，自觉好笑，又道："真是自寻烦恼，我到底怕什么？该来的总会要来，随我爹怎么处置我，大不了把这条命还给他罢！"吃过了晚饭，江子游觉得有些累了，回到书房，捧起一本《春秋繁露注解》看起来，才翻了两页，下人进来说老爷和大太太唤他过去，说有一件重要的事情要告诉他。江子游放下书，长长地舒了一口气，嘀咕道："好了，终于来了，我等这一天等很久了。"他在镜前正了正衣冠，俨然一副大义凛然的模样。穿过通往江老爷房间的回廊时，遇见江安正朝天井那边走去，脸上还挂着诡异的笑。江子游叫住他："江安，站住，等下若听到老爷房间里面有什么吵闹，你不要进来！"

江安笑嘻嘻地说："是好事，怎么会吵闹？"

江子游以为江安还在说风凉话奚落他哩，心里来气，一边说："我可不是与你开玩笑的！"一边甩着衣袖进了他爹的房间。

走进里屋，只见江凤鸣正坐在太师椅上慢悠悠地吃着茶，大太太坐在一张圆凳上，捻着佛珠。二太太也在，靠在方桌旁，剥果仁吃。一见到江子游，江凤鸣便放下手中的茶盏，说："子游来了？坐下吧！"

"爹，你找孩儿有什么事吗？"江子游明知故问。

"有一件重要的事对你说，"江凤鸣看着江子游，转过背说，"还是让你娘亲口对你说。"

"你们哪个说不都一样？"江子游心里又咕哝了一句。

大太太站起来，慢悠悠地说道："子游，是这样的，你也老大不小了，这几日家里用心为你张罗了一桩婚事，那周令史家女儿是大官人家出身，相貌也好，待人接物又周到，为娘的想，你若娶了周家姑娘……"

"婚事？"江子游忽地站起来，涨红了面皮问："娘！这究竟是你的意思？还是爹的意思？"

"我和你娘都是这个意思！"江凤鸣放下茶盏，"若不是好姑娘，我们也不会答应。周令史曾在江州为官多年，与我是同年，他家姑娘我从小看着长大，你小时候也见过，如今出落得水灵大方，连你二娘亲眼看了，也说你们两个极为般配……"

二娘笑着说："就是，这么好的姻缘，打着灯笼都找不到哩？我和你爹可是费尽了心思，托了三姑六婆，为你的婚事张罗得连饭都顾不上吃一口。你不信去问问隔壁的吴妈，再就是前街糕点铺子的刘婆子，还有七里巷卖酸梅汤的陈婆婆，他们一双脚把铁鞋踏破，来来回回不知跑了多少趟哩，才觅得这么一个中意的可人儿！我敢说吴中一带的好女儿纵有千千万万，也不及周家姑娘一半好哩！"

二娘打包票说这是一桩最好不过的姻缘，把那周家姑娘的好处都快捧到天上去了。"大娘子，你说是不是？"二娘转过头问道。大娘点了点头，没说什么。

江子游听了，铁青着脸："可我还不想那么早成婚。"

江凤鸣道："呀，你这是什么话？男大当婚，女大当嫁。子游，你也老大不小了呢。"

"是呢，我们这都是为你好，千挑万选，才寻得恁的一个出色的姑娘，等你成婚那天，你还应该多敬我几杯喜酒才对哩！"

这时，江子游的脸色已经变得越来越难看了，可二娘仍然没有要停止的意思，她那张嘴就像破闸的洪流一样说个不停。

"你们别都愣着，得赶紧定个好日子呀。"

江子游终于忍不住大声叫起来："如果你们果真为我好，就请不要管我的闲事！"

"你看这小犊子，我们一番好心，他却还有些不愤气哩！"二娘的脸上泛出了一丝不悦的红色。

"这可不是什么闲事哟。"

"子游，你再好好考虑下吧。"

"没什么考虑的，我还不想成婚！"江子游不依不饶，口气强硬，"再说我的事什么时候轮到二娘来安排了？我亲娘都没有管我的婚事呢，我要二娘来管？"

江凤鸣见江子游说话越发不成体统了，喝道："放肆，她是你二娘！为什么不能管？这都是为你好，你怎么能这样对你二娘说话？"

"我可不要她在这里假慈悲！她管好她自己的事就行了！"

二娘一下就惊呆了，她怎么也没想到江子游会以这样嫌恶的口吻跟她这个长辈说话，而且，还当着全家人的面。过了半晌，她才回过神来，气急败坏地说道："噢耶，噢耶，真是翅膀硬了，恐怕要飞上天去了吧！老爷，你看看，子游他这是什么口气？亏我还为他百般张罗，好心好意，他不感激一声倒也罢了，还说出这种混账话来！"

二娘像是受到了极大的侮辱，脖子涨得血红，转身对大娘子道："大娘子，你儿子你也不管管？他这样没教养，现在骂我，将来骂老爷，家里大小都被他骂个遍，出了门恐怕还要骂天王老子哩，他如此忤逆不孝，就算考了功名，也是个没德行的，这样的人若做了官，将来也要把这个家弄得鸡犬不宁！"

江子游发出一声冷笑，说："就连这功名也是你们逼着我考的，谁又稀罕要什么功名了！"

二娘趁机抓住这个话头不放："老爷，你看看，他这回露出马脚来了不是？难怪他这次名落孙山，想必也是存心的！亏老爷你平日对他寄予那么高期望，家里人把他当小祖宗一样供着，围着他团团转，对他有求必应，他权没当一回事哩！"

江子游被二娘说得急了，也管不了那么多，索性撕破脸皮，与二娘大吵起来。大太太在一旁苦苦劝他，他不听，反而与二娘越吵越凶。二娘可不是吃素的，噼里啪啦，一顿回骂，说江子游在老爷面前都敢没大没小，将来要是当了家，还不知道要把她和子钧置于何地！江子游则抱怨家人逼着他去应举，他觉得功名于他而言本就是一个负担，说了一大堆离谱的话。江凤鸣听了，一股无名火霎时高高地腾起，口里叫着"孽子，反了！反了！"气得拿起手杖要打江子游，大太太护子心切，本能地抬起手来遮挡，结果手杖打在大太太的手臂上，只听见"哎哟"一声，接着又是哐当一声，大太太手臂现出一条红印，手上缠着的佛珠也散落一地。

# 二十二

　　自从那一串佛珠散落一地后，本来就沉默寡言的大太太变得更不爱说话了。那串佛珠伴随大太太多年，是她的精神寄托，她每天对着佛珠念念有词，低声祷告，就好像是在对着多年的老朋友倾诉衷情一样。如今佛珠散落，至今有一颗佛珠仍然没有找到，她以为这是个不祥之兆。如果这不祥之兆落在自己头上，倒也罢了，她担心的是会落在子游的头上，一想到这儿，她的心就微微颤动起来。

　　江凤鸣也觉察到了大娘子的变化。自从江凤鸣娶了做过戏子的二娘后，大娘子就变得沉默寡言了，她退进家里幽暗封闭的小佛堂内，每日吃斋念佛，仿佛过着隐居一般的生活。每逢斋戒日，江凤鸣也跟着大娘子吃斋，一起祷告，早已习惯。江凤鸣知道佛珠对大娘子来说就像她的命一样，因而为弄坏了佛珠而感到愧疚不安。第二日，他便去买了一串新的，特意叫人拿去普安寺恭请大和尚开光，然而，这一串开了光的新佛珠也并没有让大娘子宽慰多少。

　　随着佛珠的散落，那一晚的争吵也就此打住了。不过，江凤鸣的怒气还未全消。晚饭后，他在书房教子钧练字，看着子钧专心致志的样子，又看着那一笔清秀的字迹，忍不住叹息说："可惜子钧年纪还小，要是子游也像子钧这样虚心好学，何至于不能高中？"二娘在一旁听见，便说道："老爷，你叹什么气！子钧年纪虽小，可是自古英雄出少年。那戏文里不也说甘罗十二岁拜相，杨炯九岁中神童举，李贺六岁吟诗作对，惊倒了一代大儒韩昌黎。至于子游，已是烂泥扶不上墙了，你与其在他那里浪费时间，还不如多把心思放在子钧身上，才是正经！"

江凤鸣对二娘的话不置可否。他心知子游的禀赋不差，依然希冀子游有朝一日能够光耀门楣。江凤鸣是个固执的人，做出的决定从不会轻易改变，他依然觉得，现在最要紧的是让子游赶快成亲，这或许是让儿子那颗狂躁不安的心得以安放的最好办法了。可是，他不明白子游何以强烈反对这门亲事。在他眼里，周家的女儿多好啊，无论哪一方面都无可挑剔。或许百闻不如一见，是该让子游见一见周家的女儿了，见了面或许才能改变子游的看法。江凤鸣这么想着，当即拿起笔写了一个拜会周令史的帖子，约好二十一日一早携家眷去周家集大堂吃冬节酒，又备下一份厚礼，叫下人第二日送帖子到周府。

江子游把自己关在书房，想起这些天的烦恼，气得把书架上的书扔在地上，把新写的诗作撕得粉碎，那些诗作原本被订成一本小册子，是打算拿去参加书社的雅集的。他躺在床上，只见窗棂上烛影飞动，古铜色的烛台上落了一只绿斑蛾，几次飞起，却次次一头撞在窗户上，最后，终于飞不动了，只好沿着窗台费力地往上爬去，似乎想要从窗缝间爬到外面的院子去，然而这终究是徒劳。他看着那垂死的绿斑蛾发呆，胡思乱想了一通。那一刻，二娘的冷笑浮现在他眼前，他觉得这笑实在丑陋至极、不怀好意，因而对二娘越发厌恶起来。

平日二娘不好亲近，不怒自威，家里人人都怕她，江子游在二娘面前更是大气都不敢出一声，常常觉得浑身不自在。这一回自己竟敢与二娘顶撞，也不知哪来的胆量，连他自己都觉得很不可思议。

白天，他一个人便偷偷跑到青衣江岸上闲步，心想这样无聊，倒不如去碧溪小林再去拜访沈世伯，顺便看看霜儿姑娘，或许还能从她那里得到一点点慰藉呢。心里这么想着，便不由自主地迈开了脚步，向附近的渔民雇了一条小舢板，过青衣江，越虎丘，很快来到碧溪小林。只半个月不到，小林中的树叶已全红了，一阵风把叶子刮得"沙沙"地响，偶尔还能听到几声杜鹃的啼叫。他来到林间木屋，只见回廊下的桌子上落了一层枯叶，房门紧闭着，他走上台阶，叩响门扉，沈家的仆人谢老三从屋里一瘸一拐地走出来，开了门。江子游唱个肥喏，那谢老三说道："公子是来找老爷的？你前两天来他还在，昨天老爷带着小姐坐船回徽州省亲去了，要下个月才能回来哩！"

谢老三见他冻得鼻子都青了，便请他进屋里吃一杯热茶，他已经没有了吃茶的兴致。来的时候，他的兴趣甚浓，可听到霜儿姑娘跟着沈老爷回了徽州了，便意兴阑珊，于是，拱了拱手告辞而去。一连几天，他就这样无情无趣地在河边溜达，像一个幽灵一般。家里难待，因为二娘的话已经越来越难听了，大有与他势不两立的架势。在自己这样困顿的时候，他不知为何老是想着沈霜儿。那日在游青衣江的船上，沈霜儿的一颦一笑，在他的眼前浮现，是那么的楚楚动人，令人难忘。无数个良夜，他都睡不着觉，便索性起床，趁家人没注意时，偷偷跑出来。青衣江边那条栽满垂柳的堤岸上，被江风拂起四散的柳絮，如一腔的思念，飞飞扬扬，如同涟漪般四散开去，那里便成了安顿他孤独的港湾。那一江的秋水，在波光中泛起无限的惆怅，几乎要把他融化了。

他沿着青衣江的栈道踽踽独行，往来不知多少次。夜色朦胧，江面上依稀横着几条狭长的驳船，小船上星光点点，湖中的小岛隐隐约约，远处的群山像铁笼中潜伏的野兽，寂静无声。他站在栈道上，长舒了一口气。心想，江对岸再过去十四五里，就是碧溪小林了呀，霜儿姑娘就住在林间的木屋里面，也许她已经省亲回来了，也许她正在回来的路上。他遥望着对岸碧溪小林的位置，第一次觉得这江是多么宽阔啊！对岸是多么遥远啊！遥远得似乎无边无际，比远处的群山还远，比天边的云彩还远。他感到一丝莫名的惆怅，情不自禁地把手拢在嘴边，大声地呼喊着："霜儿！霜儿！你回来了吗？你听到我的呼喊了吗？你听到我的呼喊了吗？"他一连叫了三遍霜儿，从群山的怀抱中，抑或是从那清冷的江风中，传来一阵阵"霜儿！霜儿！你回来了吗？你听到我的呼喊了吗？你听到我的呼喊了吗？"的回声，好像这空旷中的回声是在嘲笑他。他累了，瘫坐在栈道上，流下了滚烫的眼泪。

# 二十三

大娘去书房看望江子游，发现子游并没有在书房里。里里外外找了个遍，也没见到他半个人影儿。问家里人，丫鬟说先前看到大少爷神情落寞地出去了。大娘问，知道去哪里了吗？丫鬟说，少爷没说，只是说到外面散一散心。大娘开始感到不安，担心子游又一时看不开，会发生什么意外。连忙去找江凤鸣商量。二娘说："大娘子你又多心了！子游这么大，能有什么事？他就是任性，爱胡闹，老想往外面跑！我看哪，他准不定又是跟几个不三不四的狐朋狗友出去吃酒了，一天到晚吃得醉醺醺的，成日里晚不归、早不起，哪像个读书人的模样？老爷你说是不是？不过，大娘子，你也不好好管管，老由着他的性子，现在却又知道害怕了？他若闯了祸，我看也是他自找的，这可怨不得别人。"二娘一连打了两个哈欠，又说，"真是的，他也老大不小了，却总要让人替他操心！"

大娘说道："话不是这样说，子游性子重，冲撞了二娘，是他不是了。可是，老爷，您还记得上一回砸了他的琴，他一气跑出去跳河，这件事想来至今让人心有余悸，我怕他这么晚出去，又干出什么傻事。"

江凤鸣略微沉吟了一会儿，说道："还是叫几个人去外面找一找吧！"便吩咐江安带几个下人，拿着火把，分头去找。家人穿好衣服，正待要出门，远远地看见江子游穿着一件宝蓝长袍，歪戴着帽子，跟跟跄跄地回来了。江安喜出望外，大声说："老爷，您看！这不是大公子回来了！"

江子游站在门口，徘徊了一下，不敢进门。江安连忙上前拉他进来。江凤鸣问："你怎么像丢了魂儿一样？"江子游低下头不说话。

"你去哪儿了？"

"没去哪里，就在附近走了一圈。"

大娘念了一句阿弥陀佛。二娘困了，唠叨了一句："我就说不用担心的。"便懒得再理，陪子钧回房间去睡觉。等江子游重回书房，他娘跟了进来，看见子游眼圈儿还红红的，因问："子游，你刚才到底去哪儿了？怎么对你爹爱理不理的？"他娘见他一直沉默无言，又问："你为何不说话了？我知道你最近心中不快，儿啊，你有什么心里话，就对娘直说吧。"

江子游依旧低着头，嘿嘿无言。

"我知道你不喜欢周家那姑娘，你心里是不是有了喜欢的人了？你对娘直说，娘让你爹去提亲。"

江子游这才抬起头，几番欲言又止。最后叹了一口气，说："娘，没有用的。"

"我以为一个人活着正应去做自己喜欢的事，去大胆追求自己喜欢的人。你有什么尽管说，无论你做什么，喜欢谁，娘都支持你。"

江子游还是犹豫不言。大娘的眼中充满了怜爱的目光，她在耐心地等待。

江子游又看了一眼他娘，终于缓缓启齿道："娘，实不相瞒，孩儿心里确实有一个喜欢的人，她叫沈霜儿，不过，她是一个商人的女儿。"于是，他把自己和吴炼澄、胡烈一起去碧溪小林见沈霜儿的经过，以及他们一起去游青衣江、赏花灯的经历和盘托出，他回忆着与沈霜儿在一起的点点滴滴，他说的时候眼中带光、嘴角带笑，每一个细节都清晰生动。他娘静静地听着，能从子游的语气和神情中真切地感受到儿子是真的喜欢那个叫沈霜儿的姑娘。

过了一会儿，江子游的笑容褪去了，忧愁重新又爬了上来："还是算了吧，我爹是不会同意的，他一向瞧不起商贾人家。"

"你不说出来，怎么知道你爹不会同意呢？"

"这还用问吗？"

果然，到了第二天，当大太太把子游所中意的人告诉江凤鸣，并稍稍透露出沈霜儿的家世时，江凤鸣连想都不想，就一口回绝说："不行！放着周令史家正经好女儿不娶，却看上一个商女，怎的没眼色，岂不被人笑话！真是岂有此理！"大娘又替子游说了很多好话，又说这位霜儿姑娘如何好，可依然劝不动，反而惹恼了江凤鸣，对着大娘子劈头骂了两句："原来他二娘说的一点也不错，你呀！就是惯纵了他，才致他今日这般撒野！"大太太听了，也就低下头不敢再多说什么了。

对于江凤鸣会反对，江子游早就有心理准备了，他本来就不抱任何希望。用过午膳，大太太去佛堂诵经，二太太和房里的丫鬟在下棋，江凤鸣看着子钧读书，江子游也懒懒地拿起一本书来读，读得兴味索然。他忽然想要吃酒了，回想起与吴炼澄、胡烈一起在月明楼吃酒的时光，那实在是痛快极了。于是，他索性把书本一扔，偷偷去马厩牵出一匹黑马，去马家坳找胡烈吃酒去了。

# 二十四

却说胡烈，这次落第对他的打击也许比其他任何人都要大！以他的处境，他比任何人都急切需要一个功名。或许惟有做官一途，才能改变目前的窘境，才能让他老爹和老哥过上舒适的生活。十年寒窗，本待金榜题名，不想名落孙山！他恨自己不争气，更恨老天爷冷酷无情。

考试那几日，他紧张得几乎喘不过气来，耳根发热，抓笔的手抖得厉害。现在回想起来，明明那些题目于他而言只是小菜一碟，他却斟酌了又斟酌，下笔犹豫不决，一字一句都费尽踌躇，以致考官催交卷时，文章写得有头无尾。从金山湖回来后，他踉踉跄跄一路到家，只觉得头昏眼花，口干舌燥，肚子也饿得"咕咕"直叫。推开家门，他老哥又不知跑哪儿去了，胡老爹醉醺醺地靠在一口水缸旁边打盹。胡烈拿着水瓢，喝了一口冷水，蹲下去叫醒他老爹，问吃了饭没有？胡老爹迷迷糊糊站起来，说道：

"你老哥前两天去找夏开甲借了一升米，还煮了一锅香喷喷的白米饭，前天只吃了一碗粥，打发了一日，自昨天起，家里就没米下锅了，已是饿了整整一天，哪里来的饭吃？听说邻村贺家娶新媳妇，你老哥昨天一早去那里趁食，也不知趁到没有？至今不见回来。"

"又没有备礼，哥怎么可以做这种事！"

胡老爹偏还护着他哥："这也是没有办法的办法！"

胡烈拍掉胡老爹衣上的灰尘，扶他起来，坐在凳子上。又去捡起地上的空酒壶，说道："爹，你看你！饭都没得吃，还要吃酒！"

胡老爹涎着脸皮笑道："饭可以不吃，但酒不能不吃哩。"

胡烈只顾摇头叹气。胡老爹问胡烈吃过了没有，胡烈说没有。又问这回乡试考得怎么样，胡烈低下头，不说话了。胡老爹就明白这一回胡烈没有考好，安慰了两句，说道："这科举岂是那么容易考的？听说那些做官的，都是天上的文曲星下凡，家里坟头冒青烟，还要修几世的善行，才挣得一顶乌纱帽！"

胡烈笑道："功名之事全凭个人努力，与你说的这些有什么相干！"

说罢，胡烈的肚子咕隆咕隆地响了一阵，他爹的肚子也跟着咕隆咕隆地响了四五声。父子俩同时摸着肚皮，都觉得好笑。胡烈又舀了一口冷水喝了，权当充饥，说道："眼下最要紧的，是去哪里再弄一升米回来才好。"

胡老爹咂吧着嘴说："快莫说了，你一说就让你老爹想念那一钵香喷喷的白米饭，口水直忍不住要往下面流！"

胡烈踌躇了半天，忽然抖擞精神说："有啦！爹，我在学堂里不是认识很多同年嘛，湖畔诗会里也有不少交酬唱和的朋友，我去问他们借一升米，胡乱过了今晚，等到明日早上，我还去沙洲河鲜坊对面摆摊子卖字、算命，一日赚几文钱，糊口度日总不成问题。"

于是，一径跑到关秀才家，厚着脸皮讨了一升米，回去给他爹做了晚膳。安顿了他爹之后，已是深夜，胡烈靠在窗前，看着满天时暗时明的星子，窗外秋风萧瑟，草木摇落，胡烈满心惆怅，无处遣怀。不知为何，他也想到了沈霜儿，想到一行人在青衣江江面的小船上又唱又笑的情景，心中才渐渐觉得有了一丝暖意，可一想到江子游在金山湖说的那番话，刚刚升起的一点暖意便顿时凝成了冰。

第二日一早，胡烈就把以前做生意的家伙收进行囊，背着来到沙洲河鲜坊对面，依然借了王妈的香桌，重操旧业，卖字、算命。可是，自从胡烈去参加科考后，胡烈的摊位旁边就坐了一位半瞎的老和尚，自称姓吕，最会算命。人们见他是个盲人，又是和尚，估摸着他有些道行，便都来找他算，胡烈的摊子倒被冷落在一旁。那和尚得了便宜还卖乖，在胡烈面前耀武扬威说："你这秀才，看上去清秀，却不好好读书，装神弄鬼来算什么命？这丁点汤水还不够我一个人解渴的，你非要来跟我争什么？我看你只合给人写写帖子，这算命的差事，还是由我老和尚代劳吧！"胡烈听了气得半死，却又无可奈何。眼看到了中午时分，除了两个找他写拜帖的客人外，生意实在冷清得可怜。倒是对面河鲜坊的客人进进出出，一个个腆着大肚子，吃得面红耳赤，打着饱嗝。胡烈看看自己囊中羞涩，只有不到一分银子，想去斜对面的小馆子吃一碗三鲜面，想了很久，还是强忍住，打算留着这点钱晚上给他老爹买一份鸡腿饭吃。又过了半个小时，忽然听见前面锣鼓喧天，鞭炮声也乱响起来，人群中不时传出一阵阵欢呼声，霎时轰动了整条街。只见一个人在前面撒花，一个人敲锣，一个人提着篮子在派发糕点，人群后跟着一匹白马，马上骑着一个戴方巾的男子，穿青衣大绸，脚踏粉底皂靴，身上系一条大红缎子，一脸的春风得意。路上行人议论纷纷，有人指着那骑马的青年说道："这就是今年乡试高中第三名的吴小官人！"胡烈定睛一看，所谓的吴小官人，原来就是诗社里的吴元重！他们曾一起参加过湖畔的雅集，在社团里一起作过诗。胡烈知道，这个吴元重家里有的是银子，本人会念几句不成韵的歪诗，平日做的都是"屎"一样的烂文章。若论才干，远不及自己。也不知走了什么大运，竟然高中第三名，真是造化弄人，匪夷所思！再想想自己，时运不济，虽饱读诗书，却偏偏不中，胡烈忍不住叹了一口气。不一会儿，那吴元重骑着高头大马远远地朝他这边过来，胡烈怕被瞧见，以免尴尬，想找个地方藏起来，可已经来不及了，便连忙低下头。吴元重从他身旁经过，向四面扫了一眼，在锣鼓喧天中扬长而去，也不知到底有没有认出他来。过了一会，胡烈方才抬起头，只见桌上多了两块白馥馥的发糕，发糕上印着一个大大的喜字，是吴元重家人派发彩礼时放到桌上的。胡烈十分不屑，拿起发糕正要扔出去，手在半空中稍停了片刻，肚子又不争气地响了起来。胡烈心里有气，嘴里喃喃地骂了自己一句："没骨气的东西，你真是一个没骨气的东西！"把那发糕使劲往前一掷，只见那发糕一滚就滚到街道旁的浅水沟里了，恰好被一只流浪的卷毛狗看见，那狗"汪"了一声，跑过去，摇着尾巴，乖觉地把发糕叼走了。

# 二十五

到了黄昏，街道上冷冷清清。算命的吕和尚打熬不住，早早收了摊回去向火了。胡烈见半天没有一个人来写字、算命，也意兴阑珊。加之天气又冷，人又饥又渴，只得收拾好东西，准备回家。他先去水沟边洗了毛笔，然后把砚台里的墨汁小心翼翼地倒进一个小铁盒内，把书籍和纸张叠整齐装进一个布袋里。忽然，后面一个熟悉的声音叫住他，他转过头一看，原来是他二哥江子游偷偷地从家里跑出来，专程找他吃酒。江子游高兴地拉住胡烈说："三弟，今日怎早收摊吗？"

"没生意，不如收了摊了账。"

"自从大哥去东京贩丝后，我们兄弟俩又忙着去乡试，有多少天没有去月明楼吃酒了！听说那里的座头都换了新的，不再是油晃晃的了，还铺了貂鼠毛皮。酒店前面新搭了一个大卷棚子，专门请教坊的人唱诸般宫调。前日，从月明楼吃酒的朋友回来说，酒店里新上了寿春酿的蓝桥风月，味道极为甘醇，吃再多也不上头，你既已收了摊，且这天色看着又早，我们兄弟两个不妨一起去吃几杯如何？也算解解你我科场失意的惆怅。"

"二哥，我倒是很愿意陪你一起去吃酒，奈何老爹还在家，要赶着回去。"

"今日难得，吃了酒回去也未迟，路上正有话要说。"江子游一边说，一边主动去抹了香桌，帮胡烈把桌子抬到墙角。

两个人彼此询问了自金山湖回来后的境况，江子游说起与二娘的争执，因家里一地鸡毛，闹得不得安宁，故此惆怅。胡烈说起自己这儿一向生意惨淡，彼此叹息了一番。

江子游说："要是此时大哥在，我们三个人聚在一起，把这些糟心事都抛到九霄云外，像平日那样只顾游山玩水，长醉不归，那该多好！"

胡烈说："今日是十二日，大哥去东京贩丝也将近一个月了，估计这两天就会回来。大哥的生辰是本月二十三日，还有十一天，到时我们两兄弟就在青衣江的大篷船上为大哥张罗一桌寿宴，也是我们尽做兄弟的一点心意。"

江子游拍着手说："好哩，到时再把霜儿姑娘也请过来，我为大哥弹琴，你为大哥吟诗，再请霜儿唱一支我们这儿最地道的吴歌，大哥一定欢喜！"

两人边走边聊，才走出沙洲河鲜坊对面的十字街头，忽然看到一辆马车停在街口中心的位置，那马车内似乎装了很多货物，一扎一扎垒起来，把车厢鼓起来，露出葛布包裹的外皮。不一会儿，从马车上跳下一个戴毡皮帽的中年男子来，那人搓着手，哈口气，似乎在骂那匹马不听使唤，接着又踮起脚朝他们所在的方向张望了一回，忽然大声喊起来："二弟！三弟！"

两人站住，原来朝他们招手的那个人正是他们日思夜想的大哥吴炼澄。两人又惊又喜，忙跑过去，拉住吴炼澄的衣裳，说道："大哥，怎么是你？我们这不是在做梦？"

吴炼澄拉着他们的手，笑着说："我从东京回来，一下了船，想着顺路，就过来看望三弟，没想到恰好遇见二弟与三弟在一起。"

江子游说："我们刚才还在说大哥哩，想不到大哥就出现在眼前了。"

胡烈说："二哥叫我一起去月明楼吃酒，大哥来得正好，我们三个一块儿去！"

"好！分别多日，我也正想与二弟、三弟一起吃酒！"一提起酒，吴炼澄就更加来了兴致，旅途的疲惫也一扫而光。他把马车上的行李卸下来，驮在马背上，说道："你们两个坐上我的马车去。"于是，三个人上了车，吴炼澄用力挥舞着马鞭，朝月明楼的方向驶去。

路上，吴炼澄问："二弟、三弟，你们这回考得如何？"

胡烈不说话，江子游说："别提了，我和三弟都考砸锅了。"

吴炼澄"驾"了一声，嫌马走得慢了些，朝那马屁股狠狠抽了一鞭子，又哈着热气说："没考中也没关系，以二弟和三弟的才干，将来还怕不能中个状元？这回不让你们金榜题名，那只怪考官们有眼无珠！"

"大哥去东京贩丝，一切都还顺利？"胡烈似乎不想再谈科举的事情，便把话题支开。

"嘻！别再提什么贩丝了，我从吴中收了一车丝，刚到东京，就遇到了打头风，一船丝至少有半船泡了水，等我们把剩下的丝搬到岸上，丝价又跳了水，那边收丝的客人囤了几船的丝没法脱手，亏惨了，只得跑路，至今不知去向，幸亏我在东京的一个朋友穿针引线，找了下一家收丝人，把我那一船丝都收了，虽然价格不高，没赚到什么银子，但总算没有亏损太多，也算是不幸中的万幸了！"

"大哥这一趟出门实在不易！"

"我这算什么？你们读书人才叫不易呢！"

"加上大哥，我们仨，都是失意人了，三个失意人在一起，正该喝个痛快！"

"对！我们今夜一醉方休！"三个人一齐大笑，似乎又回到了以前放纵不羁的样子。那一晚，三个人到月明楼喝了整整四瓶蓝桥风月，喝得着实痛快！三个人喝得酩酊大醉，江子游又建议去青衣江的栈道上走一走，他们走过丁字牌楼的时候，沿街的妇人从楼上泼下一盆洗脚水，溅到了江子游的衣服上，吴炼澄又气又恼，朝着那栋三层小木楼足足骂了半晌，把那妇人吓得忙不迭关窗。月色朦胧，他们又把小西门街旁的灌木丛当成了平日守城门的士兵，嚷骂着："你们这些虾兵蟹将，一个个张牙舞爪，有什么好神气的？你们敢跟老子比试比试吗？"三个人对着灌木丛做各种怪相，用劲摇落树上的叶子，一路上又唱又笑，毫无顾忌。路上偶遇一两个行人，见到他们，吓得忙不迭避让，他们也毫不介意。

# 二十六

　　二十一日一早，江凤鸣带着家眷去周令史家吃冬节酒，又送去一盒桂花八仙糕，一对豕蹄，两坛豆芽酒，两只深井烤鹅。周令史迎上去，笑着说："江老爷上次才送过礼了，这次为何又送如此厚礼过来？"忙延至客厅上座。江凤鸣说："微薄之物，不成敬意。"彼此还过礼，周令史叫出夫人，与大娘和二娘相见了，叫下人在后花园摆下果碟拼盘，邀两位太太去吃新到的黄山贡品胎菊茶。江凤鸣和江子游坐在前厅，周令史相陪，因说："记得上次和江老爹一起吃酒，还是在前任汤县令小公子周岁的晚宴上。半年不到，江老爹的气色比以前更好了。"

　　江凤鸣说："哪里好？终日为家里一些鸡毛蒜皮的事烦恼，你看我这几年头发白了不少，我倒是羡慕周老爹，悠游自在，没什么闲事挂心头。"

　　周令史问："这就是大公子子游了？果然一表人才！"

　　江凤鸣忙叫子游向周令史磕头，说："这就是你周世伯了。"

　　周令史亲手扶起子游，问道："世侄今年多少岁了？"

　　"小侄二十一岁了。"

　　"正是青年才俊。"

　　又问江子游读过什么书？宗师是谁？几岁开蒙的？还说："上次江老爷给我看过子游写的一篇时文，不愧凌云健笔，少年老成。"

　　江凤鸣说："周老爹不该如此夸他，犬子不才，到时还要请老爹不吝赐教哩!"

周令史笑道:"江山代有人才出,我与江翁都老了。俗话说:'青出于蓝而胜于蓝',我看子游文章火候已到,不日就会高中魁元,名满京都,我与江翁只需坐观其成。"

闲聊了一会儿,下人摆上各色糕点,丫鬟过来沏茶,周令史问:"小姐在干什么?"

"在后园同夫人陪着大娘和二娘哩。"

"你去叫小姐过来沏茶。"

那丫鬟应了一声,连忙去后园叫玉凤小姐。过了一会儿,周玉凤端着一把天青色小瓷壶款款进来,把壶轻放在楠木案几上,含着笑朝江凤鸣行了一个礼,又低低叫了一声"江伯伯"。江凤鸣站起来说:"这就是玉凤?我记得那年在东京见她的时候还是个小丫头,头上扎两个小犄角,躲在她父亲身后不肯见生人。真是女大十八变,我都快认不出来了!"

周玉凤说:"我还记得江伯伯当年塞给我一把杏仁糖果,我就从父亲背后跳出来,现在回想起来,至今都觉得是甜的!"

一句话说得江凤鸣更加欢喜了。江子游也忍不住多打量了周玉凤几眼,只见这周家女儿果然生得容貌清秀,文雅端庄,婉约立在客厅中间,如同一朵被清风微微拂过的木棉花。

周令史又对玉凤道:"这位就是你子游哥哥了!我那时携家小从东京去江州做官,你江世伯前来送行,你和子游见过一面,不知还记得否?"

"那时子游哥哥还哭着一定要世伯抱哩。"周玉凤笑起来时露出一排整齐洁白的牙齿。

江子游红着脸说:"我全然不记得了。"

周令史又让周玉凤帮忙沏茶,玉凤用竹镊子轻轻夹着茶具,用开水烫过一遍后,用银制的小勺舀出邙山小种,高举着鸡冠壶倾出茶汤,只见她动作娴熟,体态轻盈,泡出来的茶,茶叶翻腾,茶香四溢。江凤鸣着实夸赞了一回,又说玉凤姑娘不仅深谙茶艺,诗词文章也写得极好,才气简直不输班婕妤、蔡文姬之流。

周玉凤笑道："世伯，我听说子游哥哥才是真正的全才，不仅写得一手好文章，还会弹琴谱曲，什么时候能够听一听子游哥哥自己谱曲的琴声才好哩。"

江子游说："我那纯粹是瞎弹。"

江凤鸣说："说起这件事，他还一直怨我！只怪我当初见他不用心读书，一气之下把他的楸木雕花古琴摔断了，因而他至今还对这件事耿耿于怀！"

周玉凤说："这就是世伯不对了，子游哥哥爱弹琴，这是高雅之事。琴为六艺之一，世伯岂不闻伯牙《高山流水》觅知音；司马相如一曲《凤求凰》感文君；刘禹锡陋室抚琴安淡泊；蔡邕救琴求伯乐。再说琴声与读书声，在小女看来两相应和，当属世间最和谐的声音，子游哥哥既然深谙琴道，世伯应当鼓舞欢欣才对，怎么还不准他弹琴呢？"

周令史笑着说："你看看咱玉凤？为了护她子游哥哥，倒怪起她江世伯来了！"

江凤鸣道："玉凤说得对，我也常自反省，觉得那日摔琴十分不该！子游弹琴，清心明志，本是好事，是我平日对子游苛责太严！"

周令史道："既是如此，改日我托人去苏州沧浪亭边找吴涛老先生斫一把好琴来，下次回拜时让玉凤带过去送给子游，到时再请子游用新斫好的琴给咱玉凤弹奏一曲。"

江子游不说话，江凤鸣笑着替他回答说："若能得到玉凤小姐垂青，实是小儿三生有幸！"又说："初八日，是我家大娘子生日，到时请周老爹一家都来，我备好马车，叫子游亲自来接你们，我早早在家恭候！"

周令史道："既是大娘生日，定当来贺！"

吃完了茶，周令史又引着江凤鸣一起去游园，说此时正值深秋，园中景色虽不比春光鲜艳，但萧索的气象却也让人耳目一新。于是，叫下人收拾好茶具，把茶台抬到一旁，吩咐下去："太太那边茶吃完了吗？等吃完茶，去把后园柴门开了，叫三位娘一起游园赏秋。"下人去了，回来说太太们已在天井那边等着呢。于是，四个人穿过中庭，会了三位娘一起，打开后园栅栏，从一个瓶门进去，一起来到后园。后园的前面种了一排芭蕉树，需要附身而过。芭蕉树两旁错落有致地埋着几个大酒坛，用红布缠着，远远就能闻到酒香。周令史指着酒坛笑着说："此酒是我专门请曾在宫廷酿酒的老师父酿制的，中间那坛，埋了整整十年，晌午就用它款待贵客！"酒坛后边，摆着一张石桌，三条石凳。二娘坐在石凳上，叫周家娘子和大娘玩了两把牙牌。园子正中间一座假山，用太湖湖底的石头砌成。假山周围是一座小池，名曰"半秋池"，小池沿岸用参差的青石围成了一圈。从园子中的拱门过去，又是一个小园，叫作"园中园"，此园在第一园之上，需要迈上十一级青石台阶，当头就是一棵四五丈高的香樟树，树上有一只硕大的喜鹊窝，一窠小喜鹊叽叽喳喳地乱叫。周玉凤说道："喜鹊是前年在这里筑的巢，今年孵了一窝喜鹊，平日也不叫，安安静静的，想必今日贵客来了，这些喜鹊才叫得如此欢腾哩！"江凤鸣和周令史大笑起来，二娘夸玉凤姑娘嘴甜，会说话。大娘也在一旁含笑颔首。游完了园子后，下人已经摆好了午饭，筵席安排得十分丰赡，十个大碗，烧鸡、炖鸭、鳜鱼、河虾、螃蟹等，五色俱全。周令史亲自去后园，打开封了十年的酒坛，舀了一壶陈酿过来。又请江凤鸣坐主席，周令史作陪，三位娘坐一起。似是有意无意地安排江子游和周玉凤坐一起。饭菜十分可口，封了十年的老酒，又是宫廷师傅酿制，吃起来特别浓冽醇厚。江凤鸣连连称赞，也就多吃了几杯。大娘不吃酒，便以茶代酒。二娘酒量尚可，拿酒盏敬了周令史和周家太太。玉凤一一敬了江凤鸣和两位娘，只抿了一小口表意而已。席间，两家人谈笑风生，互诉情意，不知为何，尽管这酒很香，江子游却特别想念那日去碧溪小林吃沈老先生亲酿的糯米酒，他甚至觉得那糯米酒才是天下第一等的好酒！

等到回去的时候，周令史预先叫了一辆马车，给江凤鸣和两位太太各备了一份厚礼，又送给子游一本《昌黎文选》和一轴亲题的字画，勉励他用心举业，还说明年此时，便有佳音。江凤鸣感谢他的吉言，闲谈了一阵。最后，一家人终于告辞而去，一路上都在说周家的宅院如何幽深，周令史娘子如何贤惠，玉凤姑娘生的如何标致且懂礼，就连大娘对玉凤也十二分满意。江凤鸣也确实觉得玉凤姑娘诸般都好，一再在子游面前夸说这门亲事，说道："这回见识了吧，早该带你来见见玉凤姑娘，可知我和你二娘没有胡说，玉凤姑娘真是这里难得的好姑娘！"

江子游听了默然不语。

"你这小子当初还一个劲地埋怨你二娘，竟然完全不理会你二娘的一片好心！"

江子游低着头，依然想着沈霜儿，此时此刻，他不知为何更加思念霜儿姑娘了，也许是众人对玉凤的不吝赞美给了他一种紧迫感。他想，等霜儿姑娘从徽州探亲回来后，就去见她，就对她说自己有多么喜欢她。

# 二十七

第二天，江子游又去找吴炼澄和胡烈吃酒。自从吴炼澄从东京回来后，他们隔三差五，不是去月明楼吃酒，就是去鸡鸣湖泛舟，或者去青衣江上的长堤散步。有好几次，江子游都向吴炼澄打探道："沈老伯去徽州省亲回来了吗？"

"沈老伯怎么还没回来？"

他不好意思直接问霜儿姑娘怎的还没回，只好问沈南风有没有回。

吴炼澄打着哈欠说："他呀，哪里就回？我这世叔在徽州那边被几个老友款留住了，不是这家今天留他吃茶，就是那家明天请他吃酒，逍遥着哩"

"沈老伯因老寒腿，不应该吃那么多酒才对。"

沉吟片刻后，江子游又说："都已经过了大半个月，沈老伯还不回来，上次霜儿姑娘托我替他买治老寒腿的药，如今已抓好，只等沈老伯一回来，我就把药送过去。"

吴炼澄大大咧咧的个性，全不在意，还说估计也就在这几天之内，沈世叔就会回来了。等霜儿姑娘也回来了，几个人正好可以约着一起去游青衣江。江子游便回味起众人两个月前同游青衣江的那个晚上，嘴角这才露出会心的笑容。一旁的胡烈却没有笑，他每次听江子游说起沈霜儿的时候，都把头低垂下去，一声儿都不言语。

吴炼澄和江子游都不知道，这几个月来，胡烈的生活过得十分清苦，甚至比以前还要清苦得多！胡烈有时也想沈霜儿，却被生活硬生生逼得没有太多的时间去想她。他一天到晚想得最多的还是如何多赚钱，如何偿还他爹和哥新欠下的债务，好让他们的日子过得好一点，如何有朝一日出人头地。天气越发寒冷了，找他写字的人也越来越少了。家里人都要添置过冬的衣服，还要交年末的租子，可胡烈依然穿着一件单薄的大衣，被生活逼迫得一筹莫展。吴炼澄过来看他时，也曾送他一袋白米或几两银子，然而，这虽能解燃眉之急，却终非长久之计。吴炼澄又劝他不要去卖字了："你这卖字能卖几个钱？"胡烈苦笑着回答说："大哥，我一个读书人，四体不勤，五谷不分，我不去卖字，又能干什么呢？"

"三弟，你要不跟着我一起跑水路走南北去贩丝吧？"吴炼澄提出的建议让胡烈多少感到有些意外。

犹豫了一阵，胡烈没有答应。他并不是觉得贩丝有什么不好，而是不想跟帮会的那些人胡搅蛮缠在一起。他知道，吴炼澄跟帮会的人走得太近了，担心终究一日会出事。他也曾因此委婉地劝过吴炼澄不知多少回，可是吴炼澄压根就没有听进去。

二十二日，周令史娘子带着玉凤姑娘到江家回拜。江老爷请他们在客厅上座，问今日周老爹怎的没一起来？周家娘子说，他赶着去扬州府替宗族里一位老亲看一栋旧官宦的老宅子去了。说完，吩咐玉凤捧出一把由制琴大师吴涛新斫的老杉木正和式古琴，亲自送给子游。江老爷接过琴，端详一遍，见那琴身斫得纹路清晰、典雅精致，心下高兴，当即让子游操琴一曲。江子游不敢违拗，正襟而坐，抚了一曲《阳关三叠》，清音袅袅，让人沉醉。周玉凤称赞不已。江老爷大喜，说道："既然玉凤姑娘喜欢，何不常过来这边听小儿操琴？以后若成了一家人，就用不着跑大老远这么麻烦，往后这里就是你家，你住在这里，可以天天听小儿弹琴。"一句话说得周玉凤的脸霎时变得绯红了。江老爷待客十分殷勤，俨然把周夫人当成了未来的亲家，把玉凤当成了儿媳，筵席安排得丰赡不说，又回送周夫人和玉凤姑娘很多礼物。到了晚上，周令史从扬州办完事回家，差家仆来接她们，江凤鸣让子游把玉凤和周夫人送上车，让他亲自送到南风坡三江口才转回来。

二十三日，是吴炼澄生日。江子游和胡烈一早就去青衣江订了一个大篷船舱，叫船家预备了一席丰盛的酒菜。江子游带着琴，从他父亲的宝库里面拿了一套汝窑的高脚葵花酒杯，去春山茶楼买了一罐上好的金坛雀舌，用一个锦盒装着，又去本地有名的胡记酒家买了两瓶浓郁的十里春风醉，约胡烈一起去给吴炼澄过生。胡烈早在前一天就去南江路的刘家铺子买了一条云纹锦带，作为贺礼。两人在村口会面，先把礼物搁在船坞内，叫掌船的老爹看管。然后，两人一同去仙姬胡同请吴炼澄到船坞吃酒。刚走到吴炼澄家门口，就听到里面传来一阵女子清脆的笑声，那笑声熟悉且亲切，两人同吃了一惊。江子游忍不住叫了一声"是霜儿！一定是霜儿回来啦！"赶忙飞奔进屋去看，不是别人，正是霜儿姑娘，正站在窗台边，和吴炼澄聊天哩。

江子游一见到沈霜儿，就高兴地说："霜儿，真的是你！你啥时候回来的？"

沈霜儿放下茶盅："我昨天就回了。"

吴炼澄打趣道："你看看我这二弟，一来眼里就只有霜儿妹子，倒把他大哥撇一边。霜儿，你还不知道，你没回来时，二弟就三天两头打听你，一心盼着你回来哩！"

沈霜儿嘻嘻地笑着。又听见胡烈在窗外叫着"大哥"，话未落音，胡烈已经掀开帘子探进半个头来。吴炼澄说："唷！三弟也来了。今天可巧，是什么风让你们都来看我？"

"大哥，今天是你生日，我们怎么不来？"

"我昨日特意从徽州赶回来，也就是为了给咱们吴大哥过生。"

"霜儿姑娘与我们想到一起了，刚才二哥在外面听到你的说话声，一溜烟跑得比什么都快。"

"霜儿姑娘来得巧不如来得好，酒菜都已备好，就摆在青衣江的白篷船里，大哥，霜儿，我们现在就一起走吧。"江子游憨笑着，展了展衣袖。

吴炼澄说："不过是过散生，又来起动你们，哪有这番道理！"

"大哥说哪里的话？难得给大哥过生，我和三弟早在半月前就开始筹划了哩！"

吴炼澄又指着桌子上的一个食盒说："你们赶来，先吃点东西吧，这是霜儿从我们徽州带来的特产，你们一定没见过，我拿出来给你们各人尝尝。"于是，从盒子中拿出黄山烧饼、宿州烧鸡、巢湖银鱼和寸金，叫江子游和胡烈吃。两人各样都尝了一些，都说味道很好。江子游更是竖起大拇指夸赞不已："这烧饼的味道，甚好！"

沈霜儿听了备受鼓舞："真的？既然你们都喜欢，下次我托家人从徽州多捎几盒给你们！"

吴炼澄又向下人安排好当天生意上的事务，交代下去："今日若有客人来讨银子，只说我不在家，让他们改日再来。"

过后，四个人来到青衣江的船舫，掌船的老爹已摆好了饭菜，都是色香味俱全的八宝珍馐，吴炼澄又说："二弟、三弟，不过一个散生，何必恁地破费？"

江子游道："难得第一次给大哥过生，不值什么。对了，三弟，你快把我们买的酒拿出来，这可是大哥最喜欢吃的酒！"

胡烈连忙从一个用蓝绸布盖着的篓子里拎出那两瓶十里春风醉，江子游则叫船家去拿杯子。一看拿来的杯子不是口径大小不一，就是杯沿有缺口，江子游觉得不吉利，便叫道："三弟，罢了，我那个盒子里有吃酒的瓷杯，原是送给大哥的礼物，你索性都拿出来，用开水烫了倒酒。"

胡烈取出瓷杯，去船板上洗干净摆在桌上，吴炼澄一看，指着天青色瓷杯说道："这可是汝窑的东西，用来装酒可惜了！"

江子游和胡烈都笑，又拿出先前准备的两样礼物，一盒雀舌、一条云纹锦带，这样的心意让吴炼澄感动不已："结交了你们这两位好兄弟，我吴炼澄这一生也不枉了。"

这时，沈霜儿露出一副不服气的样子说道："诶诶，你们都送了礼，怎能少了我呢？我也有一样东西送给吴大哥。"于是，从衣服口袋里摸出一块拇指大小的羊脂玉坠儿，笑着说："这个玉坠儿是普安寺大和尚的传法之物，开过光，听说极为灵验，我好不容易求来送给吴大哥，哥哥走南闯北做生意，经常在大风大浪里来去，戴上这个小物件，保大哥一生平安。"

吴炼澄端详把玩了一阵，说道："这个玉坠儿做得好！又是普安寺大和尚的传法之物，霜儿妹子有心了！"

四个人坐下来，一边谈笑一边吃酒。吴炼澄坐在船舱朝南的位置，江子游和胡烈陪坐在两边，沈霜儿与吴炼澄对坐。江子游、胡烈和沈霜儿轮流把盏。那十里春风醉的味道果然不同一般，入口醇厚，齿颊流香，不觉吃了四五杯下肚，吴炼澄的兴致也越发高涨了。须臾，船主人又端上一道烤乳猪，拿小刀割下腿部肥瘦相间的嫩肉，分到每一个人的盘子里。江子游问起沈老伯可曾回来，沈霜儿说："没呢，我爹还要去看望一位表亲，顺便再同我这位表亲去铜陵泡温泉，听说那里的温泉水最治他的老寒腿，他只怕要等到下个月初一才能回来。"

江子游便说："霜儿，你上次托我给沈世伯抓的药买回来了，等你爹回来，我就亲自送去。"

沈霜儿道声感谢。又说起了这些日在徽州的见闻。也许是吃了十里春风醉的缘故，江子游的心变得热乎乎的，扑通通乱跳，好像有许多话要对沈霜儿说，当着众人的面却不知如何启齿。

沈霜儿问吴炼澄："吴大哥，我听我爹说，你上次去东京贩丝，船遇上风暴触到了礁，半船丝泡了水，这话是真的吗？"

江子游抢着回答："是真的。"

沈霜儿道："从这一件事上，就看出吴大哥的义气来，你们或许不知，那一船丝原是大哥与帮中乌老大一同去贩的，那船有两层，底层的丝泡了水，第二层的丝没泡水，是大哥主动把第一层泡水的丝一人担了，找人低价出脱，让乌老大拿了第二层没泡水的丝去卖。我爹说，还是吴大哥宅心仁厚，不计较那么多，宁愿自己蒙受全部亏损，也不愿别人受一丁点儿牵累，这要是换了别人，怎肯这样做？"

"我们只知大哥那半船丝泡了水，并不知背后还有这许多故事。"

"那大哥这次是不是亏了，应该亏得不多吧？"

"大哥还说没亏甚哩。先前大哥在家对下人说怕有人来讨银子，让他们改日再来，莫不是也为这事？"

吴炼澄不肯说出自己这番去东京贩丝亏了很多银子的事，只轻描淡写地说："一码归一码，不过话说回来，那乌老大是我叫他一起去贩丝的，船出了事，理应由我一人担着。也正因如此，那乌老大还对我感激不尽呢，说以后有什么事尽管跟他说，帮会的人一定全力相帮。这就叫'失之东隅，收之桑榆'。"说罢喝了一口酒，哈哈大笑起来。

胡烈听吴炼澄夸赞那乌老大如何仗义，又说起吴中帮的好处，心下好生不悦。他好几次想劝吴炼澄，却又怕他大哥不高兴，最后终于鼓起勇气说道："大哥，我看你还是少与那些帮会的人交道为妙，自古以来，水运关系朝廷财政兴衰，现在却被帮会把持，朝廷忌惮，总有一天会出手打压的。"

吴炼澄满不在乎地回答说："我怕什么！你看上任县官汤县令想要整我，后来如何？他没扳倒我，反把自己弄进大牢去了，依我说，还是三弟多虑了！"

胡烈说："那是因为汤县令当初一心想要拉拢大哥，尚能忍耐，故而以礼相待。我听说这届任县令行事风格刚猛，为人严厉，就不知道会怎样了！"

吴炼澄道："天下乌鸦一般黑，随那狗官怎么瞎折腾，我压根没放在眼里！我看三弟终究是个读书人的性儿，怕惹事，这也难怪，放心吧，你大哥多大的风浪没有见过？"

胡烈知道吴炼澄一向没把官府当一回事，劝了几句，见他不肯听，又怕他恼，也就不敢再劝了。这时，船主人在船坞四角各挂了一盏明角灯，搬来红泥小火炉。灯光把船舱照得荧煌通亮，桌上杯盘狼藉，酒泛羔羊，四个人拿出色盘掷骰子猜拳吃酒。那两瓶十里春风醉已经吃得一滴不剩了，还不过瘾，又连呼船家拿出自酿的高粱酒来吃。高粱酒味糙，不比十里春风醉醇和，勉强入口，但四人大口吃着，似乎并不介意。江子游又拿出古琴来，用双膝托着，为吴炼澄弹奏。胡烈站起来吟诗，向船主人讨了笔墨记下当日游青衣江为吴炼澄庆生的情景。沈霜儿则虚啭歌喉，唱了一曲带有吴腔风味的渔歌，琴音幽幽、歌声袅袅、江水激激，彼此相和，扣动心弦。一直闹到了三更天，那船主人打熬不住，回去船舱隔间内打盹去了。四个人吃得醉眼迷离，一时忘了时辰。月色凄清，江风卷帘，江子游想趁着酒劲与霜儿姑娘说一说心里事，可是他已经醉得连一点说话的力气都没有了，只能看着沈霜儿痴痴地笑着。吴炼澄拿着一只空酒杯，趴在椅子上，大醉，还在叫嚷着："再吃，来，咱们再吃一杯……"胡烈也醉了，趴在桌子上，发出轻微的鼾声。沈霜儿也醉了，醉得红霞漫飞，靠着胡烈的肩睡了。

# 二十八

　　直到第二日天明，四个人才醒来。船主人已经煨好了一壶早茶，又炖了一锅鲜藕汤，说这是当地渔民在长湖烂泥里挖的野藕，补胃益脾，最好醒酒。沈霜儿去船舱里面拿了四个大碗，给各人盛了一碗热乎乎的藕汤，先端给胡烈，再分别端给吴炼澄和江子游，忽然看见吴炼澄不知什么时候缠着胡烈的方巾，而江子游歪戴着吴炼澄的毡帽，胡烈宽大的额上则沾了一团干涸的墨汁，像是一弯新月，便噗嗤一笑。四人相顾，都忍不住哈哈大笑起来。吴炼澄打趣说："你们看，我这个秀才像不像？""那我就是贩丝的商贾了？"众人都说像极了。吴炼澄又说："昨晚也不知道吃到几时，吃了多少酒？反正我只记得二弟的琴弹得好听，三弟的文章写得精彩。"看见一旁的霜儿噘着嘴巴，又笑着说道："对了，还有咱们霜儿的歌唱得最好！"

三个人都夸赞霜儿姑娘昨晚的歌声胜过了当日他们在青衣江赏花灯时听到的渔家女儿唱的歌。四个人正说笑着，船主人端了热汤进来，吴炼澄转头就问："老船家，你说是不是？霜儿妹子的歌是不是唱得最好？"那船主人犹如丈二和尚摸不着头脑，放下热汤说道："什么是不是？你们这四个人，好没道理！在我船上一整夜又唱又跳，像疯了一样，闹得我一宿都睡不好觉，今早起来给你们煨茶汤时，发现你们竟把我藏的三瓶高粱酒也吃得一瓶不剩！"吴炼澄说："老船家，我们正是吃了你的高粱酒才这么疯，是你的酒好！够味！我们吃了你多少瓶酒，就付给你多少酒钱罢了！"那船主人摇着头，方才罢休，径回船舱的小隔间里面算账去了。

大约到了晌午时分，江子游还想挽留大伙儿一起去游鸡鸣湖，可是沈霜儿急着要回去，说答应了青萝要回碧溪小林照看园圃中新种的花草。吴炼澄也和客商约了一起去东平运一批绸布到阜阳去贩卖。江子游虽然不舍，但只好作罢。四人请船主人开船先送沈霜儿回家，那船主人摆着手说："这船是不能开的，晌午还有一班客人要来船上吃酒咧。"

吴炼澄板起脸说："怎么开不得？我们又不少你的船钱！"

那船主人道："不是船钱不船钱的问题，确实是因为有客人早先预定了，推托不得。"

吴炼澄还要争执，江子游拦住他，说道："大哥，罢了，我另去寻一条渔船，送霜儿姑娘回家。"说毕，跳下船，沿着江岸去觅渔船。寻了半天，竟然一条渔船都没有。原来，往日这青衣江沿江遍布都是船，热闹得很，此刻这些船只全部驶往上游打鱼去了。四个人正无计可施，胡烈忽然拍着腿说道："有了，夏婶子家的船就泊在黄天荡，离这里不远，我这就去请夏婶子开船，送霜儿姑娘过江。"于是，二话不说，飞奔到夏婶子那儿。不一时，夏婶子划着一只身长肚窄的乌篷船儿，从湖中的小岛转过来。胡烈就站在船舷上，朝他们挥手。等泊好船，吴炼澄争着要付船钱，夏婶子说这是胡烈兄弟叫的船，怎么也不肯要。推托了半天，吴炼澄硬把钱塞到夏婶子手上，又请霜儿姑娘上了船，几个人相互道了别，约定冬至节那日再相聚。说等到冬至日，吴中一带也该落雪了。还说江南的雪，轻涵若素，虽不比北方的雪大，却美得不可方物，四个人正好去鸡鸣湖边的平川码头看雪。

自从四个人分别之后，又过了十来天的样子。沈老爹已经从徽州铜陵泡温泉回来了，临行前收到沈霜儿托人送去的信，让他多带几盒徽州的糕点回来。一日，沈霜儿带着青萝，亲自来送徽州的特产。吴炼澄和江子游那儿自是送了一个莲花云纹大锦盒，锦盒里装了各样徽州名小吃。沈霜儿送给胡烈锦盒的时候，又特意多送了他一套大袖襕衫和一顶方巾，说这是花间坊的做工，苏州孙氏独门的针法，一般的衫子可没有那样走线的样式。又说那日看见胡烈身上的衣服有些黯旧了，送这套衣服和头巾，也不知合不合适。

"这我可不能要。"胡烈没有多想。

"哎呀，你还犹豫什么！快穿上呗，看好不好看！"

沈霜儿一边催促，一边咯咯地笑着。胡烈红着脸，硬不肯要，说自己的衣服虽然破旧了，尚还能穿。也许是读书人那股子自尊和清高在作祟吧，总之，胡烈到底是误会了沈霜儿的一番美意，他可不想被霜儿姑娘看低，尤其是在吃穿用度及用钱这样的问题上。

沈霜儿见他不肯收，便急了，嘟着小嘴，嗔道："这可是我特意送你的，你不收，是嫌弃我的东西吗？平日我眼里那个爽朗大方、不拘小节的胡公子，何时变得这么婆婆妈妈的了？"

胡烈被霜儿姑娘使劲说了一通，顿时红透了脸，秀才的口终究拗不过霜儿姑娘的一张伶牙俐齿，只得收了衣服和头巾。胡烈见沈霜儿手中还拿着一个食盒和一段尺头，又问道："这些东西是要去送给大哥和二哥的吗？"

"他们的都送过去了。我还要去泗明桥去见单四婶子，这盒子便是送她的。"

"哪位单四婶子？以前没听你说起过。"

"这单四婶子是我家以前的使女，她娘家姓单，排行第四，所以家里都叫她四婶。还在徽州的时候，她就在我家，原是我娘那边带来的使女，自幼看我长大，待我极好的。前两年，四婶的儿子要跟人去九江修河坝，家里没人照顾，她便请辞回了泗明桥老家，带她的孙儿。我每年都要过河去看望她一两次。"

沈霜儿又咯咯笑道："你现在有没有空？要不跟我一起去看望单四婶子？"

胡烈还想着去河鲜坊对岸再摆一摆摊，或许还能等到一两位客人来买字、算命。正在犹豫时，冷不丁被沈霜儿一拉，牵着他的手就往前走。胡烈感到脸红耳热，忙把手缩回去。沈霜儿依然嘻嘻地笑着，说道："你还愣站着干吗？一起去呗！"胡烈低下头，犹豫不决地挪开脚步，跟着沈霜儿往前边走，来到老鸦渡口，船家早已经等在那儿了。沈霜儿对船家招手说："又让老爹久等了。"

"我老头儿反正闲着无事，再等多久也没啥。"那老翁握着船杆对着这一对青年男女露出当地人憨厚朴实的笑容。

三个人上了船，老翁叫一声坐稳，便拨开一簇清波，缓缓往泗明桥驶去。那时，单四婶子正在院子里架起一个柳条簸箩，晒山药片，听到外面有人叫喊，就知道是霜儿姑娘来看她了，连忙拎起衣襟揩手，迎出来说："三姑娘来了？我听屏儿说你和老爷去徽州省亲，什么时候回的？"

"快半个月了，一直穷忙，没来看望单妈，今日正好来这边送东西，顺带望望单妈和章哥儿。"沈霜儿和单四婶子看上去倒像是一对母女。

"这位公子是谁？"单四婶子又问。

"他叫胡烈，是我吴大哥的拜把子兄弟。"

胡烈连忙躬身向单四婶子作揖，说一声打搅。单四婶子回了礼，说道："不想今日有贵客到来，我什么也没有准备，这屋里乱糟糟的，空间又窄，请公子和三姑娘到厅里坐吧。"于是，延至厅上，用衣袖抹一抹黑乎乎、油腻腻的桌椅，去里屋泡了热茶端上来。一面问霜儿："你刚才说的吴大哥，可是当年与你爹一起去北陂贩丝的吴炼澄兄弟？我记得还是前年在徽州见过他一面，已有两年多了，听说他就在我们这里住，改天，咱也专门拜拜他去。"

沈霜儿说："正是吴炼澄哩，吴大哥已经来南风坡好一阵了，就住在仙姬胡同内他堂舅家里，他不曾来见你？不过也不能怪他，他可忙了，比当朝宰相还忙，我平日也难得一会，他不是收了这里的丝发往北边去贩，就是从北方小镇弄些稀奇古怪的货儿运到江南来卖。"

"要是我那不成器的小子能有吴大兄弟一半能干，我老婆子也不至于守着孙儿吃这般苦！这么多年，吴大兄弟接了老爷的班，走南闯北，做生意也应该大发了？"

"这谁知道？我参说，他们生意人，走南闯北，沉沉浮浮，今日亏明日赚，外行人看不懂。"沈霜儿一眼瞅见黑墙上挂着一幅发黄的年画，旁边搁着一顶破损的斗篷和簸箕，便说："这些年，章三哥一直没回来过？"

"哪里回来？自从前年他去九江修河坝就一直没回来过，也不知他人是死是活，我老婆子晚上常做梦梦见他在九江担土，弄得浑身是泥，醒来时就叫着三哥儿三哥儿的小名，一想起他就哭，那眼泪就像断线的珠子一样，止不住地往下掉哩。"

胡烈问："四婶子，您就没托个人去九江看看？或者那边也没个人回来给您捎个音信儿？"

单四婶子说："今年三月，邻村汪大信的第二个儿子从九江回来，说三哥儿在那边一切都好，只是吃不惯那里的东西，叫我勿挂念。还说等河坝的工程一完，还要赶着去衙门修贡院，不知道什么时候才能回。"

"四婶子放宽心，既有信捎来，料章三哥在那边安好。我若有熟人去九江，就托他去章三哥那儿看看，让章三哥儿捎个信给您！"

"阿弥陀佛，三姑娘，你这位朋友年纪轻轻的，却有一副菩萨心肠哩！"

三个人又闲聊了一阵，沈霜儿忽然想起船还泊在河边，行李都在船上。便让青萝去河边看船，让船主人再多等半日，许诺多付他一分银子。又问单四婶子："怎不见章哥儿？"

"这不前边小沟渠上，正钓河虾玩哩！"

沈霜儿推开门，只见章三哥的儿子章哥儿正拿着一根细长的竹竿，一头钩着一条蚯蚓作饵，正聚精会神地在门前小河边钓虾。单四婶子站在门口，大声叫道："章哥儿，快回来！你看谁来了？"

章哥儿扭过头看见沈霜儿站在屋檐下冲着他笑，连忙丢下竹竿，一口一句"霜儿姐姐"地叫着，连蹦带跳地跑过来。沈霜儿摸着章哥儿的头，又拉着他一起去小河边钓虾，单四婶子在屋里一边绩着麻绳，一边看着河边两个人嬉戏的背影，一面问道："胡公子，你认识我家三姑娘多久了？"

"差不多半年了。"

"别动，虾快跑了。"外面传来沈霜儿和章哥儿的吵闹声。

"你看，我家三姑娘就像个灯人儿一样！"单四婶子欠了欠身，"沈老爷常说三姑娘不像一个女儿家，说她野，说她疯，可我看哪，三姑娘活泼洒脱，活像山间的云雀，自由自在，有什么不好？我敢说无论哪里的姑娘都比不上咱三姑娘这般清灵透彻！"

"霜儿姑娘是个真实纯粹的人，就是这点最让人心动！"

"我叫你别动，你看见了吧。"

"刚才瞧三姑娘看你的眼色，我就知道，三姑娘喜欢你哩！"单四婶子继续绩着麻绳。

"四婶子可别乱说！"胡烈的脸霎时红了。

单四婶子把绩好的麻绳盘起来，一捆一捆地堆在窗台旁边一个干燥的角落里，又在周围撒了一些防潮的石灰。见胡烈的茶杯空了，又起身去换了第二道茶汤。单四婶子就像吃醉了酒一样，喃喃呐呐地说个不停："三姑娘是多好的姑娘呀！胡公子若娶了三姑娘，那是胡公子的福气呢。"

单四婶子又拿起地上的一把麻，继续搓第二根绳子。

"四婶子，你绩这么多麻绳干什么？"胡烈问道。

"我没事拿到丁家屯去卖，能赚几文钱补贴家用也好。"

单四婶子把搓好的绳子绕成了圈儿。

"别动，虾儿要上钩了！"

"三姑娘若嫁了你，也是她的福气。不瞒胡公子说，我老婆子还没去沈家大院伺候时，就专一给人做媒，一双眼倒会相人。瞧公子骨骼清奇，是个贵人之相！"

"跑了吧，叫你别动！"

胡烈忍不住多看窗外一眼，说道："四婶子倒会说笑，我一个穷苦书生，困顿至极，有什么福禄？"

单四婶子一本正经地说道："现今公子印堂是有些发黄，不过晦气很快就会散开，公子发达也只在这一两年内。你就等着，看我老婆子的话到底灵验不灵验！"

"嗨嗨！你们两个在说什么呢？聊得这么起劲！"原来是沈霜儿，不知什么时候跑了进来，拿她搁在椅子上的米黄色格子衫，听到单四婶子他们有说有笑，感到好奇，遂走进来问，倒把胡烈吓了一跳。

单四婶子笑道："我们能说什么？不就是瞎掰呗！"

"是的，瞎掰……你们已经钓了很多虾吗？"胡烈红着脸低声附和。

"很多哩。外面开始刮风了，四婶子，你去拿一件章哥儿的衣服，小孩子穿得那么单薄，冻得鼻青脸红的。"

"我去柜子里找找！"单四婶子起身去睡房一个掉了漆的衣柜里面找出一件蓝布薄袄，那袄子已经开了线，里面露出几团大小不均的黑色棉球。

等到晌午时分，单四婶子留他们吃饭，就用沈霜儿与章哥儿钓来的河虾做了一道荤菜，另备一碟蘸酱，额外四个小菜。单四婶子又让章哥儿去前面的小酒店打了一角烧酒。沈霜儿亲自生火，单四婶子掌厨。趁着风起的时候，胡烈带章哥儿在外面空地放了一回纸鸢。午膳过后，将要告辞，沈霜儿让青萝把食盒和尺头拿出来送给单四婶子，说道："这是家父去徽州探亲顺带的特产，让我捎给您和章哥儿尝尝。还有一匹尺头，拿给章哥儿做两件新衣裳吧，这天也冷了，章哥儿的袄子还那么薄且都开了线。等到十五日，我再来看望四婶子。"

"我们穷苦人家，能有袄子穿就阿弥陀佛了。"单四婶子一手接过食盒与尺头，说："三姑娘你来就好了，又费心送这些东西给我。难得老爷还一直记挂，老爷的大恩，我老婆子没齿难忘。对了，如今老爷的腿可好一些了？"

"我爹自从徽州省亲回来后，又吃了任照溪开的几味药，如今腿利索多了！"

"三姑娘，我却没什么东西送给你，又空过了你！"

单四婶子忽然又想起来什么，叫沈霜儿等一会儿，连忙跑去厨房内包了两大包山药片和两包太湖干莼菜出来，分别送给沈霜儿和胡烈，说道："自家晒的东西，不中看，拿不出手。不过倒还干净，三姑娘和胡公子千万别嫌弃。"胡烈道："这……我怎么能要四婶子的东西？"单四婶子不依，硬塞在两人的手里。出了门，单四婶子又凑近去，在沈霜儿耳边说了几句悄悄话。沈霜儿看着胡烈，一边听、一边笑，不时点点头。胡烈站在外面屋檐下等霜儿，纳闷地看着她们，心想不知霜儿姑娘在笑什么。

# 二十九

从单四婶子那儿回来，过了千机口，下泗明桥，那条渔船还泊在岸边，船主人正坐在船舷上，依着桅杆，生炉子煨茶吃。三个人上了船，船主人一边请他们吃茶，一边解开缆绳，撑起船杆，往岸边青石上一磕，船儿便嗖地朝河心驶去了。胡烈问："刚才单四婶子跟你耳语些什么？"

沈霜儿不说话，只顾抿着嘴笑。

"该不会在背后议论我什么吧？"

"正是在说你哩！"沈霜儿看着一脸困惑的胡烈，笑声越来越大了，"她说你这个人，高高大大，却还羞羞答答！她还说你这个人什么都好，就有一点不好！"

胡烈以为单四婶子看出了自己的心事，会说出他喜欢上了沈霜儿之类的话。于是大窘，涨红了脸问："我……我哪里不好了？"

"她说你这个人，一头掉进书袋子里去了，两眼只盯着书，看不见别的。"胡烈不明白沈霜儿所谓看不见别的是指的什么，还想再问下去。这时船主人插话说："霜儿姑娘，等过了河，你们要不要去普安寺烧香？姑娘若到了普安寺，帮我问问那里管事的大堂和尚，看看寺里还要不要山下土里种的萝卜白菜？今年咱村烧山开荒，每户人家多种了两块地，萝卜白菜也就多收了十几箩筐，寺里若要，明天我就叫人送过去！"

沈霜儿说："今儿晚了，我不去普安寺，后天去。到时我帮你问问。"

"怎的有劳霜儿姑娘了。后天我开船送姑娘回碧溪小林时，再来向你讨信吧。"船主人格外卖力地摇着桨，船桨发出吱嘎吱嘎的声响。船在江面上悠然地行着，到了下午，偌大的江面上就只有这一条小船儿横着了。江水冷了秋色，秋色却浸染了江水。船儿在两岸垂柳倒映的碧影中穿梭而行，仿佛一只在树上栖息灵动的飞鸟。沈霜儿就立在船头，望着两岸横飞乱舞的树杈，远处高低起伏的山峦，若有所思。

胡烈靠在船舱旁边，听着船桨拍水的声音，鼓起勇气问道："霜儿姑娘，我二哥多次想去拜访你，可每一次去都扑了个空，我总感觉你是——"

"你想说什么？"沈霜儿从沉思中醒过来，奇怪胡烈何以这样问。

"你是不是有意无意地躲着二哥呢？"

沈霜儿噗嗤一笑，侧着头说："笑话！我躲他干甚？他又不吃人，我干吗躲他？"

"我二哥好几次去碧溪小林会你，可霜儿姑娘都不在家。"

"他去碧溪小林，哪里是为了找我？他是去找我爹！"沈霜儿笑得更大声了，她一笑就露出一排整齐洁白的牙齿，"那日我们一起游青衣江赏花灯，他在船上对我说有一位叫任照溪的老郎中，就住在这里坡子巷的巷尾，擅治老寒腿，他还说他爹就是请这位任先生治好的，我听他这样说，便请他去找任照溪，开几服药给我爹试试看。"

"我二哥为人老实，又极殷勤，他听说沈世伯有腿疾，就像自己也患有腿疾一样，投医问药，可没少费心思！"

"是呀！你们三兄弟，个个都好。你大哥豪爽，你二哥老实，你呢？"

她看了胡烈一眼，说，"率真"！

　　两人说话时，船不觉已经开到了兰溪的北面。此时，天色昏暗，江阔云低，波随风起，船主人去船舱里点了一把明角灯挂在船头。西风正紧，把那盏明角灯吹得左摇右晃。不一会儿，从远处山峦上落下了一行雨，点点滴滴，拍打着船坞发出珠子般清脆的声响。船主人说："这天都黑了，又刮风下雨的，辨不清方向，船不能走了，两位若不急，我们不妨就把船泊在岸边，在船舱里将就一晚，等明儿天一亮再行。"两人都无意见，那船主人便去把船泊好，从船舱里拿出一件蓑衣披上，冒着雨跳上岸，把缆绳拴在岸边的一棵黄桷树上，回来后又从船舱里拿了两床被褥，说道："船上冷，这两床新被褥给霜儿姑娘和青萝姑娘盖，我那里还有一床。"原来船坞有一块隔板，把船舱分成两个小间，霜儿与丫鬟睡在一间，胡烈与船主人睡另一间。到了晚上，雨越下越大。潺潺雨水，从坞顶滚落下去，像是挂了一道水帘。江面清冷，雾霭沉沉，寒气袭人，只见山在水中，云在水中，那船就横在山上，浮在云上。青萝睡了，霜儿和衣而睡，却怎么也睡不着，卧在船上听雨。胡烈也没睡，听着雨打篷顶的声音，辗转难眠。一旁的船主人早已沉沉地睡去，打着轻鼾。等到了第二天一早，天微微明，胡烈醒来，不知道昨夜什么时候停的雨，也不知自己什么时候睡着的，更不知船主人什么时候开的船，只知此时小船徐徐而行，早过了兰溪北，行到了老人头。胡烈走出船舱，见河水涨了，惊讶地咦了一声。沈霜儿正站在船头朝他笑，胡烈说："霜儿姑娘好早！"沈霜儿问他昨夜睡得可好，怕不怕？胡烈回答说："有什么好怕的，不过我昨晚倒听了一夜的雨！那雨像珠子散落一样，点点滴滴，有趣得紧！"霜儿抿着嘴笑了，心想，昨晚的雨声，淅淅沥沥，扣人心弦，让人销魂！过了一会儿，船停了，船主人说道："霜儿姑娘，从老人头上岸，越过虎丘，再走两三里路，就能回碧溪小林。"可是，沈霜儿并不忙着回去："我不急，请船主人先把胡公子送回去，我们从下面的港汊绕过虎丘，回碧溪小林还近一些。"就是因为这么一绕，那一天沈霜儿回到碧溪小林时已快日落了。他爹沈南风等女儿回来，等了一个晚上，怕女儿出了什么事，心急如焚。等到第二天，正要家仆谢老儿去外面寻，见到女儿姗姗回迟。沈南风很不高兴地板起脸孔来："丫头，敢情你又在外面疯，一个女儿家，夜不归宿，成个什么话？"

沈霜儿依然咯咯地笑着，沈南风又说："昨日下午，江公子来找你，坐了好半天，见你不回，他自觉无趣，只得告辞走了。"

"是哪位江公子？"

"丫头，在你爹面前还装什么糊涂。"

沈霜儿故意问："是江宁卖茶油的江三公子？还是上回在徽州帮你挑丝说荤话的小江儿？"

"是吴炼澄的结拜兄弟，江子游！你这丫头！是江公子特意送药给我，真是难得一片好心呢！前一阵我们不是回徽州省亲去了？子游还以为我们很快就回。他见这几天湿气加重，怕我腿疾发作，一心要把药送来，到这里一来二回，望了你好几趟！"

一旁的青萝鬼笑着说："果然如昨天那位公子说的一般，这位江公子走得倒很勤。"

沈霜儿嘟囔道："别瞎说，他哪里是来望我的？"冷不丁捏了青萝一把，丫鬟就乖觉地闭了嘴。沈南风问那位公子又是谁？沈霜儿没有回答他，走进客厅，看见两服药装在一个楠木锦盒里面，尚未开封，单凭那锦盒上的牡丹缠枝纹样就知道这药材十分名贵。

沈南风又说："丫头，你明天哪也别去，就在家老老实实待着吧，江公子说了，他明日还来看你。"

沈霜儿嘟着嘴，心里念着："江公子，江公子，又是江公子。"叉着手跑到隔壁小间喝了一杯凉水。

"江公子说南干寺的银杏叶黄了，落了一地，金黄的一片一片，极好看，他想要同你去南干寺看银杏哩。"沈南风笑起来，追上来问："那你去不去？"

沈霜儿没说去也没说不去。也许因为白天坐了一天的船，吹了一天的河风，昨夜又因听了一夜的雨，此时她觉得头有些昏昏沉沉的，下人端了刚熬好的鸡汤，她喝了一碗，又吩咐丫鬟去烧热水，洗了脸脚，便早早地上床去睡了。

等女儿回到闺房后，沈南风一个人坐在凉亭里，哼着歌，信手翻开一本书。他想起昨日白天江子游来看他时的情景，就忍不住微微一笑。沈南风是个惯走江湖的人，当初吴炼澄跑南方做客商贩丝还是他一手带出来的，人情世故，他有什么不懂？世间的稀奇事儿他什么没有见过？江子游那么殷勤地跑到碧溪小林，口口声声说是来看他，他难道不知道江子游其实是想来看霜儿？他与江子游交谈多次，言语甚欢，江子游心里面想什么，他可是一清二楚，可他却揣着明白装糊涂。说实话，沈南风是打心底喜欢这个年轻人。他觉得这个年轻人身世不差、天资聪慧、满腹诗书、前途可见，不日就是一个举人、状元，霜儿如果能嫁给江子游，也算是了却了他多年的一桩心愿了。可是，在这件事上，沈南风又不好强做主张，他想，一切还得看霜儿自己的心意，毕竟她的婚事还得由她自己做主。沈南风在云逸亭招待江子游的时候，似有意无意地问起江子游的家庭情况，那意思是要得到父母双方的同意，须照着这里一切的礼仪规矩行事才行。沈南风浮想联翩，又合上书，唱着南调，走进院子，见院里水缸没水了，骂了一句下人偷懒的话，便吩咐下人挑着水桶，亲自跟着去山下的泉眼取水，看着下人把每一口水缸都注满。

# 三十

第二天一早，江子游果然来邀沈霜儿一起去南干寺看银杏。沈南风请他至客厅吃了早茶，闲叙了一会儿，让丫鬟去叫霜儿出来会客。沈霜儿梳妆完毕，行过礼，慵懒地道一声："江公子好早呀！"

江子游一见到霜儿，整个人就焕发了精神，还礼道："是世伯让我早些过来的。"

沈霜儿只是露出了浅浅的笑意。

"霜儿姑娘，你那日亲自送来的徽州特产，我还留着，舍不得吃。"

"那些糕点是不能久放的，再不吃就会坏掉。"

"我也明白不能久放，只是因为……"

江子游看见沈霜儿打了一个哈欠，于是换了话题，想邀她一起去南干寺看银杏，他用手比划着说："那我们一起去南干寺看银杏吧？去过南干寺的朋友都说还要再去，据说，寺门前的两棵银杏树，就足足有八百年树龄，还是当年吴主孙皓游南干寺时亲手植下的！如今这两棵银杏树叶落了一地，把整座寺庙铺了一层薄薄的金黄，秋风一起，银杏叶就簌簌飞舞，漫天卷起来，那南干寺倒像隐在仙境里一般，好看得很！"

沈霜儿说："等到十八日，我们再一起去看吧。我备好酒，再约上你大哥和三弟，就像我们四人当日一起游青衣江一样。看完了银杏，我们也不从前山下去，而是往后山下去，后山有座半山亭子，亭子后边有一家宅子酒店，我们可以在那里一起吃酒。"

沈霜儿走到花圃中，看见一枝被风吹倒的芍药，轻轻叹了一口气，一边蹲下来扶起芍药的褐色根茎，一边喃喃地说："昨晚的风雨真的太大了，不过这些花儿也太娇了。"

"霜儿姑娘，你以前去过南干寺吗?"江子游跟上去，并没有注意到那些倒折的花。

"怎么没去过？去年夏天我去南干寺上香时，听那里的和尚敷演《金刚经》，那时银杏叶还没黄，还是一片浅浅的绿呢。"

江子游本来是想只约霜儿姑娘去南干寺看银杏，享受两个人单独在一起的时光，可是沈霜儿硬要叫上他大哥和三弟一块去，他又不好拒绝，便一声儿也没有言语了。过了一会儿，沈霜儿又让下人去山涧挑水来浇花，因昨夜风大，把围园子的竹篱吹倒了半边。她和丫鬟一起去把竹篱扶起来，用草绳系住，固定在木桩的两端。等修好了竹篱，下人已经挑了两担水回来，问道："小姐，把水挑到哪里?"沈霜儿说："担到园子后边的矮墙下，我要做花肥。"沈霜儿又拿起一把铁铲，利索地给园圃中的花草培土。江子游去园中铲土时，沈南风叫他一起去对面亭子里面下棋。见江子游半天不来，沈南风催促道："世侄，你放着吧，让霜儿一个人去弄，我们先到亭子里对弈一局。"沈霜儿说："我爹叫你下棋哩，你还不快去?"江子游不好推辞，只得放下铲子，陪沈南风下棋。下了两盘，符老爹来了，见到沈南风他们正在对弈，笑着走过来说："你们下棋，怎么可以少了我这个老朽?"沈南风见是符老爹，连忙让座，请他与江子游下。沈南风说："老爹，这回你可要当心，千万别大意失荆州。子游世侄今日的棋艺已经不可同日而语了。"符老爹以前与江子游下过对手，那时江子游下的一手烂棋，因而颇有轻视江子游的意思。江子游不敢怠慢丝毫，为讨沈南风欢喜，更加用心下，加之平日一有闲暇就钻研棋谱，一局下来，那符老爹处处受制，步步被动，一不留神就被江子游硬生生地弄出一个劫来，吃了一大片。符老爹擦着汗，直呼："士别三日，当刮目相待，子游世侄，你的棋艺果然精进了不少!"

那一天，江子游虽然没有与沈霜儿说上几句话，但是，因为沈南风的殷勤招待，故也玩得颇为尽兴，一直等到日落时分才告辞回家。回来的路上，江子游还惦记着沈南风的嘱咐："看令尊大人哪天有时间，请他与令堂一起到碧溪小林小聚，我们全家敬备小宴恭贺大驾。"

他心想，既然沈世伯都这样说了，就表明对他已经十分认可了，事情正往好的方向发展。可是，兴奋的江子游又感到了不安，他的心在不停打鼓，沈世伯是首肯了，但霜儿姑娘会首肯吗? 还有眼下最让他担心的是，他父亲江凤鸣愿不愿意去碧溪小林也还难说呢，就算父亲同意去，恐怕会当着沈世伯的面讲一些令人难堪的话吧。"不，决不能让这种事情发生!那还不如不去!"他自言自语，心里担忧的东西实在太多。他爹一心想让他娶周令史家的姑娘，要是知道他与一个商人的女儿来往，准会大发雷霆。

回到家里，正好碰见江凤鸣从院子里走出来，他真想迎上去告诉他爹沈老伯的邀请，可是他还是忍住了，什么也没说。倒是江凤鸣告诉他白天周令史派人送了两份礼过来，一段南京云锦，一端安徽歙砚。江凤鸣又不忘叮嘱说："改日你也备两样回礼，亲自送到周令史宅邸上去。"

"让江安送过去不就得了。"江子游懒懒地回道。

"那怎么能一样？须你亲自去送，方才显出咱家的诚意！"

江子游没再说什么，回到书房里。过了一会儿，他娘过来看望他，见他坐在一把交椅上，无情无绪的，一副病恹恹的模样，问他是不是又有了什么心事，江子游沉吟半晌后，还是决定把沈南风的意思对他娘说了。

"这是好事呀。"

"好事？在我爹那里恐就成了坏事！"

大娘不解地看着他。

"不用说，我爹他老人家肯定不会去碧溪小林见沈世伯的。就算见了，我看他也不会给沈世伯好脸色。"

大娘安慰他，让他先安下心，许诺在适当的时候再去劝一劝江凤鸣。

"你爹断不至于这点礼数都不懂。"

可是，江子游不抱任何希望，他还是那一句老话："娘，没用的！你上次那等说，又如何？他听进去半个字了吗？"

大娘说："阿弥陀佛，'一阐提皆有佛性'，这世上没有不可渡之人。这一次我再去说，只要心诚，多劝几次，我相信，就算是再铁石心肠的人也能被劝动，更何况那个人还是你爹！"

# 三十一

且不说江子游这边的苦恼，这一阵子胡烈的日子也不大好过。沙洲河鲜坊的蔡老板对胡烈在门口摆摊一事一直耿耿于怀，为此与他争执了很多回，每一回都被胡烈硬着头皮顶了回去。蔡老板扬言说："如果不是我这块沙洲河鲜坊金字招牌，你小子会想起在这个地方摆摊？会有这么多客人请你写字、算命？客人本来要到我店里来吃酒，却被你这杀才把拦着，你这不是明火抢劫？故意要来坏我的生意？到我这里吃酒的人，都是有头有脸的人物，你却摆这么一个烂摊子，给死人看阴地，寒碜人，你爱到哪到哪摆去，但不要摆在我店子对面，既碍眼，又晦气！"

胡烈气不过，回敬道："我摆我的摊，你开你的店，我们井水不犯河水。再说我摆摊的地方是人来人往的大街，又不是你的私人地盘，我凭什么不能摆？我就偏要摆这儿！"

蔡老板见胡烈不识抬举，大声威胁说要去告官。可是，胡烈自认为自己堂堂正正做生意，没干犯法的事，故而一点也不怕。那蔡老板骂了几句，累了，见没有辙，也就干瞪着眼，回自己店里招呼客人去了。从清早一直坐到黄昏，胡烈只吃了一小块干粮。一日三五个客人，有请他写拜帖的，有请他算命的，统共赚不到三钱银子。临到收摊的时候，又来了一个驼背的老人，因最近死了老丈，问胡烈是不是"地仙"，请去看风水坟地，管两顿饭，还有一钱银子的命钱作酬谢。见天色昏暗，胡烈与那老人约定好第二天早上去看坟地。胡烈收拾好笔墨纸砚，回家前，依旧把香桌抹干净，放到王妈家里。可王妈不在家，大门上落了一把铜锁，胡烈只好把桌子齐墙放着，又担心那沙洲河鲜坊的老板会来捣鬼，故意拆掉他的香桌，于是又费力地把桌子移到后面巷子当头的隐蔽处，铺上一块毡油布，用稻草盖住，弄得满头大汗，方才回家。夜色朦胧，寒风凄切，刚走到村口，忽然听到夏婶子裹着一件破边的蓝衲袄，匆匆忙忙跑过来，气喘吁吁地对他说："胡烈兄弟，你回来的正好，你爹又吃得一塌糊涂，在金老爹家的水田里乱滚哩！你快去看看！"胡烈听了一惊，连忙跑过去，只见他爹穿着一件单薄的衣裳，脸上手上都是稀泥，在泥巴里翻跟斗，唱大曲，大呼小叫，一屁股坐在一个水坑里面，两只手乱舞，半天爬不起来。马家坳的村民都站在田埂上，指指点点，没人敢去扶他。胡烈连忙放下囊篚，顾不得脱掉鞋子，一头冲进烂泥田里，一把扶住他爹，说道："爹，你在干什么！快醒醒！快醒醒！"

他爹吃得迷迷糊糊，醉眼蒙眬地叫道："你是烈儿，还是峰儿？你做什么去了，现在才回？家里没了米，揭不开锅，我还等你回去做饭哩。"

众人都笑起来。胡烈抹掉他爹额头上的泥巴，说道："爹，你看你！

快别说了，我们现在就回家！"

于是，把他爹背到田埂上，请老乡去田埂上扯了一把干草，抹去胡老爹身上的稀泥。一位老乡从杂草丛里拎起胡老爹的一只鞋子，另一只鞋子却怎么也寻不见了。众人寻了半天，最后还是被胡烈在烂泥田里找到。回到家中，他爹早就醉得不省人事，口里犹自不知在乱嚷些什么。胡烈去烧了热水，替他爹擦净了身子，盖好被褥，服侍他爹睡了。第二天一早，也许是着了风寒，胡老爹醒来时，就不停地咳嗽，浑身冒冷汗，打摆子。胡烈一早去米店买了一升米，煮了一锅粥，请胡老爹吃了，又给他加了一件夹袄，生好一团火，让他爹烤火。胡烈说："爹，这酒你不能再吃了！昨天差点没把我吓死！真的不能再喝了！你在烂泥田里打滚，全身上下都是泥，你看吧，看看吧，吃了酒，活受罪，现在感染了风寒，这下知道难受了吧？你这要是一不留心滚到河道里，看谁来救你？"

胡老爹哆嗦着说："昨天发生了什么，我一概记不得了。"

"你还好意思说呢？昨天你醉得不省人事，在田里打滚耍浑，让乡亲们看了笑话！"

"你不让我吃酒，比要了我的命还厉害！"

胡烈见他爹不听劝，忍不住发了一通脾气，把他爹那些空酒瓶全部扔到外面砸得粉碎，把装酒的葫芦藏在一边。他爹见砸了酒瓶，心里焦躁，坐在床上骂个不停："你这个不孝子！孽子！我吃点酒，花了你几个钱？老二没有用，我只有靠老大，要是老大在家，怎肯让我受这般窝囊气！"

胡烈说："老大，老大，你就惦记着你家老大，大哥一天到晚在外面鬼混，除了赌输了才会回来伸手要钱外，他几时管过你的死活？要紧时候，你几时见过他的人影儿！"

胡老爹说："没得说，反正你大哥才是真正挂念我的，不像你小子狼心狗肺！"

胡烈摇着头，对他爹又是恨又是心疼，闹腾了一大早，想着还要去沙洲河鲜坊对面等昨天那人去看风水阴地，连忙扒拉了两口干饭，背着囊篓，匆忙出门。等到了沙洲河鲜坊，昨天那驼背老人还没来。倒是算命的吕和尚，不知什么时候来的，早已抢占了最好的地方，摆好了摊，朝他挤眉弄眼地笑。胡烈心想，趁着那驼背老人还没到，不如再把香桌搬过来，眼见早上过路的人渐渐多了，也许还能接几个客呢。于是，去后面的巷子搬来香桌，依旧摆上笔、墨、纸、砚，用竹竿挂起写字、算命的幌子。那吕和尚见他挂起幌子，似乎故意跟他抬杠，也挂起一个"吕半仙"的招牌，大声吆喝："吕神仙测字、算命，只收一半命钱！只收一半命钱！"

胡烈讥讽他："吕和尚，几天不见你来，今天你一来就跟我捣鬼抬杠，你如何又想起在这里摆摊？"

吕和尚说："我和尚有钱时吃酒，没钱时算命。"

"你原来是个酒肉和尚。"

"你难道没听说过？酒肉穿肠过，佛祖心中留。"

两个人互相哂笑了一会儿。等了半天，那问阴地的驼背还没有出现。倒是来了两个当差的，一高一矮，一胖一瘦，斜挎着刀，走过来盘问："你们当中谁是胡烈？"

胡烈说道："在下胡烈，两位官差大哥有何见教？"

那高高的差拨见状，一把揪住胡烈的衣袖，说道："好呀，正要见教，跟我们走！"

胡烈用力挣脱差拨的手，说道："我又没犯王法，凭什么抓我？"

那矮矮胖胖的差拨说："你有没有犯法，去问咱县太爷，我们是奉县太爷钧令，抓你回去审问！"

不由分说，两个差人架住他的胳膊，一条索子锁了胡烈的脖子，胡烈大声叫喊挣扎，那高高瘦瘦的差人把香桌也掀翻了，看风水的罗盘摔成了两半，刚磨好的墨汁泼了一地，纸笔都被碾在地上。

一旁的吕和尚吓得眼睁得圆圆的，脸无血色，说道："光天化日之下，你们凭什么抓人？"

那胖差人啐一口，骂道："你这个装神弄鬼的和尚，还不滚一边去？弄不好，老子把你也锁了，叫县太爷追了你的度牒，把你关进水牢！扒了你的衣服上枷游街！"

那吕和尚连忙闭了嘴，卷起衣服和算命的罗盘，抱头鼠窜，一溜烟地跑了。胡烈在后面使劲对吕和尚喊道："去找吴炼澄和江子游！让他们救我！"吕和尚应了一声，转过墙角，瞬间不见了。

两个差人押了胡烈，也没过堂，就直接收监，关在大牢里。要水不见，要汤不见，吃的是冷食馊饭，无人问津。胡烈连声叫冤，嚷着要见县太爷，申明冤情。管营不耐烦，骂他："这会儿县老爷公事繁忙，哪有工夫见你！你就耐心等着，到时候，自会提你过堂庭审！"

胡烈又嚷着："我只有老爹一人在家，我老爹生病，得人照顾，你们关我在此，撂下我老爹怎么办？我是本县堂堂秀才，乃斯文人，我一没抢劫，二没杀人，你们凭什么关我？"

叫了半天，那管营早就走出去了，没有一个人过来搭理他。胡烈叫得累了，蹲在监牢里，垂头丧气，寻思："不用问，一定是那可恶的沙洲河鲜坊蔡老板贿赂了县太爷，才把自己关进监牢。"监牢昏暗又潮湿，空气里弥漫着一股屎尿的臭味，胡烈靠着牢门的木栏，眼巴巴地望着外面，忍不住泪眼婆娑，感叹自己命运不济，家里一摊子烂事缠身尚且不说，如今又身陷囹圄，斯文扫地，越想越觉得自己可怜兮兮！

话说那日吕和尚卷了衣服，一口气跑了两三里路，料到官差没有追上来，才停下来大口喘气，口里叫一声"呸！呸！晦气！晦气！"把包放下，看看包里的银子，一文没少，这才放下心。吕和尚跑得饿了，见旁边有一家馆子，便大摇大摆走进去，叫了一碗牛肉面，一阵狼吞虎咽，嗦面嗦得呼噜噜地响，惹得一旁的客人侧目。这吕和尚原本是寺庙里正儿八经的坐堂和尚，因为犯戒，被方丈赶了出来，故此在外面招摇撞骗，靠测字、算命糊弄几个钱，不是买酒肉吃，就是去赌坊赌钱。当夜，吕和尚就在城隍庙栖了一晚，第二日背着包裹，依旧去沙洲河鲜坊对面，挂起"吕半仙"的幌子，见胡烈的香桌横着打翻在路边，那和尚把那香桌翻过来，抹一抹，当成自己的台子，堂而皇之地测字、算命，早就把胡烈的嘱托抛在脑后了。

到了翌日下午，江子游来找胡烈，约他一起去月明楼吃酒。猛然看见香桌前坐着一个胖大和尚，不是胡烈，心中惊异，便上前盘问："怎么是一个和尚，我三弟呢？"

"谁是你三弟？"吕和尚说。

"我三弟叫胡烈，以前常在这里给人写字、算命，这张香桌也是他的。"

吕和尚拍着额头，说："原来你说的是那个文绉绉的胡秀才？他呀，昨日不知犯了什么事，被官差一条索子，锁到县衙去咯！"

江子游听了大吃一惊。

"我三弟一向遵纪守法，怎么会被官差带走？

"你是不是看错了？"

"既是这香桌的主人，就不会错。"

"你知不知道我三弟犯了什么事？"

"我怎么知道？"忽然想起胡烈昨日讲起对面河鲜坊老板仗势欺人，不准他们在这里摆摊，实在可恶。那吕和尚便说道："对了，你去找对面河鲜坊的老板一问便知，准是他弄手段把胡秀才关进大牢去的。"

江子游也早听胡烈说过河鲜坊的老板有些鼠肚鸡肠，忽而觉得事态严重，一时罔知所措，想去找沙洲河鲜坊的蔡老板理论，又怕独力难支，想来想去，还是决定去找大哥吴炼澄商量。吴炼澄那时正和帮会的几个兄弟们在家里打牙牌，听了江子游的陈述后，也吃了一惊，说："你说三弟被抓了？什么时候的事？"牌也不打了，安慰了江子游几句，便一面叫一个有来路的人去衙门打听消息，一面叫了几个帮会的兄弟，直奔沙洲河鲜坊而来，就要去找那蔡老板算账！那些帮会的人，一个个凶悍如虎、杀气腾腾的闯进河鲜坊内，拣了一张大长桌坐下，一进来就叫了一大壶酒、两大碟牛肉、一只狗腿、一只羊头、一锅河鲜。酒倌儿见这些人个个凶神恶煞，来者不善，只有内中一个秀才模样的人，倒还斯文。酒倌儿一丁点儿也不敢怠慢，连忙殷勤上菜、呈酒。吴炼澄且不吃酒，按住酒壶说："今日我们这帮兄弟来你店里吃酒，是看得起你家店，你店里的老板如何不出来待客？"

那酒倌儿见这些人不像是来吃酒的，倒像是来寻事的，便蹑手蹑脚忙去叫掌柜。那蔡老板正在里面包厢待客，听酒倌儿这么一说，赶忙起身出来，亲自拿了一壶好酒，招待吴炼澄他们。

吴炼澄问："你就是这里的老板？你姓蔡？是饭菜的菜？还是棺材的材？"

蔡老板说："客官，不要说笑，小的正是这酒店的掌柜，客人请吃酒，我们店的酒是清水泉酿的美酒，我们店的河鲜是当日从青衣江打捞的河豚，酒不够的话，我再叫人添来。阿寿，你还不快给客人们满上酒！"

座中一个帮会兄弟说："谁要那腌臜小厮倒酒！你，老子要你亲自给我们每位爷倒酒！"

蔡老板见这些人凶神恶煞，本着和气生财，一边低头哈腰说："是，是。"一边亲自倒酒赔礼。吴炼澄端起酒，吃了一口，瞪了蔡老板一眼，当着众人的面，就勃然变了脸色，拈起酒杯顺手朝蔡老板脸上一泼，骂道："你敢说你店里的酒是清水泉酿的好酒？你拿些假酒，也敢来哄骗你老爷？"

蔡老板吓得心惊胆战，哭丧着脸说："大人，这酒没有分毫掺假，绝对是清水泉的佳酿！"

"你还说是清水泉的酒？你以为你老爷没见过世面？没吃过清水泉的酒？"一个又高又胖的帮会兄弟倏地站起来，把凳子一踢，揪住蔡老板的衣领，握紧拳头，一拳揍下去，打得蔡老板眼冒金星，一颗门牙也被打掉了，嘴里吐出鲜血。那蔡老板哪见过这种阵势，捂着脸，吓得跪下来，乞乞缩缩求饶不止。来吃酒的客人见这些人是存心闹事，怕惹祸上身，吓得连饭也不敢吃，都撒腿跑了。吴炼澄又骂道："我三弟胡烈，在你对面摆摊卖字、算命，好端端的，既没招你，又没惹你，你这厮如何恁地歹毒，要害他坐牢？"

那蔡老板方才明白过来是怎么一回事，哀求道："你说的是对面卖字的胡秀才？哎哟，各位大爷，这真是天大的冤枉！小的是在胡兄弟面前抱怨过几句，也曾扬言要告官，可我并没有真的去告官呀，小的发誓，并没有害他呀！"

江子游说："昨日来了两个官差，把我三弟押走了，有人亲眼所见，你还说没有害他？"

"那官差绝不是我叫的，求各位爷去衙门打探清楚，问问他们到底因什么事抓了胡兄弟，小的若有半句谎言，便不得好死！"

吴炼澄见蔡老板哭丧着脸，全身吓得颤颤抖抖，不像是撒谎的模样，便说道："你没害我兄弟最好，倘若被我发现是你从中作梗，陷害我三弟，信不信我像做菜一样剁了你！我兄弟在大街上自摆摊做他的生意，碍着你什么了？你要来管？你要是还敢多一句嘴，包藏祸心，说他的坏话，我就拿铁芯子刷烂你这张臭嘴！"

蔡老板连连求饶："不敢了！再也不敢了！"

吴炼澄方才叫住众人，帮会众弟兄一个个骂骂咧咧，拥着吴炼澄和江子游扬长而去了。在路上，吴炼澄说："二弟，我看三弟被官府收押，与河鲜坊无关，我们不妨先回去，大伙儿都到我宅子里去等候，到底三弟犯了何事，我们等阮家兄弟去衙门打探了回来，就一清二楚了。"等到了下午，阮家兄弟跑回来了，说问了几个熟人，打探了半天，都不知道胡烈为何被关。最后，问了县太爷身边的一个亲随，才知道是什么原因。江子游问："我三弟到底为何被关？"

阮家兄弟说："原来这件事真的与河鲜坊蔡老板无关，是新上任的任县令要查旧账，追究与上任汤县令有牵连的人，恰好有小人打报告说胡兄弟曾是汤县令的座上宾，与那汤县令来往密切，故此任县令发牌缉拿。"

江子游问："这汤县令早就被流放岭南了，当初上司衙门不是早就发了公文？说只拿汤县令和钱师爷，其余人等，一概不问，怎么如今又要缉拿相关人等？"

阮家兄弟说道："这怎么知道？如今朝廷朝令夕改，或许要秋后算账，也未可知。"

众人听阮家兄弟这么一说，都在踌躇。吴炼澄说："我三弟被关在牢里，在没有审问清楚之前，我猜想那狗官一时半会儿也不会拿我三弟怎样，要救三弟出来，还得从长计议。"

又说："今日晚了，请各位兄弟暂且回去休息。起动各位兄弟，为我三弟的事奔走劳累，小弟在此谢过了！倘若日后还有麻烦兄弟们的地方，再来相求吧。"

众人齐说："吴大哥客气了，有什么事需要帮忙，尽管去青衣江芦苇荡找我们便是。"

吴炼澄又对一旁的江子游说："二弟，三弟既然被官府收押，料到胡老爹无人照顾，你带上一袋白米，即刻去马家坞，别让胡老爹饿着了。还有，胡老爹喜欢吃酒，我这里有高粱酒一坛，你也一并捎过去。"忽然又想起什么，连忙叫住江子游说："二弟，此去马家坞的路远，你骑我的马去。"又转过身，对阮家兄弟说："阮兄弟，你和管牢营的姚孔目熟，这里是五两银子，麻烦你拿去送给姚孔目，托他好生照看我三弟，别让我三弟饿着或伤着哪里了。"那阮家兄弟应了一声，接了银子，连夜把钱送到姚孔目那儿，拜托姚孔目看在吴炼澄兄弟的份上，好生照顾胡烈。故此，胡烈虽然被收监在牢房里，却不像其他的犯人一样受苦。被关的第二日，胡烈就不曾被骂一下，也不曾被打一下，更不必吃残羹冷炙，要汤要水，呼叫一声，便有人立马送过来。饭菜虽然粗糙，但尚能下咽，有时还能破例吃到小半壶烧酒。不过，胡烈对牢里待遇的变化没有注意，也来不及多想，他只是忧心他爹，盼着县太爷早日过堂，辨清真相后，早早把自己放回家。可是，等了一个白天又一个白天，一个晚上连一个晚上，没有一点动静。

在监牢里的这几日，他的心灵受到了前所未有的震动。他曾亲眼看见牢房关押的犯人被棍棒打得皮开肉绽，鲜血淋漓；也亲耳听见那些蓬头垢面的犯人大声叫着冤枉，喊着爹娘；他看见那些犯法的村野小民，衣着破烂，目光呆滞，就像随时准备拉到屠宰场待宰的牲畜一样。他们有些人趴在地上，挠着身上的虱子，吃着阴沟里的屎尿，没有了一丁点做人的尊严。其中，有一个犯人还不断用脚指头抠着自己的鼻孔，还有一个犯人使劲揪着自己的头发，嘴里咕哝着一些胡话，时而大笑，时而大哭。也许，他们刚刚被关进来时都是最正常不过的人，可是在长期的羁押和摧残之下，已经失去了清醒的神志。对面一间较大的牢房内，还关押着四五个犯人，都戴着脚镣，狱卒把吃剩的馒头从栅门扔进去，叫一声"猪啰，吃!"这些犯人就如一窝蜂拥过来，你推我搡，为那半个馒头争得头破血流，那狱卒看了后，哈哈大笑。不过，他也看见一些有钱的犯人，公然贿赂管营的牢头，依旧过着有酒有肉、有滋有味的生活。监狱里每天发生的一切都带给他无比的震撼，每一个进来的犯人和每一个即将拉去刑场行刑的犯人，都让他陷入无限的恐惧和沉思之中。他反问自己："难道我胡烈真的要沦落到与这群犯人为伍的地步吗？难道我的生活就是这样不堪？难道明天我也要被拉到刑场，做一个无人收尸的冤死鬼？我不是还要光耀门第？还要报效朝廷？我那心忧天下的雄心壮志哪里去了呢？"直到此时，他才猛然意识到，原来，一个人，只有不断往上爬，哪怕踩着别人的肩膀和骨头，只有在掌握足够的金钱和权力后，才能获得作为人本应有的那一份尊严，才有资格去谈论所谓的功名事业。否则，不仅自己的抱负是一场空，而且，还会像这些待宰的犯人一样，与牲畜没有多少分别了!

# 三十二

胡烈被关到第四天的时候，终于等来了过堂。二十六日，县太爷一连提审了三个犯人，胡烈是最后一个被过堂提审的人。第一件审的是偷鸡案，告状的是东庄榆阳的一家农户，这农户在山下田间养鸡，每天晚上都要数鸡，发现当天的鸡都比前一天少一只，农户初时以为数错了，又数了一遍，连数数遍，心想家里的鸡肯定是被遭瘟的黄鼠狼叼了去。那农户满心烦恼，蹲在田间草丛里，誓要逮住偷鸡的黄鼠狼。等到了晚上，田间地头果然传来窸窸窣窣的声音，农户以为是黄鼠狼，正要扑过去，却不想这偷鸡的贼不是黄鼠狼，而是隔壁邻居张二的小儿子阿刁，阿刁才十二岁不到。农户气不过，揪住阿刁到县衙告状，这阿刁也不抵赖，当即招了。县官见他年纪尚幼，着实狠狠批评了他一顿，又让他父亲张二将其领了回去，按市价赔了三钱银子给农户。第二件审的是一段风流案，张村的钱舍人喜欢上了李村的喜二妹，向喜二妹家下定了聘礼，约定正月十六日结为秦晋之好。可是，喜二妹的爹妈贪图邻村王五的彩礼，悄悄把喜二妹许给了王五。县太爷把喜二妹的父母叫来，当堂审问。初时，喜二妹父母只顾抵赖，死不承认。县太爷让钱舍人和喜二妹当面对质，那喜二妹被她父母威逼不过，遮遮掩掩，说并不认识什么钱舍人。县太爷见喜二妹说话时面带忧戚之色，情知另有隐情，便把喜二妹叫到一边，让她和钱舍人独处一室，暗暗叫人躲在墙角偷听。见无他人，钱舍人先是指责喜二妹，埋怨她忘恩负义，那喜二妹则哭哭啼啼，分辩说父命难违，情非得已。两人的谈话被躲在暗处的差人听得一字不落，回来报告县太爷，那任县令当即升堂，当堂宣判，命喜二妹父母退还王五的彩礼，钱舍人和喜二妹两人情投意合，况且先已下了聘礼，择期成婚。两件案子审下来，滴水不漏，让围观的百姓心服口服，拍掌叫好。

可是，轮到胡烈过堂的时候，那任县令只简单地问了他三句话，且全都是废话。第一句问他是不是叫胡烈，第二句问他是不是住在马家坳，第三句问他是不是个秀才。问罢这三句话，胡烈正待要开口申辩，那任县令就摆了摆手，命令收监下去，当即退堂。胡烈听了，怒目圆睁，大呼冤枉。差人不待他说，依旧把他押进监牢里。

县太爷从侧门折过，退回后堂。徐师爷跟进来，问道："今日还早，老爷何故就匆忙退堂了？前面两件案子，老爷破案如神，来龙去脉，审问得明明白白，让人心服口服，为何轮到审胡烈时，却草草收场？"

那任县令说："你难道不知道这胡烈牵连的是上任汤县令的案情吗？"

徐师爷说："可即便如此，该审则审，该判则判。上个月收押的那位张举人，不也是牵连了汤县令的案情？更何况他还曾是在州府宋老爹下面做过登仕郎的举子，虽已退休，可毕竟在这一带有名有望，可老爷您判他的时候眼睛都不曾眨一下，这胡烈是一介穷秀才，有什么好害怕的？"

任县令听了大笑，说道："本官难道会怕一个秀才？就算他是什么达官显胄，天王老子，落在我手上，我也不怕。"

"那是为何？"

任县令说："不知你有没有看过这胡烈写的《平辽策》？"

"没看过。"

任县令便走进书房，从一个白色瓷胆瓶内拿出一轴裱糊的黄卷，给徐师爷看，说道："我特意叫人把胡烈的《平辽策》誊写了一遍，每天晚上睡觉前都必看一遍，你不妨也看一看。"

徐师爷打开黄轴，认真读了一回，读完后，摇摇头说："这上面都写的是些什么？他要写的是平辽之策，可是却在文中大书特书奉承辽国的好处，他还说应该继续与辽国缔结和约，百年修好，相互帮衬，不可随意开启战事，这哪是什么平辽策？"

任县令说道："可本官以为正应如此。我朝自咸平以来，与辽国缔结'澶渊之盟'，虽然每年向辽国缴纳岁币绸缎，却挣得百十年和平，可是朝廷不少人不解，以为堂堂大宋，不应该对辽人屈膝。如今，辽国纵然衰微，然而我朝也积弊已深，不可轻挑战争。我完全同意这《平辽策》上所说，我朝真正的威胁不在辽国，而在女真。目今，完颜氏虽弱，可发展势头强劲，我怕我朝一门心思盯着辽国，却养虎为患，忽视了真正的敌手！"

"老爷是担心女真人趁火打劫？经大人这么一点拨，学生我豁然开朗了。"

任县令说："所以，这胡烈确实是个不可多得的人才，我也曾叫手下人去湖畔诗社，抄过他写的两篇文章来看，真是字字珠玑，入木三分，且文章中流露出一股恃才傲物的锐气，不像一般读死书的儒生。我特意不审他，让他多坐几日牢，是想挫一挫他那股子傲气，到时自然放他出来，叫他为我所用。"

"可是，胡烈牵连汤县令的案子该怎处？"徐师爷问。

"这有什么难办的？汤县令的陈年旧事谁还说得清？朝廷要秋后算账，找几个相关的人搪塞过去就罢了，至于胡烈，谁会注意一个无名秀才？"

当天，任县令与徐师爷筹划好，有心不审胡烈，要关他几日，挫挫他的傲气，待留他到日后重用。这边任县令和徐师爷铺排已定，那边吴炼澄和江子游却为营救胡烈无门而焦虑不安。他们先是去请掌管刑名的卫千户帮忙，后来又去见了县衙夏令史，托他向县太爷说情，至于要多少银子才肯放人，都不在话下。可是，县太爷早就放出话来："不管谁人来说情，一律不准放人！"那夏令史不分好歹，还要上下打点，做人情请县太爷青目一二，结果被任县令着实说了一顿，说得那夏令史满面羞愧，唯唯而退。事不得已，吴炼澄又封了五两银子，请姚孔目好生照顾胡烈，慢慢图谋营救胡烈的良策。任县令知道牢子门都看顾胡烈，只睁一只眼闭一只眼，并不说破。

二十九日上午，沈霜儿来找胡烈。因沈霜儿为碧溪小林花圃里的每一种花草都树了一块小木牌，她想请胡烈在所有的小木牌上各题一句小令。于是，她先去了河鲜坊对面，没看见胡烈，倒是看见一个胖大和尚，坐在胡烈平素坐的位置，正耷拉着脑袋打盹，口水流出来，模样看着实在令人生厌。沈霜儿也没大在意，忽然又想起二十一日那天早上，胡烈曾亲口对她说，本月二十九日要和江子游一起去他大哥那儿一块吃酒，问她去不去？沈霜儿因问为什么事吃酒？胡烈说，大哥在青衣江南岸看了一套两进两出的河房，定了二十九日搬家，二哥约他一起去给大哥暖房。

沈霜儿问他："吴大哥不是在他表舅家住得好好的？怎么要搬家？"

"总因为大哥在江湖上的朋友太多，经常有客人拜访，进进出出，招人耳目，惹得他堂舅不快。再说他堂舅家房子本来就不甚宽敞，大哥在那儿住着也不方便。所以，大哥早就寻思着要去租几间河房，搬出去住，一来好会客，二来好存放他那些丝麻绢布等货物。"

沈霜儿又问那日定在哪里吃酒，胡烈说："就在青衣江南岸的洪家宅子酒店，用竹篾子扎着围栏，上面挂着栀子灯笼的便是，那里一带就它一家酒店最出色，一到南汀码头就找得到！"

沈霜儿想到这里，寻思胡烈此刻必定与吴炼澄他们在洪家宅子酒店喝暖房酒哩，于是，去临街铺子也买了一份贺礼，骑着头口来到青衣江岸边，果然在南汀码头的不远处，看到扎竹篾子、挂栀子灯笼的洪家酒店，装潢得十分耀眼。霜儿把头口牵到马桩旁，进去第二间房，听到有人在高声说话，像是陆元贞的声音，走进去一看，果然见到江子游、吴炼澄、陆元贞三个人正坐在屋内暖帘下，围着一张四方桌儿，桌下生一团炉火，桌上摆着一碟牛肉、一盘煮得稀烂的猪头肉和几样蔬菜果品按酒。吴炼澄正低着头吃酒，陆元贞正拿着酒壶给江子游的酒杯斟酒。吴炼澄看见沈霜儿，那发呆的眼神瞬间放出光来，叫道："霜儿妹子？你怎的来了！"

一见到沈霜儿，江子游就像触电一般倏地站起身，连忙叫酒倌儿搬了一副新座头，添了一副干净碗筷。陆元贞忙把沈霜儿的酒盅斟得满满的，沈霜儿吃了一口酒，觉得那酒有些辣口，便放下酒盅，问吴炼澄："你三弟呢？他怎么没在？"

一提起胡烈，大伙儿便都不说话了。江子游只顾唉声叹气，吴炼澄放下酒杯，还剩半盏儿残酒没有吃完。只有陆元贞夹着一块猪头肉，一个人津津有味地大口嚼着。

"前几天我听胡烈说二十九日要替大哥接风，还叫我也一起来呢，我来了，他却不来？"

江子游低声说："他来不了了。"

"他现在在哪里？"沈霜儿问道。

"可怜！可怜！此刻我们在这里大口吃肉，大口吃酒，胡烈兄弟恐怕只能一个人在牢里吃些残羹冷饭哩！"陆元贞放下筷箸，往下巴上抹了一手的油，那一口猪头肉还在嘴里使劲嚼着，溅得衣服袖子和领口上都沾满了油渍。

"这是怎的说？"沈霜儿困惑了。

"霜儿姑娘，你还不知，三弟……三弟……被官府的人拘走了！如今被关在大牢里，我们刚才还在讨论该用什么法子才能救三弟出来！"

"你是说胡烈兄弟被关了？"沈霜儿睁大眼眸，吃惊地问。

江子游只是重重地叹了一口气。

"这是几时的事？他一介书生，好端端地怎么会被关？"

吴炼澄说："就是三天前，被几个官差从沙洲河鲜坊对面押走的，因为牵连了上任汤县令的官司，如今朝廷要秋后算账。我早就告诫三弟不要和那汤县令来往，他不肯听，反而劝我不要与吴中帮会的人往来，你们看看，是听他的有理？还是听我的有理？我三弟也真是，不一心一意去读他的圣贤书，却偏要与官府那些人搅在一起，到头来好了，引火烧身了吧！"

"你们几个大男人，难道就没个法子救胡烈兄弟出来吗？"

"我们这不正在想哩，但凡与衙门有点关系的熟人，能拜托的都去拜托了，可现今那任县令盯得紧，那意思是要一查到底，在这件事上容不得别人说半点情，我们现在也是一筹莫展！"江子游端起酒来，吃了一口闷酒，又叹了一口气。

吴炼澄心里焦躁，拍着桌子，大声说："狗官！大不了，我叫上几个帮会的兄弟，劫狱去罢！"

陆元贞说："大哥，万不可造次！那任县令早有防备了，你去劫狱，反把自己搭进去不说，就算救了胡烈出来，胡烈便成了被通缉的要犯，这一生功名前程也毁了！"

"元贞兄弟说的对。"

"这也不行，那也不行，你们说，怎么办？"

江子游不说话了，挠着头，无计可施。吴炼澄吹胡子瞪眼，气得把那任县令的祖宗十八代骂了个遍，还不解恨。陆元贞把众人的酒杯斟上，劝慰道："咱们骂也没用，不如吃酒，喝完了酒，也许胡烈兄弟自然就被放出来了呢！"

这时，沈霜儿忽然想起了什么，说道："我倒有一个人，或许可以帮得上忙。"

"是谁？"

"这个人是经常与我爹一起下棋的符老爹，我听他说他与那任县令是同乡，符老爹上回找我爹下棋时，还说起过他这位老乡，夸他能耐是有，可惜只认死理，不通人情。因为，前几年丁忧在家，被当朝官员趁机排挤，尔后发落到南风坡当了个小小县官，甚不得意。我去找符老爹，请他去说情，看能不能说得动。"

四个人讨论了半天，都没想出一个良策出来，听到符老爹与县官是老乡，仿佛才看到一点希望的火苗。沈霜儿因救胡烈心切，只吃了一盅酒，便匆匆告辞。吴炼澄劝她再多坐会儿，吃几口热饭菜饱饱肚子，她不依，要骑着头口立刻去找符老爹，请符老爹即刻帮忙。当天晚上，沈霜儿又托下人送了两件青菱衲袄过来，要吴炼澄托姚孔目转交给胡烈，下人唱了个大大的肥喏，对吴炼澄说："霜儿小姐说符老爹已经答应明天去跟县官说情了，叫大伙儿等消息。这两件袄子是小姐送给胡烈兄弟的，小姐说监牢阴暗潮湿，这天又冷，胡烈那单薄身子，怕禁不住！两件袄子不够的话，到时还要再送一床被褥过来。"

　　吴炼澄接过青衲袄，说道："又劳霜儿妹子费心，我代三弟谢过她了。"那人打着火把，准备转身回去，吴炼澄叫住他，说："你回去对霜儿妹子讲，叫她不要担心，我兄弟吉人自有天相。还有今天的酒没吃好，等三弟放出来后，我再请她与二弟、三弟一起，在洪家宅子酒店再摆一场酒，算补上今天的！那时，咱们兄弟姊妹几个，一起吃个痛快！"说罢，吴炼澄又赏了那人一两银子买酒吃，那人深深鞠了一躬，戴上毡帽，搭小船回碧溪小林，向霜儿姑娘回话去了。

# 三十三

　　从洪家宅子酒店回来后，江子游又去了趟马家坳，给胡老爹送去米和面，胡老爹还不知道他儿子被收监的事，见到一袋子白米、白面，满心欢喜地说："前几日送来的白面还没吃完，今天又劳大官人送东西来，大官人上次来家茶都不吃一杯儿，这叫我老头儿怎么好意思！"胡老爹挠着头，喷出一口酒气，又说道："我早就听我家老二说，他在外面结拜了两位好兄弟，把他当亲弟弟一样眷顾，老二能结交到恁样仁心好善的大官人，这是老二的福报！"

江子游说道："老爹说哪里话！能认识三弟，才是我三生有幸！"

胡老爹又问："我家老二怎么没跟你一道回来？"

江子游支吾半天，掩饰了过去："三弟被西风坡的何官人请去写帖儿去了，那何官人的儿子做亲，要在村上摆两天两夜的酒席哩。等何官人的事一了，溧阳县右乡西里陈氏宗族合邑造像碑铭，又请三弟去给佛碑刻字，一日三餐都是四个大碗四个小碗，还有八九两银子好赚，老爹莫急，三弟恐怕还得四五天才能回家！"

"既然有这个门路，那就多待十天半月也没事！"胡老爹连忙请江子游进里屋吃茶，又说要去隔壁小店里打一角酒请江子游吃。江子游推辞说自己才从酒馆里吃了酒出来，还要赶着回家，不能再吃了。胡老爹硬是不肯，须臾，打了酒过来，盛情难却，江子游只吃了一小杯，就不肯再吃，剩下的酒全被胡老爹一个人吃光了。不一会儿，胡北峰歪戴着一顶旧草帽回家，胡老爹拉着老大的手说："峰儿，你可回来了，这位是老二的结拜兄弟江子游，今日特意送白米、白面给我们。"胡北峰听说白米、白面，满脸堆笑，弯腰打哈连说了几句好话。肚子忽然咕噜咕噜地叫起来，老大摸着肚皮笑着说："你看这不争气的，我就去做饭，子游兄弟吃了晚饭再走。"说罢，把那一袋白米解开，舀了满满一瓢白米下锅。江子游怎么也不肯留下吃饭，说天晚了，再不走就看不清路了，胡北峰也就不留，江子游只吃了一口茶，便告辞而去。

那一晚的夜色十分清朗，七八个星子在天外闪烁。江子游借着月光，回到家里，管家江安接着，开口便道："少爷，刚才老爷还在找你咧，要你去书房，老爷有话要说。"江子游疲惫地应了一声，掸了掸衣上的灰尘，向他爹请了安。

江凤鸣说："你前两日写的那篇《论生聚三策》，我读了，文字倒还清新脱俗，可惜说理仍嫌偏激，我几次指出你这个毛病，奈何你一直不改。"

江凤鸣又讲了一通做文章的要旨，无非老调重弹，江子游低着头，耐着性子听完。尔后，江凤鸣又指着柜子上的两个方盒儿说道："送给周令史的礼物我都备好了，这两个盒子里面装的是扬州紫檀屏风和螺钿镶嵌，另外还有一个食盒，搁在江安那儿，你明早和江安一起送过去吧。人家特意送礼过来，我们诗礼簪缨之家也应懂得些礼数，这回礼还得你亲自送去，方显郑重。"

"我明早就去。"

拿着方盒，正准备回自己房间。江凤鸣忽然叫住他："你真的很喜欢那位叫沈霜儿的姑娘吗？"

见江子游诧异地回头，不说话了，江凤鸣的口气稍稍变得软和了一些："你娘今天过来，对我说你喜欢的不是玉凤，而是一个叫沈霜儿的商人女儿。我说商人家的女儿有什么好，你娘说不见见怎知道她好不好？尔后，你娘在我面前哭诉，说她一辈子吃斋念佛，一无所求，只希望儿能开心如愿，我见她哭哭啼啼，也觉得怪可怜，便答应她去见见这位霜儿姑娘，你上次说这姑娘家住在哪里？叫什么碧溪的地方？她父亲叫什么？"

"爹，你真的愿意见霜儿姑娘？"

江凤鸣点了点头，江子游兴奋地说："她家就住在碧溪小林，她父亲叫沈南风，是徽州迁居到此的客商。沈世伯也一直希望你能去他家做客，爹真的要去？好，那我明天就去碧溪小林，跟沈世伯说去。"

江凤鸣道："你去把日子定好，到那日我备一份厚礼，与你娘一同去碧溪小林拜会她的家人。"

江子游满心欢喜，回到书房，心存着对他娘的一份感激和一份美好的憧憬，兴奋得手舞足蹈，一宿没睡。

却说胡烈被关到第五天，那符老爹还没来得及去见任县令说情，就被放了出来。那天晚饭过后，胡烈正蹲在牢房发呆，只见几名官差走进来，吩咐牢子开牢门，对胡烈说："胡烈，老爷要见你，跟我们走！"说罢，领着胡烈来到衙门后院。县太爷、徐师爷和一位姓金的令史都在书房内，正在商量一些公务，一见到胡烈，任县令连忙放下手中的文书，说道："来了？你们怎么能让胡公子带这么重的枷？岂有此理，还不快把枷除了！"差人听罢，忙除了枷，胡烈揉了揉肩，脸上难掩愤懑之色。县太爷又叫徐师爷搬了一把太师椅，请胡烈坐，胡烈不坐。县太爷说："胡相公请坐罢！

下官多有得罪了！"胡烈方才坐下。县太爷又叫下人："快给胡相公上茶！"胡烈觉得莫名其妙，加之心中不安，不敢接茶。县太爷说："胡公子请吃茶，让你坐了几天大狱，真是委屈了，本官现已查明，公子与那上任汤县令没有一字皂丝麻线瓜葛，都是下面人乱嚼舌头，说你与那汤县令有私交，做过他的幕客，好了，此番真相大白，胡相公总算沉冤昭雪！"胡烈听了，这才明白，原来自己被关，并不是因为在河鲜坊对面摆摊的缘故，而是因为朝廷要追究上任汤县令的余党！

一旁的徐师爷打趣道："此番老太爷不仅查明了真相，知道公子与汤本一党无关，还了解到公子为人忠厚孝顺，文章在我们吴中一带也是数一数二的风流。"

金令史说："刚才老太爷还说，差一点就屈了胡公子，如今好了，喜的是又为朝廷觅得一位贤才，胡公子这就叫因祸得福，朝廷何其有幸！"

任县令道："胡相公，休怪，本官也是秉公办案，还请多担待！"

徐师爷拍着手叫道："好啦！胡公子虽在狱中，不见青天白日，但幸得牢营识趣，不曾对公子有些许无礼，现在请公子移步东厅小阁楼上，县太爷已经在那里安排下筵席，算是赔罪，请胡公子赏光！"

胡烈因与上任汤县令的交往，本就让他心中有愧，又见任县令、徐师爷和金令史这么殷勤，你一言我一句，心中那股怨气早就跑到爪哇国，消失得无影无踪了，还对任县令众人满怀感激。席间，众人谈笑风生，仿佛相见恨晚。任县令又说起胡烈的文章，并把胡烈的《平辽策》拿出来看，徐师爷附和道："胡公子，我家老太爷看了你的文章，拍案叫绝，还特意叫人把你的文章装裱起来，看了又看。吴中的秀才虽多，可老太爷还从未这样赏识过谁哩！"

胡烈说："能得到老父台青目一二，小生虽肝脑涂地，也不能报答万一！"

任县令说："以贤契高才，他日平步青云，下官拭目以待！"

徐师爷道："胡相公，你以后有空多到府中走一走，县衙事务纷繁，日后还要多向公子请教哩！"

"小生岂敢！"

任县令又说："以贤契之才，做个参知政事也算不得什么，这小地方，委实屈了贤契！"

一场酒宴下来，众人尽欢，那任县令有心赏识胡烈，送了胡烈一件狐白裘，一顶方巾和一套文房四宝，又安排胡烈在县衙领了一份闲差，每月有二十两银子的薪俸。任县令说："我听下人说公子曾在沙洲河鲜坊对面替人卖字、算命，所谓一文钱难倒英雄汉，端的委屈了公子。我看以后那摊也不消摆了，胡相公就到我府中来，每月领关俸，到时还有重任相托哩！"

胡烈感激不尽，一连痛饮了四五杯陈酿。四个人一直吃到二更天才散。任县令叫差役抬了一顶轿子，又从自己的俸禄里面封了五两银子，送胡烈回家。自此之后，胡烈成为任县令的幕僚，经常参与衙门公事。那任县令有委决不下的事情，都请胡烈商量。胡烈尽心尽力，有什么难题旋即解决，所拟定的对策、议案无不恰到好处。那任县令满心欢喜，对胡烈甚是倚重！有心要栽培胡烈，经常说："等我去东京述职时，我带你去见张水部，他是天下第一等爱才之人，你投上你的行卷文章，定会得到当朝宗师的举荐提拔，日后前途无量！"胡烈听了，满心欢喜，一面尽心尽力协助任县令处理衙门公务，一面用心攻读科举文章。在任县令的一力点拨之下，胡烈的办事能力变得越来越强了，就连文章也写得越来越好了。


# 三十四


此番胡烈能够平安回来，令吴炼澄和江子游都喜出望外。他们还以为是符老爹的劝说起了作用，特意备了一份厚礼，让沈霜儿带给符老爹。一天，符老爹又来碧溪小林找沈南风下棋，沈霜儿见了显得格外殷勤，亲自给符老爹端茶倒水，请他吃沈南风亲酿的糯米酒，最后把那份厚礼送到他手上。符老爹受宠若惊，问道："霜丫头，今天是什么好日子，你又是端茶，又是斟酒，还送这份厚礼给我。无事献殷勤，你实说吧，你到底又想打你老爹什么主意？"

沈霜儿笑道："看老爹说得，我这是为了感谢老爹呀，不是老爹你亲自去向县太爷说情，恐怕胡烈此刻还被关在大牢里呢。"

符老爹红着脸说："错啦，错啦，我还没有去县衙找老太爷，本来是打算昨天去的，可昨日家里来了一位老客，就耽搁了，没去得成。今天打听到县太爷下乡，带人去西乡河道上栽柳树，挖水渠，所以，今日也去不成了。"

沈霜儿不信，说道："符老爹你就别装糊涂了，谁不知道你这个人做好事向来不留名，如果不是你去说情，胡烈他怎么会被放出来。"

符老爹还以为沈霜儿在奚落他，脸一直红到了脖颈，头摇得像个拨浪鼓似的。

"真不是我！霜儿姑娘，嗨，你弄错啦！"

可沈霜儿哪里肯信，硬要把那一份厚礼塞给他，又说了不少感激的话，还说改日要请符老爹去大酒楼里吃酒。那符老爹摆摆手，装出一副无可奈何的样子，也就罢了。

胡烈无罪释放，让众人都松了一口气。这两天，大家就商量着要摆一桌酒，为胡烈接风洗尘。江子游建议去他们常去的月明楼。吴炼澄说："还是去洪家宅子酒店吧，上回吃酒不过瘾，只因忧心三弟，现在三弟既已出来了，这一次一定要痛痛快快地吃，这客还是由我来请。"

江子游拍着手说："正好，三弟还没有去看大哥的新房子呢！大哥住的河房就在洪家宅子酒店旁边，只要站在河房屋顶，就可以把整条青衣江尽收眼底！"

沈霜儿笑着说："现在大哥住河房了，我们以后要经常去聒噪，他家离酒店那么近，我们正好去打秋风！"

初二日那一天，天空中下起了细雪，从河心刮过的风把雪霰吹得漫天飞舞，如天女散花一般。等雪霁风偃，吴炼澄锁了门，骑着头口，预先去宅子酒店叫掌柜在临河的暖阁内摆了一席酒，生起红泥小火炉。没过多久，江子游、胡烈、沈霜儿和陆元贞四个人陆续来到洪家宅子酒店，吴炼澄见兄弟们来得簇齐，满心欢喜。只见那大围桌上鸡鸭豕肉、鲜鲊河豚、各样菜蔬，满满地摆了一桌。那一天，五个人共吃了三壶姚子雪曲和一壶金华酒，吃完了酒，还不尽兴，一起闹腾着去看吴炼澄住的河房。此时，胡烈的手头也渐渐阔绰，不似从前了，来时特意去德雅轩买了一对临窑釉下五彩兰花瓶，又亲手写了一幅大字，送给吴炼澄暖房。沈霜儿把瓷瓶摆在书房的博古架上，江子游爬上梯子，把字画贴在正厅，吴炼澄笑逐颜开，直夸胡烈的字写得遒劲有力！众人嬉笑了一回，这时，陆元贞的赌瘾上来了，提议去书房打两把牙牌，胡烈不会打牌，只好坐在书房的圆凳上，拿起一本干宝的《搜神记》来读。"大哥，你也看这些书吗？"胡烈翻开扉页。

"夫子的文章我是一个字也看不下去，但对这些今古传奇、野史秘闻倒还感兴趣。"吴炼澄叫下人焚起一炉龙涎香，霎时书房内烟雾袅袅，暗香盈袖。须臾，下人又端上茶来，吴炼澄指着说："这是赣州湄潭翠芽，上个月我去赣州行商，朋友送我一小罐，兄弟们都尝尝。"只见那雀舌一片片浮在水上，隐毫稀见，入口醇厚回甘，众人都夸赞这茶的滋味绝佳。

等打完了牙牌，江子游又提议去游青衣江，说："你们还记不记得，上回我们兄弟几个和霜儿姑娘坐在一条乌篷船上，夜游青衣江看花灯的情景？我以为，那是我们平生最逍遥、最快活的时光。这会儿雪霁方晴，我们再坐船一起游青衣江如何？"

吴炼澄说："怎么不记得？二弟这提议好，此时游青衣江，应别有一番滋味。这会儿去，兴许还能看见江对面白头翁山顶上隐约的白雪哩！"

众人一听来了兴致，胡烈放下书，吵着要划船，江子游自嘲说："三弟一定是担心我划船又误入莲叶深处，争着要自己划！"

众人都笑，只有陆元贞不知道他们为何发笑，他还没过完牌瘾，嚷着硬要再玩两局。众人只得依他，又玩了两局牌，方才动身。吴炼澄吩咐下人去南岸码头叫了一条白篷船，早早地在河房边等候。众人上了船，此时，因为刚刚下了雪，江面上没有其他游船，天地间茫茫一片，就横着他们一条船儿。可是，五个人游兴不减，在船上你说我笑。

吴炼澄道："只是这江风紧了，吹得面皮冰冷，此刻要是有酒就好，可惜刚才出门太仓促，忘了带酒来。"

江子游朗声笑道："早知道大哥要吃酒，我们早暗地里准备了好酒在此哩！"

吴炼澄喜出望外："还是二弟知我！"

不一会儿，船已划到了江心，天阔云低，转眼之间又下起盐粒般细雪，沈霜儿指着江对面的白头山说："你们看山顶的雪！真像白头耶！你看中间那座山像不像一位坐着的老翁？"

吴炼澄又请沈霜儿唱吴曲，请胡烈吟诗。江子游摇着橹，看着雪花中卓然而立的沈霜儿，看得呆了，一时以为是哪位仙子误入了凡尘。

等船开过了白石矶，江子游试探着问沈霜儿："初六日，家父家母要去碧溪小林拜会你和沈世伯，沈世伯对你说了吗？"

"我爹没对我讲。"

江子游红着脸，吞吞吐吐地说："家父家母要去碧溪小林，是因为有一件事要和沈世伯商量……"

话未说完，胡烈指着天空中飞过的大雁叫道："你们快看，雁阵，雁阵！"

只见几只鸿雁在云层中时隐时现，声声入耳。沈霜儿朝着大雁挥舞着手中的销金手帕，在船上又跳又喊，众人都大笑起来。

那陆元贞抓着船舷，吓得脸色惨白，说道："霜儿姑娘，你再跳，船就要翻了！"

沈霜儿听见，觉得怪不好意思，对陆元贞嗔了一句："没见过你这种胆小的！"

众人又笑。从青衣江南汀码头出发，穿过寮儿口，又行了四五里，几个人已经完全沉醉在江天一白的美景之中了，整个江面朦胧的水汽中，不时传来阵阵的划水声、谈笑声，还有几只水鸟的叫声。

# 三十五

初五日，吴炼澄带着吴中帮会的乌老大收了一船葛布、一船蚕丝，准备运往江宁发卖，没有十天半月回来不了。沈霜儿园圃中花草木牌上的诗词也已经请胡烈题好了，以风、花、雪、月起首，为每一种花草各写了一段小令，那字也写得格外清新超逸。沈霜儿十分喜欢，突发奇想，把那些小令谱成了一段段月下花影曲，在闺房调了一天的琴，心想哪一天弹给胡烈听。胡烈为沈霜儿写完了字后，就随着任县令下到周塘沙井，视察农民开挖水渠去了，也需要三四天才回。

初六日，江子游换了一身绿翎新袄子，穿着粉底皂靴，戴上新方巾，把头发梳得油光发亮，打扮得整整齐齐，准备去碧溪小林拜见沈南风。他父亲江凤鸣事先叫下人准备了一匹青缎、一壶豆酒、一对龙泉青釉蟠龙瓶作为见面礼。江安去叫了一条敞篷的小红船。江凤鸣带着大娘、二娘和江子游一道，坐船过了青衣江，再越过虎丘，来到碧溪小林中的木房。只见小木屋前溪水潺潺，炊烟袅袅，沈南风早已经准备好了酒宴，站在门首迎接贵客到来。那时，云逸亭已经建好，水满陂塘，一条廊桥从云逸亭一直通到碧溪北，园圃中的花草在沈霜儿的料理下长势喜人。院中蒿草翠绿，篱院上花落残红。沈南风先带着江凤鸣一行人在林中转悠，看林中深秋景色，然后带他们来到云逸亭小坐，江凤鸣坐首席，沈南风在左手陪坐，江凤鸣右手边坐着大娘和二娘，挨着大娘坐的是沈霜儿和江子游。

沈南风问江凤鸣的字号，江凤鸣道："贱号三叠。"

又问沈南风，沈南风说道："小的是跑江湖的客商，粗鄙之人，哪有什么字号？"

江凤鸣询之再三，沈南风方说："贱号壁岩。"

须臾，下人端上徽州祁门红茶，摆上瓜果点心。沈南风说："请江老先生、两位夫人和公子品一品这祁门红茶，这还是我上次从徽州省亲带回来的，种在云雾缭绕的高山顶尖上，取山涧泉水煮泡。一箩筐茶叶，烘焙炒干后，才能揉成一小团哩。"

江凤鸣轻轻抿了一口，入口回甘，齿颊留香，果然与自己平日喝的金坛雀舌不同。

江凤鸣问："霜儿姑娘多大了？"

"小女十八岁刚满两个月，属鸡。"

沈霜儿叫了一声世伯，沈南风让霜儿给江凤鸣、大娘、二娘倾茶。只见沈霜儿动作娴熟，行动似风，笑声如铃，风姿粲然，大娘忍不住称赞霜儿姑娘心灵手巧。

沈南风说："大娘你莫夸她，她就是一个村野丫头！"

江子游说："霜儿姑娘琴棋书画样样精通，又唱得好曲儿，弹的好琵琶，可不是什么村野丫头，就算那些大官家的千金小姐也比不上呢。"

大伙儿闲聊了一阵，江凤鸣看看碧溪小林景色通幽，他在南风坡高塘口的宅子虽然也有一座院落和数处水木小景点缀，却哪里有这般浑然天成的景致？

江凤鸣问道："听子游说，南风兄本是徽州客商，是几时搬到这里来的？这些房子是原先就有的？还是后来建的？想不到此处竟有这样清幽的地方。"

"搬过来已经一年多了！刚来的时候，这里杂草丛生，乱石堆叠，我叫人把它清理出来，在南边盖了院子、花圃和木屋，在北边挖了一方水塘，如今云逸亭已然建好，等立春时，打算再在东边盖一座八角亭。"

"老先生不愧是真正的隐者逸士！"大娘也忍不住赞叹。

沈南风又问起江凤鸣的腿疾，江凤鸣说道："这是很多年的毛病了，还是在京城做翰林编修时骑马跌跤落下的病根，夏天还好过，一到冬天寒冷干燥时，这腿膀子就一阵阵钻心的痛，听说老先生也有这个毛病，不知道现在服的什么药？有没有效？"

沈南风说："可每日用热水泡脚，加入艾草、白醋、食盐、姜汁，活血化瘀。这老寒腿只能慢慢调理，四季的治法并不相同，尤其是不能性急。"

江凤鸣说："待我回去也按照这个法子泡脚试试。城南坡子巷的巷尾任照溪专治得一手老寒腿，容日我把那任照溪请过来，也让他替沈翁看一看。"

沈南风说："有劳江老先生挂心。"

不一会儿，下人端上沈南风亲酿的糯米酒，用极洁净的瓷盅盛着，沈南风说这酒极为恬淡，吃多了也不妨事，劝大娘和二娘吃一盅，二娘吃了，只觉得清凉糯甜，赞不绝口。大娘只是不动杯，沈南风问："这是为何？难道不合大娘的口？"

江凤鸣说："大娘吃长斋念佛，滴酒不沾。"

沈南风道："是小的有失打点了。"

忙叫下人换成了茶汤，请大娘吃茶，大娘这才端起茶盅敬沈南风，说："小儿多次到碧溪小林叨扰，还望沈老先生多多担待。"

沈南风笑道："这是哪里的话？我巴不得他经常来哩！"

江凤鸣说："小儿也曾多次向我们提起他沈世伯，说沈世伯为人豪爽好客，说霜儿姑娘秀外慧中，老早就叫我们过来拜会，只因前段时间家里为些琐事穷忙，故而来迟，今日见到沈老先生和霜儿姑娘，果然十分亲切，就像见到多年的亲友一般。"

二娘接着话茬说："还说什么就像？等两家结成亲家，就真成一家人了。"

大家都笑起来，沈霜儿红着脸，一言不发，坐在桌旁觉得浑身上下都不自在。没想到江子游一家到碧溪小林做客，是为了提亲，她先是有些错愕，继而感到生气，不仅生她爹沈南风的气，更生江子游的气。好像所有的人都知道这回事，合着就只瞒着她一个人呢。因听不惯他们这样的闲聊，坐不住，她推说要去园圃里看看她那些花花草草。过了一会儿，下人又跑到云逸亭这边来问，饭菜已经准备好了，在哪里用饭？

沈南风说："就把饭菜摆在云逸亭吧，把这方桌去了，另去厅里把那张大圆桌抬过来，铺上我从南昌府买的格纹餐布，另外，再去酒窖打两壶糯米酒过来。"

下人忙去准备，江子游起身，说要去叫霜儿姑娘过来吃饭。说罢，江子游阔步来到园圃中，看见沈霜儿正在把一块被风吹倒的小木牌竖起来。他叫了一声霜儿姑娘，沈霜儿没有搭理。他走近前，说道："霜儿姑娘，饭菜已经备好了，快去，就摆在云逸亭。"

"你一口一声世伯，世伯，倒叫得亲热!"

江子游挠着头，傻傻地笑着，并不知道这是在讥讽他。

"你这两天没去找吴大哥吗?"沈霜儿又问。

"他到赣州贩丝去了。"

"那胡烈呢? 他在干什么?"

江子游回答说："听胡老爹说，三弟去周塘沙井看村民挖水渠去了，就是这几天我也很少看见三弟。"

沈霜儿把一块小木牌插进松软的土里，用一根圆木棒支住木牌。江子游看到园圃中竖着很多这样的小木牌，每块牌上都写着一首小令，合起来是风、花、雪、月。江子游细细读了一遍，问道："这些小令写得清新脱俗、妙趣横生，是你写的吗?"

"不是，是你三弟专门为我这园圃作的。"

江子游听到沈霜儿一口一声胡烈，又见这园圃中的小令都出自胡烈之手，心中很不是滋味，就像呆鸡一般怅然若失地立在那儿，一声儿也不言语了。

用过午膳，众人又在林中转悠了一下午，看红叶、观群鸟，林中翠竹高耸挺拔，溪边疏影横斜、乱石堆砌。梧桐已老，碧草尤新，薄雾锁谷，石出清流。江凤鸣与沈南风一边走，一边闲谈着江南的风物人情，时而纵声大笑。两位夫人在后面饱览深秋景色，被这林中美景迷住了双眸。江子游和沈霜儿则跟在后面，彼此没有多少言语。快到黄昏时分，江凤鸣一家告辞，沈南风挽留再三，江凤鸣说："不当打扰! 容日请沈老先生携霜儿姑娘到府上一聚。不才和家人备下薄筵，恭候大驾!"

沈南风说："改日定当拜会！"

彼此又攀谈了几句，沈南风回送了甜酒酿、高山湄潭，以及自家土产，又吩咐下人叫了一条白篷船，叮嘱船家把客人一直送到兰溪的岸上。

在船上，江家人谈论着碧溪小林的景色，大娘说："看不出这沈南风虽是个行南走北的客商，却与一般重利的商人不同。见他的作风气派和他家的布置，可见沈南风这个人也是慕好风雅的人物。"

江子游插话说："爹，这回可知了吧！我早就说沈世伯不同流俗，儒雅好客，你还不信呢。"

二娘冷笑了一声，说道："大娘子，不是我泼冷水，我瞧这霜儿姑娘，也是个野丫头罢了。这门亲事谈不谈得成，还很难说。就算那沈南风千肯万肯，可我看他女儿也未必会肯！"

"不是，我见他女儿对子游颇有好感。"

"她不过是在家长面前不得不如此罢了，你没见一说到亲事上，她就翻白眼，皱眉头，一副爱听不听、爱理不理的样子，你们就等着看吧，看我说的假不假！"

江凤鸣说："我们都没看出来，就你看出来了？我看，你就是一个爱煞风景捣鼓人讨人嫌的长舌婆！"

"放着周令史家那么好的女儿不要，偏要找这样人家的女儿，我看你们一个个都鬼迷心窍了……"二娘还在嘟囔，一家人你一句我一言，说个不休。江子游一声不吭，脸色难看。不知为什么，他想到了胡烈，想到了园圃中那些小令。那些小令写得如此好，如此深情，他可写不出那样的小令来。白篷船儿行得很慢，直到深夜，才开到码头。那时，江安已经打着灯笼，裹着葛布大衣，在岸边等候了足足一个多时辰了。

# 三十六

  却说胡烈跟着任县令、徐师爷一行人来到北塘沙井廖家沟，视察村民开挖水渠。村人听说县太爷亲临，欢声雷动，都来观望。县太爷出榜召集流民居住，询问村中收成如何？现有田地多少？耕牛多少？如若开山垦荒，能得多少土地？任县令亲自劝农，教导百姓做好春耕准备，又在离廖家沟五里外的旷野上架起坛场，立起先农的牌位，摆设牛羊果品等祭礼。县官纱帽绿袍，亲向牌位奠酒，百姓们跟随祭拜，望着南边山呼舞蹈，叩谢皇恩。到了晌午用膳时，县太爷就和胡烈等人坐在田畴上，铺起一块亚麻黄布，一边用膳，一边看远处农民开挖水渠。任县令放下酒盏，撮了一把泥土在手，说道："像这旱地，一遇荒年，百姓就要挨饿，这水渠早就应该开挖了，不仅南边这条水渠要赶在春耕前开好，北边的水渠也要作速开挖，要把两条水渠都打通，连成网。从青衣江引水过来，注入上游碧云水库，再从水库引水进入水渠。"

  徐师爷问村民这村上现有多少人手做工，村民回答说："除开送水送饭的妇女，壮年劳力也有五六十号人。"

  县太爷忧心这些人手不够，怕等到春耕要用水时水渠还没开好。胡烈建议说："咱们可以把邻村赋闲的壮劳力也召集起来，由县衙统一发给他们工钱，按月结算，让这些人一起挖水渠，这样又快又省。"县太爷觉得这个办法好，当即派人去邻村张榜告示。

  膳后，任县令说要去已经修好的一段渠堤上看一看，他们踩着松软的新泥，绕过塘堤，任县令说："这堤岸足有六七步宽，两边也须种点什么东西才好。"

  徐师爷道："可以遍植垂柳。"

  胡烈道："也可以在垂柳间夹杂些桃、李、杏之类，一来固土，二来又为农民增添些进项。"任县令点头同意，当即传令下去，让众百姓在渠堤上遍植桃、李、杏、柳。任县令拿起铁锹，亲手植下第一棵垂柳，尔后胡烈、徐师爷等人一一种下树木，一时间周围的人欢欣鼓舞，都涌过来植树。下面挖水渠的民夫露出粗壮黝黑的臂膀，喊着号子，担土的担土，挖泥的挖泥，干起活来也更加卖力了。

巡察完水渠，任县令也要回县衙去了。一行人从利北桥经过，来到青衣江上游对岸，初时江上烟波渺渺，不见一只客船，众人在岸上等船来，忽然见天色黯淡，江风乍起，白头浪起来，像卷起一堆雪，茫茫一片，一浪盖过一浪。徐师爷说："这么大的风，还不知道有没有船过来。"任县令说："再等等看。"霎时，只见大风里一只大船经过，被浪打到岸边，搁浅了。在大船的后面，五条小船像浪里白条一样急速驶来，在大船旁停住，从每只小船里跳出四五个人来，拿着明晃晃的刀，吆喝着，叫骂着，跑到大船上，不由分说，把大船船舱里的货物，一包一包地搬到小船上。只见那大船的货主人急得哭爹叫娘，束手无策，只能眼巴巴地看着那些人把一包包的货物搬走。那押船的朝奉吓得躲在船尾，远远望见左岸上有官府的旗号，急忙扶着货主人跑过来，跪下来哀求道："小的们是从南京运云锦到常州去卖的客商，被风扫到岸边，生生被这些强盗打劫了去，求青天大老爷做主搭救！"

任县令问："这伙强盗是哪里来的？"

那朝奉说："瞧这些人褐衣短袄装扮，应该是吴中帮会的人！"

徐师爷说："这些人似有备而来。"

货主人说："求青天大老爷管一管，这些人经常在这条江上横行霸道，沿途抢劫货物，骚扰百姓，非只一日，长此以往，只怕再没有哪个商客敢在这条河上行船了。"

任县令听了，勃然大怒："岂有此理！水运是我江南命脉，农民种粮离不开水，商人运货更离不开水，我们在这里拼命开挖水渠，这伙强盗却把持水运，为非作歹，这还了得？"

又问一旁的徐师爷："你知道这吴中帮会到底是什么来路？"

徐师爷道："这是我们吴中一带的帮派，据说帮中的老大姓乌，人称"独眼龙"乌老大，这乌老大曾做过水兵，后来不知为何当了强盗。这吴中帮黑白通吃，既和本地商贾鬼混一处，又欺压外地商人，吴中帮坐商行商，盐铁棉布什么都卖，还收此地渔民的保护费，见到有外面来的大船载满货物，吃水很深，就起歹心，要趁火打劫。"

任县令说："这吴中帮如此无法无天，今天天幸撞在本老爷手里，我难道还让他们继续逍遥法外不成？"

徐师爷道："据说前任汤县太爷也曾想管束帮会，还曾让一个吴姓商人去劝帮会的人投诚，可惜没劝成！"

胡烈听了心中暗暗一惊，低下头，寻思那吴姓商人大概就是指自己的大哥吴炼澄了。

任县令不以为意地笑道："汤县令想用怀柔之策，我估计那吴姓商人与帮会也是一路的，派他去劝怎么能成？对待这群恶徒，还须讲什么情面？早该发兵剿灭，以迅雷不及掩耳之势，把这伙强盗一网打尽！"

说罢，县太爷转身对胡烈说："听说贤契住的地方靠青衣江尾，熟悉这里的水势地形，又与这一带渔民相熟，请贤契回去后与徐师爷拟个计策出来，待本官回衙后，申奏上司，着贤契拿令牌发兵，速速剿灭这伙强盗，方称我心！"

胡烈手心捏汗，稍微犹豫了片刻，瞅见县太爷正看着他，在等他答应，胡烈不敢多想，连忙躬身应道："学生谨听老师钧命，一定把这伙强盗剿灭干净！"

这任县令也是有心要历练胡烈，听罢大喜，又转身安慰了被劫的货主人和押船的朝奉几句话，让他们按程序去衙门里递呈纸，等候消息。那货主人、朝奉、船工、水手等众人千恩万谢，收拾好船中散乱一地的杂物，开着船回去了。

回到县衙，领了令牌，胡烈又帮任县令誊写了几件公务文书，直至天晚才回到马家坞的家中。县令专门派了几名差拨服侍胡烈，又送他一匹高头青鬃马做脚力，对胡烈叮嘱再三："贤契家离县衙太远，以后干脆搬到县衙来住，我叫人腾一间上等客房，叫几个人服侍贤契。"

胡烈应诺，拜谢后，辞了县太爷，骑着县衙的青鬃马回马家坳。途经芦苇荡时，远远看见夏老爹的渔船就停在岸边，船上冒着一缕青烟，心想已经有很多天没有去看望夏老爹和夏婶子了。便下了马，来到船上。那时，夏婶子正在生火做饭，夏老爹坐在船舱用竹篾子编鱼篓，见到胡烈进来，连忙起身叫道："胡烈兄弟来了，快请坐，吃过饭了吗？"

胡烈躬身作揖，说吃过饭了。夏老爹拉着胡烈的手，坐下，从柜子里拿出一瓶烧酒，说道："再吃些，吃杯酒暖暖身子！"不一会儿，夏婶子端来热菜，是胡烈喜欢的刁子鱼，可是味道似乎不像从前那般鲜美了，那烧酒似乎也比以前更加辣口了。胡烈叫夏婶子一块儿坐，吃了一尾鱼，敬了夏老爹酒，夏老爹也听说胡烈在当今县太爷府上当大官，格外殷勤地回敬道："如今胡烈兄弟当了官，光宗耀祖，派头与以前大不相同了。你什么时候在家里摆酒？老爹我去集市上买礼庆贺，胡兄弟做了官，我看胡老爹的酒也不愁没得吃了。"

胡烈放下酒杯说道："只是帮县太爷处理些杂事而已，哪里当什么大官？"

夏婶子又问胡烈什么时候科举考试，胡烈说："快了，等到今年开春后就要开考哩。"

胡烈多吃了几杯烧酒，忍不住有些得意起来，问道："老爹，你每次出船打鱼，也要向帮会交保护费吗？"

夏老爹笑道："我如今还交什么保护费！倒是这里其他渔民都还要交呢，大船每年交五两银子，小船每年交三两银子。"

胡烈道："是了，你儿子夏开甲如今也入了帮，有了帮会撑腰，自然就省了这笔钱。"

夏婶子红着脸，夏老爹不说话，气氛顿时显得有些尴尬。夏婶子摆着手说道："瞧胡烈兄弟说的，哪里有此事？"

胡烈笑道："夏婶子，等夏开甲回来，你对他说，千万别让他再跟帮会的人混在一起了，如今县太爷发下死命来，要严打吴中帮会哩！这件事可不是好耍的，是要动真刀真枪，要见血的！到时不要怪小侄没说，唯恐你儿子有个山高水低，就悔之晚矣！"

夏老爹一听，就慌了神，说道："真个有这回事？"

胡烈把任县令的公牌拿出来给夏老爹看，说道："公牌在此，哪还有假？这件事老爹知道就行了，赶快劝你儿子回来，待在家哪儿也别去，你也不要对外面的人去说，谨记！谨记！"

胡烈又吃了几杯烧酒，起身告辞，骑着马，摇摇晃晃地回到家里，见到他哥正挑着粪桶从田间地头回来，胡老爹跟在他哥后面，拿着一个篦箕，篦箕里面装着些豆苗。胡烈下了马，把他爹和哥哥叫到屋里，一脸严肃地说："以后这些脏活，也不消做了，如今我拿着县衙的官俸，不愁老哥没有饭吃，也不愁老爹没有酒吃。"

说罢，又从袖子里摸出二两官银，递到他哥哥的手中，说道："哥，你明天去坡子街刘老记铺子裁两匹布，做件好衣裳穿，你现在穿的这件葛布烂衣，让别人知道你是我兄弟，我怎么好出去见人？如今你弟弟居了官，凡事都要体面些才好！"

他哥见到白花花的银子，把眼睁得大大的，放出光，一手接过银子，说道："诶，兄弟，我明天就去量布裁衣！"

自从胡烈在县衙居官管事后，门庭经常有差拨往来，隔三差五便有高头大马和顶红官轿停留。马家坳村民也渐渐知道了胡烈被县太爷赏识，已经是做大官的人了，于是，都纷纷送来贺礼，从不走动的亲戚也从几百里过来走亲，不是亲的也来攀亲。他哥腰板儿也直了，只是赌瘾一如从前，却赌得比以前还要大。他爹以前老是在别人面前说老二不如老大，如今也改口在别人面前一口一句地夸起老二来了，吃的酒也不再是街上小酒店卖的三文钱一两的浑浊烧酒了，而是南街大宅子酒店里须花一钱银子才能买一两的好酒。

# 三十七

十二日，湖畔诗社的秀才们又在鸡鸣湖的日落码头做了一个雅集，互相切磋诗词文章，好为即将到来的科举做准备。按照诗社的规矩，每一次雅集，都要一个秀才为头做东道，事先预备下一段红绸和五贯钱彩礼。每位秀才都拿出自己的文章，糊了名字，交给他人品评，拔得头筹者就挂红绸，赢得五贯钱彩礼。等雅集做完后，每位秀才再各筹一钱银子的份子钱，簇拥着拔头筹者，一起去会宾楼吃酒。往年的雅集，轮到胡烈做东道的时候，因为没钱买红绸和彩礼，胡烈就找各种理由推托，所以一年下来，胡烈头筹倒是拔了几次，却没有一次做东道的。诗社里的秀才们渐渐心生不满，还有秀才背地里说了不少闲话，暗地讥讽他："原来这胡秀才是茶壶里下元宵，只进不出哩！"胡烈只装作没有听见。

今年的雅集，与往年相比又不相同，因为科举就要到来，加之宗师也要莅临，吴中一带的秀才们都踊跃参加，所以，今年雅集比以前办得更加隆重了。头一个月，秀才们就聚在观澜亭，商议着定一个什么样的题目好，讨论了半天，最后定下"中立而不倚强哉矫义"的题目。定完了题，秀才们就要在接下来的一个月内做好三篇文章，内中一位秀才说道："下个月的雅集，四方的名士都会来，这彩礼也应该比以前多一些，去年的彩礼是五贯，今年的彩礼应该翻倍，涨到十贯才对。"众人都同意，过了一会儿，又有一个秀才说道："今年的雅集，是要胡烈参加还是不要他参加？大家都说说看，我觉得这胡烈就是铁公鸡一毛不拔，每每轮到他做东道时，他就推三阻四，单单捡便宜却比谁都厉害！"秀才们议论来议论去，最后都说这一回一定要让胡烈做东道，还说："这回胡烈再不肯做东道，以后的雅集就干脆不让他参加了！"于是，大家就写了一个帖子，附上题目，送到马家坳胡烈家中。这一天傍晚，胡烈从县衙回来，胡老爹对他说："白天你的好兄弟江子游特意来找你，请你明天下午午时去洪家宅子酒店相会，说是你大哥吴炼澄从赣州做生意回来了，约着一起吃酒。"胡烈说："我知道了。"胡老爹又把秀才们的帖子拿给胡烈看，胡烈看罢冷笑道："这是先斩后奏，逼我做东道的意思了。我今时不同往日，难道我现在连个十贯钱的东道也做不起？也忒小瞧我了，好，这东道我来做，不过那红绸终归还是我来戴，彩礼还是归我拿！"于是接了帖，回到房间，关上门，一边嘴里默念着"中立而不倚强哉矫义"，一边摊开笔、墨、纸、砚，点好灯烛，只用了一个晚上不到，就写好了三篇花团锦簇般文章。

第二日，依然去县衙办公，帮助任县令决断狱讼，处理公务。直忙到落日时分，才得了空闲，忙去房间换了沈霜儿送给他的新衣裳，骑着高头大马，叫两个差拨跟着，迤逦来到青衣江岸边的宅子酒店。那时，吴炼澄、江子游和陆元贞三个人早就在酒店暖阁内摆了一席鸡鸭鱼肉、鲜鲊河虾、蔬菜果品按酒，三个人一边聊着，一边吃了半壶酒。不久，听到外面的车马铃铛声，原来是沈霜儿披着绿绫坎肩儿，哈着白气走了进来，众人连忙叫酒倌儿添了一副座头和一副碗筷。吴炼澄说："霜儿妹子，就差你和三弟了。我听说虎丘的河道昨日涨大水，把石桥冲垮了，去碧溪小林的路成了烂泥巴路，你是怎么过来的？"

"我是坐船来的，绕了一个弯，上了岸后，又雇了城北门外一辆马车。"

"霜儿，这天好冷，你先吃一杯酒暖暖身子。"江子游斟好酒，递了过去。

沈霜儿接过酒杯，抿了一口，问道："胡烈还没来吗？"

"不知三弟最近在忙什么，这几次兄弟们吃酒，他不是来迟，就是缺席。"

"等他来了，该罚他三大杯！"吴炼澄笑道。

可是，一直等到午时，酒已经吃了快一壶了，还不见胡烈过来。席间，吴炼澄又请沈霜儿唱了一回南曲，又说起吴中新来了一班唱戏的，用阮筝琵琶，唱的曲调颇有异域风格，到时要一起去看看。酒过三巡，菜过五味，见胡烈还没来，吴炼澄又问江子游："这么晚了，三弟到底还来不来？二弟，你昨日有没有去叫三弟？"

"怎么没去？我昨天跑到马家坳，见三弟没在家，我对胡老爹说了今日大哥请客，胡老爹说等三弟回了家一定转告。大哥请放心吧，三弟知道了一定会来的，我们边吃酒边等。"

话音刚落，只听见暖阁的圆木窗棂外一匹马在蹬脚，打着响鼻。原来是胡烈骑着任县令送给他的那匹青鬃马，到了门口下马，附耳在两个官差模样的人面前交代了几句话，那两人应诺后，牵着马离开了。胡烈掸了掸衣服，掀开酒店的帘子，见众人都到了，拱手说道："大哥，二哥，小弟来迟！"

走进来，迎面看见霜儿姑娘正朝着他笑。

"原来霜儿姑娘也在，哟，还有元贞兄弟也来了。"

"好哇，三弟你总算来了，叫我们好等。"吴炼澄抬起头说，"三弟现在才到，是不是该用大盅罚三杯才行"？说罢，倾出酒来，连半盏都倒不够，又摇了摇那只绿胆酒瓶，那壶酒也已被吃空了。

"你看你看，谁叫你来得迟，美酒都被我们喝光了。"

胡烈笑着说："我再去叫掌柜的荡一壶热酒来。"

说罢，又去后面隔间拿了一壶荡好的暖酒放在桌上，另外加了两个热菜，添了一副碗筷和一个酒盅。

吴炼澄自上而下打量着胡烈，笑道："你们有没有发现今日我们的三弟有何不同？"

"胡烈兄弟有什么不同？"

"你们不觉得三弟今天穿了这身宽大袖圆领锦缎后更加容光焕发了吗？你们看，三弟头上还换了一顶簇新的方巾，显得更加儒雅了！"

胡烈觉得不好意思，说："这圆领和方巾都是霜儿姑娘送给我的。"

吴炼澄便侧过头朝沈霜儿打趣道："霜儿妹子恁地偏心哩，同样是兄弟，只送三弟，就不送我和二弟？"

沈霜儿红着脸说："有什么要紧？回头我给你们每人送一套宽袖圆领

子大衣和一顶头冠。"

一旁的江子游见沈霜儿送胡烈新衣服和方巾，心里面五味杂陈，一声不响地吃光杯中的酒，放下酒杯后，开始对胡烈抱怨了一句："三弟，你最近都在忙什么？我去沙洲河鲜坊对面找你也找不到，昨天到你家，你也没在。"

胡烈吞吞吐吐地回答道："还不是为了生计，去乡间田头，帮人做红白喜事，写字、看风水，专干些没正经的营生！"

吴炼澄说："刚才门外与三弟你说话的那两个人是谁？"

胡烈红着脸道："是我新近认识的两个朋友，恰巧在路上遇见，因我来迟，他们便叫我骑他们的头口过来。"

片时，掌柜的亲自拿了一壶清若空，还附带送了一瓶花雕、一碟花生米、一盘酱牛肉、一碟豆笋。那掌柜说众位客人都是这里的熟客了，经常照顾小店的生意，这两壶酒和小碟算掌柜请的。吴炼澄朗声笑道："掌柜的，只要你店里的酒好，饭菜可口，还怕我们不会光顾？"

酒倌儿给各人斟满了酒，众人起身与那掌柜的一起碰了杯，掌柜躬身作谢道："请众位客官慢用。"说完后便回柜台去接新客了。众人坐下继续吃酒，说着吴中一带的新鲜事，又谈起今年粮食的收成和棉布丝绸的价格走向，比较是走陆路好，还是走水路好。江子游说做生意当然是走陆路好，既安全又方便。陆元贞说，肯定是走水路更好。两人为此争执起来，吴炼澄大笑着说："我们吴中一带，人杰地灵，与别处不同，素有水乡之称，湖泊河流纵横交织，水路四通八达。若是走陆路，暂且不算沿途关卡，单是七弯八绕，一日还走不过四五十里。若走水路，可日行百里，若遇着顺风，随你多远的地方，转眼就到。粗略算一下，走水路的毛利至少是陆路的五倍！这里的商客渔民谁不知道走水路既经济又快捷！"

沈霜儿问："吴大哥，这趟去赣州贩丝可还顺利？"

吴炼澄说："也还算顺利，除了出船时遇到大风，先在港湾里避了两日，又下了一日一夜的大暴雨，第四日天气放晴，风和日丽，一路畅通。等船开到安顺，有商会的人来接，带着我们去那苗人的吊脚楼上连吃了三四天米酒。到了镇远，自有人帮忙卸货，一切关节事先都已打点好，花了一个月收的丝，不到五天就出脱了，自打我出道做生意以来，还从来没有这么顺畅过哩。"

陆元贞说："这还多亏了乌老大，从中打点关节。原来这乌老大朋友遍江湖，不仅与吴中的客商很熟，就连赣州苗人酋长也是他的朋友哩。"

听到他们一个劲夸赞乌老大神通广大，胡烈放下筷子，皱着眉说："大哥，我有句话不知该不该当面说。"

"三弟但说无妨。"

胡烈便道："依我看，大伙儿交口夸赞的吴中帮乌老大，与强盗有何不同？他虽然现在风光，可是他还能一直风光下去？大哥，你听我的，真的不能再与吴中帮的人往来了，赶紧与他们撇清！你还不知道哩，如今县衙要整治吴中水运，马上就有大动作了，像乌老大这些人，在水上为虎作伥，就是第一个要被严打的对象！"

吴炼澄不以为意地说："三弟，你又来。衙门去年说要整治水运，今年又说要整治水运，那些饭桶狗官们说了好几年了，就没看见过行动！再说，我看我们这里的水路比哪里的水路都要太平呀，根本就无须整治！为何？正因有了吴中帮的庇护，海盗不敢打劫，官员不敢浑水摸鱼，无论是客商还是渔民，都相安无事，一片清平。"

胡烈红着脸道："大哥，这一回可不是闹着玩的！如今新来的任县令，行事威猛，雷厉风行，再也不是以前汤县令那种宽大怀柔的做法了，他前天就申奏了上官，发下公文，要发全县兵卒，征调银盘村一带所有的渔船，限期围捕盗匪，誓要歼灭那吴中帮才肯罢休哩。"

吴炼澄问："这些事，你又是怎么知道的？"

"是我听见……"胡烈刚想要回答，忽然想起自己在衙门当差的事若是被大哥知道了，恐怕又是一场是非，便有意瞒住不说，只说，"大哥，你甭管我从哪里听来的，总而言之，你听我的话绝对没错，我这都是为大哥好"！

一旁的陆元贞一边吃着河鲜，一边用衣袖在嘴巴上抹了一袖子油渍，说道："我听一个朋友说如今胡烈兄弟在县衙里专门帮着县太爷决断公事，难道是真的？不然胡兄弟怎么知道这些事情？"

"三弟，端的有此事吗？"吴炼澄问。

胡烈低下头，默然无语。

"三弟，你若替县衙那帮无耻狗官卖命，就别怪我做大哥的翻脸不认人！你应该了解你大哥的脾气，向来与县衙那帮狗官不对付。"

胡烈本就对吴炼澄与帮会纠缠颇不以为然，却一直隐忍不发。自从在衙门当差后，心性更高，对吴炼澄的话很不服气，忍不住红了脸，猛地抬起头说道："大哥！可你也不能总把你的好恶强加在兄弟们的头上吧！你与当官的不对付，难道就要我们也跟着你一起也与当官的不对付？倘若我和二哥科举高中了，有朝一日都做了官，你是不是也与我们不对付？"

"三弟，你的酒还没动呢。"江子游见吴炼澄和胡烈两个人说话有点冲，怕两人吵起来，连忙把话题支开。

"哥哥，你的酒杯空了，我帮你把酒斟上。"

吴炼澄不理，扯开嗓门大声说道："这不相干！你们当官是当好官，不像那县令当坏官。倘若你们也当坏官，我做大哥的照样不会给你们好脸色看！"

"这一任任县令，还有上一任汤县令，怎么就成了坏官了？大哥倒是说一说，他们哪里坏？如何坏？"

"你们两个是不是比谁的嗓门更大呀？就不能安静下来好好吃酒吗？"沈霜儿真怕他们吵起来。

"话不当面说清楚，当然不能好好吃酒。"吴炼澄红着脸，眼中射出一道凶光，"你们说，那汤县令若不是坏官，怎么就被抓起来流放到边地去了？这任县令，我看比上任汤县令坏一百倍不止，迟早一天他也会被抓进去坐牢的！"

"这是什么歪理！"胡烈苦笑。

"那你就等着瞧吧！"

"我看吴大哥和胡兄弟都醉了，还是洪家宅子酒店的酒够地道！够厉害！"

吴炼澄眯着醉眼，对着陆元贞劈头一通骂："我没有醉！"

"三弟，你知道大哥是个直肠子，一向嫉恶如仇，你就少说两句吧。"

江子游又连忙给吴炼澄的酒杯斟满酒，说："大哥，你也消消气，今天只吃酒，其他的事都抛开一边。三弟也是为你好，如果那任县令果真要派兵围剿帮会，我看大哥你还是去避一避为妙！"

"避什么！你大哥又不是那种胆小怕事的缩头乌龟！"吴炼澄举起酒杯一口饮光，"那狗官要来便来，咱与他明刀明枪地干，看我怕不怕他"！

"大哥是何等人，何必与他们一般见识！"

"既然大哥这般执拗，我也没什么好讲的了。"胡烈蓦地站起身，涨红了脸说，"到时官府的人若真的抓了大哥去，可别怪做小弟的事先没说！"

"笑话！我会被抓？"

吴炼澄露出凶光，啐了一口："我才不要你这个巴结权贵的人在这里啰嗦废话！"

胡烈听了，越发来了气，说道："原来我在大哥的眼里就是这样的人！我们替朝廷办事，就是巴结权贵，大哥终日在贼窝里行走，就是行侠仗义！"

"放肆！"

吴炼澄勃然大怒起来，猛拍桌子，酒杯被震得叮叮当当地响，酒水淋淋漓漓地洒了一地。

"三弟？你怎么了？快住口！"江子游连忙拉着胡烈的手，两头劝，"大哥，你们两人多少闲话都打叠起，今天咱们兄弟只吃酒，不谈别的！"

可是，任由众人怎么劝说，胡烈都只是僵在那儿不动，不肯主动去敬酒。吴炼澄也不肯动筷，乜斜着眼，嘴里喃喃呐呐地骂着，却听不清到底在骂些什么。

沈霜儿看不上，说道："你们两个大男人为了这么一点小事，就斗嘴，好端端的酒宴也吃不成了，真没意思，你们要闹咋不去青衣江上，一人背一面铜锣闹去？闹得让岸上所有的人都知道才好，让天下人都知道才好哩！"

吴炼澄和胡烈被沈霜儿奚落了一顿，都把身子扭向一边，谁也不肯先让一步。

"都成哑巴了？"沈霜儿瞪了他俩一眼。

胡烈自觉没意思，想着与其这样干坐着，还不如离开，免得尴尬，于是起身要走，江子游想要挽留，吴炼澄一把拉住江子游，说："嗬！让他走，让他走，我们吃我们的酒，去管他干什么！"说罢独自斟满酒盅，一口吃光。

这一边，胡烈见此情状，心中老大没趣，只得戴好巾帻，头也不回，便走出门去。沈霜儿见胡烈走了，连忙起身，说了一句："你们先吃，我去劝胡烈。"便起身去追。那一边，江子游也想起身，去追沈霜儿，可是被陆元贞上前拉住："这胡烈最近有什么不得了！腰板儿直了，嗓门儿高了，调儿也大了，他还以为自己真是个大老官，有多了不起？来，来，别去管他了，我们陪着大哥继续吃酒！"江子游只得坐下，陪吴炼澄。不知是因担心沈霜儿，还是因担心胡烈，吃了两杯酒后，再也坐不住，起身说道："我还是去看看他们到底怎么了？元贞兄弟，你先陪大哥吃着，好歹也替我劝大哥两句，我这就去把三弟他们叫回来。"说罢，跑了出去。


# 三十八


来到宅子酒店一截半土墙外，这墙边有一个饮马的花岗石水槽，水槽边是一个拴马的石墩子，石墩子旁用木栅栏隔着对面的矮房子，房间里面堆放着草料。江子游听到木槅子门里边似乎有人在说话，便走过去竖耳聆听。

"你是怎么了？今天这么大火气！一点也不像以前的你。有什么话，你不能好好说，非得当着大伙儿的面跟吴大哥起争执才好看？"

他听出这是霜儿姑娘的声音。

"我怎么了？你咋不去问问大哥到底怎么了？你可都听见了，我大哥那说的都是什么话？他跟吴中帮那些盗匪瞎混在一起，就是行侠仗义，而我替朝廷办事就成了攀交权贵，天底下，好像就他一个人在做好事一样，别人干的事都是见不得光的坏事！"很显然，这是他三弟胡烈粗砺嘶哑的声音。

"你也休怪大哥，当年在徽州贩丝时，吴大哥也是被官府勒逼怕了，所以才对官府这样痛恨！"

"他恨贪官，难道普天下的官员都是贪官不成？难道我们就要学他的暴躁脾气，他喜欢什么我们就得跟着喜欢什么，他恨什么我们就得跟着恨什么？"

"你就忍一忍吧，大哥老远从赣州回来，好意请我们吃酒，我们本该请他吃酒为他接风才对，走吧，外面起风了，我们回暖阁里，再去敬大哥一杯酒。"

风呼呼地刮着，把江子游缎袍上的带子吹到了脖颈上，把他的头发也吹乱了。江子游理了理两鬓，继续聆听。

"你去吧，我才不去。"

"你消消气嘛。"

里面的声音似乎变小了，江子游又上前一步，忍不住把耳朵贴在槅门上。

"我好意叮嘱大哥当心，劝他跟帮会的人撇清，实则是要救他，他不领情也就罢了，还说出那样的话来，直叫小弟寒心！"

"我看你们是针尖对麦芒，互不相让，谁也好不到哪儿去！"

"你老帮着大哥说话。"

"我谁也不帮！"

……

过了一会儿，只听见槅门里面传来窸窸窣窣的声音。片刻后，又变得安静了。江子游上前，想走进去劝两个人别待在那里了，天冷，都回暖阁继续吃酒快活去。可是，还没来得及迈开脚步，又听见里面传出说话声来。江子游感到好奇，索性轻开木槅子门，站在第二道门口，听胡烈和沈霜儿在谈些什么。

"霜儿，我替县衙办事，你介意吗？"

"我心里明白你在衙门专替老百姓办好事，我怎么会介意呢？"

"还是霜儿姑娘知我心，不像大哥，以为当官就是为了功名利禄。"

"你可与一般的读书人不一样。"霜儿笑了起来。

"唉！想一想自己十年寒窗，吃过多少苦，自问一生清白，不曾亏欠过什么，可难道我在大哥眼中竟是这样不堪吗？"

"胡烈，这儿没人觉得你有何不堪。"

"是了，他们一定嫌我出身卑微。"

"这儿也没有人嫌你出身卑微。"

"霜儿，你不介意我每天去沙洲河鲜坊替人写字、算命吧？"从屋子里传来胡烈自卑的叹气声，"不过话说回来，这些……终归是下流勾当呵！堂堂读书人怎么可以去做这些事"！

"我从不介意。"沈霜儿的声音忽然变了，变得更加温柔了。

江子游微微一颤，他的心却随着沈霜儿语气地放缓而变得紧张了起来。忽然，他又听见沈霜儿柔声细语地叫唤："胡烈，胡烈……你还记得我们一起在画舫吃酒、看花灯的情形吗？"

"当然记得了。"

"那时，我们在青衣江河房看江景，你就立在下面阳台，我立在上面阳台，听你吟诗，就好像听到了你内心的声音，甚至我能感觉到你脉搏的跳动。还有那个清冷沉寂的晚上，从单四婶子家回来，我们在小船中听雨，那雨缠缠绵绵的，我们听了一夜的雨……对了，你为园圃题写的每一首小令，我还特意为它们谱了新曲呢，下次你再去碧溪小林时，我弹给你听……"

"我怎么会不记得！"

……

"胡烈，其实这些日子以来，只有跟你在一起我才真正感到踏实和快乐呢。"

江子游的心像被一枚毒针狠狠地扎了一下。

不一会儿，又听不见他们的说话声了，槅门里面又传来窸窸窣窣的声音，这声音有些怪异。江子游向格子缝里面痛苦地张望过去，只见胡烈和霜儿紧紧地搂抱在一起，胡烈捧着霜儿的脸颊，霜儿一双水灵水灵的大眼睛抬望着胡烈，是那么的炙热。两个人深情地对视着，接着亲吻在了一起……

此刻，江子游就像是在严冬腊月里被泼了一瓢冷水，被冻在门外一样动弹不得。他又像被闪电击中的稻草人一般，像河边上那些被狂风吹落翻转的枯叶一样。他忽然什么都明白了，三弟与霜儿姑娘两个人情投意合，其实早有种种迹象了。从霜儿送给胡烈簇新的衣服和方巾；从胡烈特意给霜儿的园圃题写小令；从那日在游青衣江的小船上，沈霜儿吃醉酒后靠在胡烈肩膀上唱歌，唱得那么得意；从他们似有意无意地向他打听对方的境况；甚至从他们两个人的每一句话和每一个动作中，似乎都能看出他们之间的亲密关系。而他呢？却什么都看不明白，还硬逼着他爹江凤鸣去碧溪小林提亲，这一切都是多么荒唐！多么可笑！原来胡烈和霜儿两个人之间早就情意绵绵了，只合着瞒住他一个人在鼓里！可他却还在痴人做梦！想到这儿，江子游感到愤怒、悲哀，他的心说不出有多么痛！

过了一盏茶的工夫，江子游跟跟跄跄地回到暖阁子内，那时，陆元贞还在陪着吴炼澄吃酒，吃得油光满面。吴炼澄见江子游脸色难看，犹如失了魂儿一样，便问道："二弟，你怎的了？"

江子游掩饰说："没什么，估计是刚在外面吹了些冷风回来，大哥，我们接着吃酒吧。"

"胡烈兄弟走了？"陆元贞问。

江子游没有回答。

"霜儿姑娘呢？你没追她回来？"

"我没看见他们。"江子游失魂落魄地说。

"没准霜儿姑娘也跟着胡烈跑了呢。"陆元贞嘟囔了一句。

江子游才闷闷地饮了一口酒，就听见帘子外传来沈霜儿的声音："谁跑了？你们看我把胡烈拉回来了！"只见沈霜儿拉着胡烈的手走了进来，她几乎是硬生生把胡烈摁在座位上。胡烈低着头，不语，吴炼澄也默然无言。再看看江子游，他并不为两个人的进来感到多高兴，因为他已经心痛得说不出一句话来了。场面一度显得有些尴尬和沉闷，陆元贞觉得很无趣，说道："今天大伙儿这都是怎么了？特意来吃酒的，本该欢欢喜喜才对，怎么一个个都愁眉苦脸，不说话？"

沈霜儿推着胡烈，说道："你快给大哥倒酒，快点给大哥的酒盅斟满呀。"

可胡烈依然没有要动的意思。

陆元贞问道："胡烈兄弟，你刚才跑到哪里去了？"

"我没去哪，就在外面站着。"

沈霜儿又推了胡烈一把，催促道："你快去给大哥倒杯酒，认个错儿。"经不住沈霜儿的再三要求，胡烈终于站起来，拿双耳银执壶把吴炼澄的酒盅斟满，又把自己的酒杯斟满，用略带生硬的语气敬道："大哥，刚才是我太冲动，小弟已知错了，这杯酒我敬大哥。"

吴炼澄本来就为自己的火暴脾气感到有些不过意，只是碍着面皮不肯松口，见胡烈主动敬酒，也就爽朗一笑，接过酒大方地说道："嗐！三弟，也怪大哥太任性使气，不近人情，是大哥的不是了，你也多担待些。"

陆元贞拍着手说："好啦！就是嘛，都是自家兄弟，有什么要紧的？何必为一些鸡毛蒜皮的事闹得不可开交，弄得咱们酒也吃不好。罢了，既然都说开了，咱们就把什么闲话都打叠起，天大的事儿都放一边去。今朝有酒今朝醉，咱们兄弟姊妹几个只管吃酒！你们等着，我再去里面荡一壶热酒过来，子游兄，你去叫酒倌儿再添两个热菜来按酒。"

说罢，陆元贞跑出去又叫了一壶清若空，伙计端来了两个热菜，一碗红烧肥肠，一碗爆炒肝肺。暖阁内翠幔高挂，青帘低垂，银烛正烧，炉添兽炭。陆元贞重新斟满各人的酒盅，气氛似乎一下子又回到了先前那样的欢快中。只是在吴炼澄那爽朗浑厚的笑声中，在沈霜儿那银铃般悦耳的笑声中，在陆元贞那插科打诨的笑声中，在胡烈那时断时续的强颜欢笑中，却隐隐流着江子游的一线悲伤，这种悲伤很快就被欢声笑语吞噬，这是一种不被人知晓的无奈的悲伤，是一种痛彻心扉却又无处诉说的悲伤。

看了看天色已晚，众人酒酣饭饱，桌上杯盘狼藉。散席之后，陆元贞又吵嚷着要去游青衣江，说今晚的月色怡人，湖面虽然偶尔有风，却还不大，此时夜阑人静，游江最好不过。吴炼澄拍着手说："你们要游江，我河房边正好泊着一只乌篷船，是前几日在这里寄寓的渔民打鱼的船，你们在这里等，我去把船儿开这边来。"

江子游吐出满口酒气，摇着头说道："大哥，罢了，不要去问，今日酒已够了，况且已经是一更天，晚了，我们改日再游青衣江吧。"

江子游实在是没有心情游江，此刻他只想着赶快回家，回到他的"沉潜斋"，闷着头大哭一场才好。陆元贞却不肯放过，说道："子游兄，你平时最喜欢游青衣江了，今日为何病恹恹的，这般无情无绪？"

沈霜儿笑着说："二哥一定是醉了。"

"最后那一壶酒，二弟确实吃了不少，只他一个人就吃了大半壶，劝都劝他不住。"吴炼澄把手搭在江子游的肩膀上。

江子游苦笑一声。他其实根本没醉，可既然他们都说自己醉了，就索性装出一副醉了的模样吧，他倒是希望自己真的长醉不醒才好。胡烈想起明天一早还要去县衙打卯，任县令约了王观察和管理盐务的何三官人一起商量缉拿贼寇的事情，于是也拱手告辞，说道："大哥，我们还是改日再游青衣江吧，明日我还约了几个朋友去七里坪会文，二哥也醉了，咱们都回去休息，改日由我做东，请大家在鸡鸣湖南汀码头的燕子坞相聚，如何？"

众人都说好，见天色已晚，各人都决定回去，约好二十一日再在燕子坞一聚，不见不散。因沈霜儿住的碧溪小林离这里最远，吴炼澄便问："太晚了，霜儿妹子不回去了吧，今晚住哪里？"

沈霜儿说："我明天还要去普安寺烧香，香烛纸马都放在泗明桥单四婶子家里，我先到四婶子家安顿一宵，明日起早去山上寺庙。"

"女儿家一个人摸夜路去泗明桥多有不便，二弟，你去送送霜儿妹子。"吴炼澄扭过头望了一眼江子游。

"我醉了，去不得。自有人去送霜儿姑娘。"

胡烈接着江子游的话便说："还是我去送吧，正好顺路。"

江子游瞥了胡烈一眼，不再说什么了。此时已是深夜，江边的风也像那醉人的酒，把众人都吹得有些陶然起来了。吴炼澄让胡烈和霜儿姑娘借了洪家宅子酒店的栀子灯笼，送他们过了胜军桥。陆元贞见众人都不肯去游江，只好作罢，就在吴炼澄家里歇下。江子游站在酒店门口的幌子下等江安来接他回去，等了半天，终于看见江安牵着一匹疲驴，慢慢悠悠地向他走过来。江子游便责问江安："你怎么没骑马来？"

江安说："家里的马被老爷和太太骑走了，因周老爷家新建的两层亭台今日完工，请他们去吃喜酒，现在还没回哩。"

"少爷，快骑上来吧。"江安提着灯笼，扶江子游坐上去，可是江子游不肯骑驴子，宁愿走路。

"江安，这会儿家里反正没人，咱们去江边散散心，不用急着回去。"

"少爷，你已经醉得不轻，这会还要去江边散步吗？"

"胡说！我没醉！他们都以为我醉了，难道连你也认为我醉了？"

就连江安也说他醉了，江子游便有些来气了。他不听江安的劝，大步流星往前走去。江安没法，只好跟着。于是，主仆两人一前一后，牵着那匹疲驴，走在沿江的木栈道上。没过多久，只见烟锁楼台，江风骤起，还夹杂着三五点水珠，打在脸上冰凉刺骨。江安一个劲催促江子游赶快回去，说看这天色，等会儿估计要下起大雨，又说恐怕此刻老爷太太回家看到少爷还没有回家，又要怪罪小的了。江子游心里不畅快，嘿嘿无言，由着江安一个人在后面唠叨个没完。江子游低着头，往栈道上去，过浣女桥，穿金荆门，上懒子坡，江岸两边树影幢幢、重重叠叠、斑斑驳驳，遮住了他满腔的心事与落寞。

上了高坡，江子游停下脚步，站在一棵香樟树下，凝望着江心，只说了一句："江安，你看这江蜿蜿蜒蜒，流淌不止，不管世事如何，它依然奔流如故，我若能化身成江，该有多好！"江安把灯笼挂在树杈上，坐在一旁，听着江子游的感慨，不明所以。当江安侧脸看时，忽然看见江子游的面颊上似有光在闪烁。江安以为那准是从江面上吹来的雨水打在脸上弄的，可他哪里知道，在这个冰冷的凉夜，江子游面颊上凝着的不是雨水，而是眼泪！

# 三十九

第二天一早，胡烈才起床，未及洗漱，已经有排军牵着马儿在他家门口等候，接他去衙门办公。辰牌时分，胡烈便到了县衙，被差人领着，打仪门经过，绕过一带青砖黛瓦的群房，进入内庭。那时，长官还没有来，下人端上茶，说县太爷正在前厅与雷总兵商谈民防团练的事。等了一盏茶的工夫，只见那任县令宽衣便服，笑呵呵走进来。胡烈连忙起身行礼，县令叫他坐下，问道："贤契，可用过早膳了？"

"禀大人，小生还没有来得及吃。"

县太爷吩咐下人道："就在这里放桌儿摆几碟小菜，熬一锅胡麻粥，烙几张大饼，我陪胡公子一起用早膳。"

说毕，两人分宾主坐下，须臾，下人端上粥来，一个红漆托盘内摆着四样齐齐整整的小菜。县太爷说道："昨日宗师张公一行人下乡察访义学，本官陪同，已向各位多次荐扬你的大名，贤契绩学有素，想来今年乡试，一定南宫入选。"

胡烈拜道："多谢恩师荐拔。"

县太爷又道："本官平生也是爱书之人，宦海多年，没积下多余银两，倒是积攒了不少古今书籍，贤契以后读书，也不用去买，直接到我书房，随你想看哪本，拿回去看便是。"

又鼓励几句："乡试将近，贤契用心举业，等忙完这一阵，我请县里的太学生一起到明堂会文、会讲，帮你结交延誉。以贤契之才，绝不会久居人下，他日风云际会，早晚一鸣惊人、一飞冲天。"

胡烈道："多蒙恩师用心费力，学生他日若得寸进，绝不敢忘恩背义。"

当下，胡烈连连拜谢，对县太爷的知遇之恩着实感激不尽。两人喝着粥，吃着咸菜，下人又换了两道茶汤，铜添兽炭，篆焚沉香。不一会儿，下人上来禀报，说王观察和何三官已经到了，县太爷连忙起身，叫撤去桌儿食具，让两人到议事厅等候。

任县令说："正好两位大人到此商议漕运，贤契与我一起去厅内议事。"

说罢，来到厅上，彼此问候叙礼坐下，下人看茶，便说到如何缉捕吴中帮盗匪的事上来了。任县令问："连日来，观察大人已经察访得实了吗？"

王观察道："卑职已经察访得实了，这吴中帮经常在芦苇荡小岛一带活动，那里水势纵横，港汊极多，背后靠山，扼江湖险要，贯南北要津。吴中帮仗着这险要地形，但凡有外来过往船只，便要在水上明抢暗夺，横行霸道，非只一日，往来客商受苦已久，敢怒而不敢言。老父台这次出手整顿水路，救民于水火，真乃地方百姓之福！"

县太爷听说贼人占据险要，易守难攻，眉头紧蹙，问道："既是如此，那官船好不好行？此番剿贼统共需要多少兵马？两千兵卒够也不够？总得有一个熟悉那里地形的人指路才好。"

胡烈道："大人不妨，小生家正好住在这芦苇荡附近，熟悉那里水势。且学生从小与附近渔民都熟，待小的去乡里渔场寻访，找一个熟悉芦苇荡地形的人出来，请他画一张地图，于夜黑风高时进兵，先安排好艨艟小舰，四面埋伏封锁，从中路直捣黄龙，想那贼人插翅也难飞。"

县太爷拍着手叫道："如此甚好！"

何三官人又递上手本，禀道："在下旬月察访，把贼人罪状都查得水落石出了，仅半年不到，吴中帮就打劫商船不下十次，上月初十日，吴小官人的号船载了盐引去江西贩卖，被贼人搬罄一空。本月初一日，沈、周两家载了两船青布，因未向帮中打点关税，被贼人烧得精光。本月初五日，本地渔民宋本顺误入芦苇荡水界打鱼，因未交保护费，被贼人勒逼，痛打一顿，至今将息在床上起不得身。"

任县令听了，咬牙骂道："岂有此理，简直无法无天了！税收，只有朝廷才能征收，这伙贼人竟敢明目张胆，冒用朝廷名义强收关税！我若不剿灭这伙贼盗，难平民愤！"

何三官道："这是手下勘察的部分贼人名册，请大人过目。"

任县令翻开名册，只见册子上面头一名就列着吴中帮贼首乌程青的名字，其后是范三爷、金二爷、飞天猴的名号，后面还列着一些名字，也列着一些只知绰号不知姓名的人。任县令看罢，又递给胡烈看，胡烈接过来，从上至下细看一遍，只见贼首中第五个赫然写着徽州布商吴炼澄的名字，再往下看至末尾，写着渔民夏老爹家的儿子夏开甲的名字。胡烈看罢，心头一惊，就像十五个吊桶打水，七上八下，背上直冒冷汗。

任县令侧过头，对胡烈说道："贤契，你就按照这名册上的名字，按图索骥，把这些贼人一个不落统统抓起来！"

胡烈稍稍迟疑，王观察说："我等众人当竭力配合胡公子抓贼！"

胡烈不及多想，说道："小的一定不负大人们厚望，势必全力以赴把这伙贼人一网打尽。"

任县令听罢大悦，又问王观察："现今剿贼的船只都已经备办好了吗？够不够？"

王观察道："前日下官已经发下令牌来，征调青衣江银盘村一带的渔船，加上县里原有的十二只舰船，共得船四十五只，可容三四百余人，应该够了。"

"若还不够，我这边盐商的号船可以捐出来，也有十一二条，一律是榆木做成的梁拱，平底方艄的大船，或可助大人一臂之力。"何三官说道。

任县令道："有你们几位得力干将，我何愁不能剿灭此群匪类？"那任县令随后又叫下人摆下午膳，就在前厅设宴，款待胡烈、王观察和何三官。席间，又与众人详细商讨了剿贼的计策，以筷为筹，发下号令，分配任务下去，只等整顿兵甲，备齐器械，摸清敌人巢穴居处和水况路线后，约定在十八日晚间，夜黑风高之时，趁贼人不备，大举发兵剿贼。

# 四十

自从任县令让胡烈担负起剿匪重任之后，胡烈一连几天都住在衙门，不是跟着王观察一起督造船只，就是与雷总兵一道整顿军容，难得回家一趟。不出旬日，把一支疲懒的新兵队伍训练得整整齐齐。看那旗帜招展，铠甲鲜明，兵容日盛，任县令不禁大喜。十三日一早，胡烈带着几个差人，骑马下乡，到渔场寻访熟悉芦苇荡水势的渔民，顺便招募水性好的人充当剿匪先锋。一连走了好几家，访得熟悉地形的渔民三人，招募兵卒二十多名，都临时编入水师，受王观察统制。胡烈让当地渔民绘出芦苇荡地形图，又问那些渔民："从这里到芦苇荡有多少里水路？沿途有多少港汊？吴中帮有多少人马？他们一般在哪里活动？湖泊中有多少小岛？小岛上可有木栅围栏哨所？"

渔民悉数解答道："这里港汊极多，路径甚杂，从东往西芦苇延绵三四里长，丈余高。大小岛屿也有十一二个，岛上都布置步哨，一有紧急情况，便以烽火为号，相互照应。贼人虽然常年盘踞水上，但岸上也有内应，且与商贾混杂一处，不知道他们到底有多少人马。"

胡烈又叫渔人在地图上标记港汊、暗礁、河道的位置，每一个地方都十分精细，无一遗漏。万事俱备，只欠东风。忙碌了一整天，及至黄昏，红日西沉，众人米粒未进，胡烈想到渔场离自家不远，便吩咐差人开了船，打算回马家坳家中生火造饭，暂歇一宿，等第二日再回衙门禀报。沿路经过夏老爹家，忽然想起名册上赫然写着夏开甲的名字，忙叫差人停船，登上夏老爹那只乌篷船，掀开帘子，走进去，问道："夏老爹，你儿子夏开甲不在？"

夏婶子听见有人说话，走出来说道："原来是胡烈兄弟，快进来坐，你夏老爹随着邻村张老二他们下烂泥滩打鱼去了，夏开甲还没回。"

"夏婶子，你儿子如今可还在帮会?"

"自你那天来说，我们便要夏开甲断开了，如今他只跟着他爹一起下河捕鱼，第二日早上背个篓子，随鱼伢子去鱼市贩鱼。"

胡烈听了，沉下一张脸，说道："夏婶子，我知道你儿子根本就没离开过帮会，如今知县大老爷缉捕名册上就赫然写着你儿子夏开甲的大名！大祸就要临头了，你还在蒙我哩！今日我特意到这里来，就是要你赶快去寻你儿子回来，叫他远避他乡，能躲一时便躲一时。县老爷不日就要发兵剿灭吴中帮，对照花名册上的名字，逐一缉拿一干人犯，不放过一人！"

那夏婶子见胡烈神情严肃，振振有词，当下便慌了神，问道："胡兄弟，这是真的假的?"

"当然是真的！"

夏婶子慌了，吓得话都说不全了，哆哆嗦嗦说道："诶……我这就开船去回肠湾找当家的，叫他赶快去把儿子找回来！"

胡烈说："赶快去，要不就迟了。"

从夏老爹家回来后，到马家坳已经亥时过了，胡烈叫人拴好马，喂了草料。又吩咐跟随的排军打着灯笼，去南街买米和酒肉回来，又叫差人生火造饭，做了四样荤菜，两样蔬菜，把胡老爹和他哥叫来一道，围坐在圆桌旁，一起吃饭饮酒。饭毕，又烧了热汤泡脚，跑了一天，皆已人困马乏，不一会儿就横倒竖卧，躺在地上打起了呼噜。

第二日一早，依旧叫差人开了船，顺河道而下，到了青衣江南岸码头下船，换成骑马，迤逦来到吴炼澄住的河房，敲门进去，吴炼澄正穿好衣裳准备去石泉桥会一位贩丝的广州客商，见到胡烈，倒有些吃惊，硬要拉着胡烈去对面石桥酒家去吃酒。胡烈推辞道："一大早，酒就不吃了，小弟我等会儿还要去外面办事。今日来，小弟特意有句话要跟大哥说，不管大哥听不听，小弟都要说。"

"三弟有什么话说?"

胡烈怕吴炼澄听了生气，迟疑了一会，终于鼓起勇气，还是那几句老话，迂回婉转地说了三遍，一再劝吴炼澄不要跟吴中帮的人往来，又劝他去外面暂避一阵，只是不说任县令不日将要发兵围剿吴中帮的事，也不说出是自己亲率水陆兵马，为此次进兵剿匪的指挥使。自然，吴炼澄压根就听不进去，反而沉下一张脸，不耐烦地说道："三弟，你专程跑来就是对我说这些老掉牙的话？我好端端的，为什么要躲？老子又没犯王法，怕官府作甚？"

胡烈听了，摇了摇头，心知再多劝也无益，寻思道："事不过三，小弟我已经好言好语连劝了三遍，已是仁至义尽了，可大哥硬不肯听，非要执迷不悟，一意孤行，到时倘若被官府追究下来，有个好歹，也就休怪小弟了。"

话不投机半句多，坐不下去，说的话也觉着刺耳，胡烈也不想一早就与吴炼澄吵，只吃了一口茶，寒暄了两句，便找了个借口，上马告辞。吴炼澄见他有急事，也就不留。

胡烈回到衙门后，又跟着任县令一道升堂听讼，决断公事，下午约了一群太学生在明堂会文，批评历年程科文墨，俨然是太学生之首，意气何等风发，整整地忙活了一天。

却说自那个晚上，江子游从洪家宅子酒店回到家里后，便着了风寒，一连两日卧在床上，茶饭不思，书也懒得读了。家里人都只道他生了病，熬汤煎药，嘘寒问暖，也不再催他读书了。江凤鸣去江子游房间看望他时，见他两眼无神，脸色苍白，一下慌了神，问道："你感觉如何？想吃什么？我叫下人去做。"江子游说什么也不想吃。"我儿，今日天气甚好，外面日光白花花晃眼睛，我陪你去院子里走一走。"拉着江子游来到后院，江凤鸣说起昨晚陪着大娘子一起去周令史家吃暖房酒，周令史殷勤好客，肴馔安排得十分丰盛，直吃到深更半夜才回。回来时，周令史又特意雇了两顶暖轿，叫下人打着灯笼一路送到家里。又说起周令史家新造的两座楼台，屋顶琉璃黛瓦，墙面朱红油漆，廊腰缦回，檐牙高啄，着实气派。

江凤鸣又说道："周老爹还一再问你怎的没来？我只好说你约了几个朋友一起去七里巷集贤书院会文。"

"他家玉凤姑娘，端的灵心慧性，不仅亲自端茶倒水，还带你两位娘一起去看她绣的锦绣台屏和江山多娇卷轴，对了，玉凤姑娘还特意给你绣了一个蟾宫折桂枕，意寓金榜题名，被你娘收着，她没拿出来给你吗？你娘见了那枕儿，直说绣得好，寓意也好，喜欢得不得了呢！"

江子游默默地听着，忽然停住脚步，抬头看着他爹，几次欲言又止，最后终于启齿道："爹，我有一件事想对您说。"

"什么事？"

"上次您说周令史欲与我家永结秦晋之好，两家往来，彼此都有这个意思，这话如今还算数吗？"

"当然算数！江、周两家门第相当，都是簪缨世族，若能结为亲家，自然最好，比起那个走南闯北的行商沈南风家，不知要强了多少！"

"那玉凤姑娘若真的像您说的那么好，我自然没什么意见，我看就选一个良辰吉日，把玉凤姑娘迎娶进门吧。"

"真的？你当真要娶玉凤？"江凤鸣诧异地看着江子游，露出难以置信的表情，"你不是在开玩笑的吧"？

"我可没心思开玩笑。"

"你想好了？我记得你之前还说你看上的不是玉凤姑娘，而是沈南风家的霜儿姑娘！"江凤鸣实在不敢相信他说的话。

"我什么时候看上霜儿姑娘了？"江子游垂下头，叹了一口气。

"那你还兴师动众叫我们去碧溪小林看人家？"

"我只是想让你们去那里看看风景，这……这有什么大惊小怪的！"

"好，好，你若要娶玉凤，我自然十二分同意，你娘和二娘也十分喜欢玉凤。那我明日就去周令史家下聘礼，告诉他这个好消息。等下我回书房，就去翻黄历，定好日子。"

江子游忽然道："娶玉凤可以，不过须答应我两件事。"

"呃，你说说是哪两件事？"

"一是成亲要早，我不想拖到节后去了。二是不要大肆铺张，两家人就请族里几位要紧的亲戚来家，置备水酒，一切从简。爹你放宽心，成亲之后，我自然会收心埋头读书，挣个出头。"

"我儿能如此最好！你说的我都依你，我想你周叔知道也不会多话。"江凤鸣激动地拉着江子游的手，他想不到儿子竟然会同意与周家结亲，而且还答应收心读书，一心功名，这实在太出人意料了！从院子里回来，江凤鸣欢欣地跑到厅里，急不可耐地把这事与大娘和二娘说了。二娘听了，伸腰说一句："奇怪！子游什么时候改变心意要娶玉凤了？"也不多想，就回厢房陪子钧读书写字去了。大娘听了，捏着手中的佛珠，合掌轻声念了一句"阿弥陀佛"。

# 四十一

第二日一早，江凤鸣就雇了一顶暖轿，到周令史家去提亲，周令史对子游早就属意已久，听了自然十分欣慰。玉凤姑娘在房间，隐约听到大人们正在说话，好像在谈论纳吉迎亲的日子，周老夫人坐在身旁，一边做着针织，一边朝玉凤微笑，笑得玉凤脸上一团红云飞过。大概觉得不好意思了，周玉凤放下手中针线，说道："女儿去园子里看丫鬟们荡秋千去。"说罢向她母亲行礼，款款走出厢房。大厅里，江凤鸣和周令史两人正聊得起劲，有说有笑，各叙通家情谊，回忆起当初在京城做官的时候彼此相契，想来这桩婚姻也是上天注定的。

江凤鸣又说："多谢亲家玉成，只是犬儿提出一个请求，希望婚事从简，不要铺张，不知尊意如何？"

周令史对此毫不介意，只说："这样也好，不过我只有此一位小女，婚姻大事，毕竟马虎不得。虽只请要紧的几位亲友和紧邻随喜，但是，这过门成亲的仪式是断不能少的，这样方显得郑重。"

江凤鸣道："这个自然，何须亲家多言！"

商定了十四日定聘。十六日大吉日，迎娶。十七日吃拜门酒。两家交换了定帖，江家备下金钏、金镯、金帔坠，又以丝绢百匹和花茶果物九盒下聘，意寓长长久久。周令史也从箱底里拿出一盒金银细软，两轴古人山水字画和三方上等钧瓷做陪嫁。大厅里铜炉火旺，桌上摆了瓜果糕点，茶汤数换。到了晌午时分，下人已经在凉亭备好酒席，周令史就请江亲家坐了上席，又叫玉凤亲自给江凤鸣倒酒，玉凤说："世伯请用。"

江凤鸣接过酒盅，朗声笑道："还叫世伯，该改口了哩！"说得周玉凤脸上绯红四绽，只顾低头不语。

坐了暖轿，回到家中，江凤鸣就叫江安开列单子，吩咐下人采办礼盒食材，为大婚做准备。忙碌了一个下午，江凤鸣回到书房，思量要请哪些亲朋好友，拿起笔，用方正的小楷写好一封封请柬。江子游另外也写了两张请柬，一张送给吴炼澄，一张送给胡烈，请他们十六日到府上吃喜酒。又犹豫要不要请沈霜儿，拿起笔，在花笺上才写了一个沈字，又搁下，踌躇了半天，思量来，思量去，把笺纸揉成一团，终究还是决定不请霜儿姑娘了。

第二日一早，吩咐下人拿了庚帖，先去青衣江河房吴炼澄家里，那下人见了吴炼澄后唱个肥喏，奉上帖子。吴炼澄当时正和陆元贞坐在河房客厅里吃茶，看了帖子，颇感意外，陆元贞问是什么事，吴炼澄笑着说道："是我二弟娶亲的帖子。"

"你二弟和谁成亲？"

"是与平乐门周令史家女儿周玉凤成亲，十六日迎亲，十七日拜门。你看我这二弟，平日里有说有笑，只这件事上却一字不透，把我们瞒得严严实实，临到要成亲了，才送个帖来。"

陆元贞嘟囔了一句："我原以为他喜欢的是霜儿姑娘，不想他娶的是周令史家千金！"因问："二弟娶亲，大哥打算送什么礼？"

吴炼澄说："我二弟成婚，做大哥的当然得送一份厚礼了。你也帮我参谋参谋，看送什么贺礼适合？要多少银子都不论它。"

两人商量着到底要送什么，思来想去，以为二弟是一个读书人，自然送山水名画、古玩珍奇这些雅物是最合适不过的了。

陆元贞又问："船舱里还有半船丝，昨日沈客官托人来问，要搭我们的大船运五百匹葛布、一百匹绢，一起去梧州发卖，你二弟结婚，那我们还去不去？"

吴炼澄说："我哪里有闲空？十五日是吴中帮乌老大请客，按照帮里规矩，十五日早上要祭陶朱公，晚上要祭河神，到时还要杀猪宰羊，放十二门火炮，请十八个道人跳大神，保佑商客一路平安，财源广进。十六日又是二弟成婚的大喜日子，我哪里抽得出时间？只好由你代劳带着那沈客官一起跑梧州一趟，把那些货尽数出脱了罢。"

陆元贞道："也罢，你放心去，船舱里半船货我帮你发卖。"

两个人一边吃着茶，一边清点这半年来贩丝麻、葛布的账目，吴炼澄又交代陆元贞去梧州后在大溪口下船，去南迁道找一个叫徐三响的人接头。

却说江子游派去送庚帖的人先送了吴炼澄家，然后又赶着去马家坳见了胡烈，奉上庚帖，胡烈见了请柬，同样感到意外。又看了看帖子上的名字写着周令史家的千金周玉凤，反而放心了，寻思道："看我这二哥，忽然就要成亲，把我们瞒得密不透风。更想不到二哥要娶亲的对象是周令史家的女儿，既然如此，我与霜儿姑娘之间的事也就没必要遮遮掩掩的了。说来也好笑，我喜不喜欢谁，我与谁好或不好，是我自己的事，何必顾及二哥呢，何必连这种事也在二哥面前躲躲藏藏的！"醒过神来，对那送庚帖的人说道："我晓得了，你去上覆你家主人，十六日一早我定去二哥家恭喜！"那人拜谢后回去了。


# 四十二


胡烈安排他父亲胡老爹胡乱吃了些汤饭，回到房间换了一身簇新的绿绫袍子，束上鲤鱼锦带，脚踏牛皮长靴，头戴一顶纱帽，骑着青骢马，去衙门办公。到了县衙公堂上，见两边朱红交椅上坐着雷总兵和王观察等人，正等着和胡烈一起商量剿贼的事。县太爷见胡烈到了，叫下人点上茶来，让雷总兵先说如何布兵。雷总兵起身，打开那日胡烈所绘的芦苇荡水形地图，上面港汊、弯道、小岛、暗礁都标记得明明白白、一清二楚。雷总兵分拨兵力已定，任县令又问："众位看何日发兵剿贼最好？"

王观察摩拳擦掌说："事不宜迟，我看越早越好！"

胡烈说道："学生已经打听清楚了，十五日是吴中帮祭商圣陶朱公和河神的日子，这一日，帮众都要卸甲狂欢，杀猪宰羊，摆流水席，胡吃海喝，如同过节。不如趁这一日进兵，可出其不意，一举歼灭贼人。"

任县令说道："果是如此，那就十五日晚上发兵！"

商量已定，安排好计策，任县令叫各人回去准备。胡烈就在衙门后院住下，因是第一次担当剿匪重任，胡烈要在县太爷面前争个头功，故而格外尽心尽力，一门心思全部放在剿匪的事务上，不敢有丝毫松懈。

到十四日，校场点出两千士兵，水陆军马齐备，旗帜招展，铠甲鲜艳，任县令亲自巡视军容，四位巡检跟着，士兵们士气高涨，大声叫着口号，连吼三声，震彻云霄。

十五日中午，犒赏了兵卒，胡烈训话已毕，等到黄昏，从银盘村后面的老鹰岩上船，但凡过往渔船，不论大小，全部拘入军中听命。沿河所有村民，家家关门闭户，不得妄出。只见茫茫荡荡的河面上，泊着两三百只小船，中间两只大船，由胡烈和雷总兵坐定。最前面三只艨艟小舰，蹲着二十号士兵，由熟悉水势的渔民在船头引导。只见那雷总兵把令旗一招，那些小船就像离弦的箭镞一般，朝芦苇荡疾疾驶去。

快到第一座小岛时，看见远处火光漫天，隐约传来芦苇荡大寨中的锣鼓和歌舞声，想那帮会的人此刻正在祭奠河神，燃起篝火，请老巫老道们跳大神哩。原来，芦苇荡一带六七里水面上共有十二座小岛，宛如十二座烽火台，岛岛相连，护着大寨，如众星拱月。每座岛上都布置关卡，铁蒺藜铺地，栅栏沿岛重重围住，如铁桶相似，有帮会人站在塔台上巡逻守卫。一有紧急情况，就燃起烟火，放三响火铳，其他岛屿便闻风而动。此时夜黑风高，芦苇被吹得呼呼地响，为了不打草惊蛇，胡烈叫前面的小船藏匿在芦苇地狭窄的水道上，先派十五名水性极好的士兵，个个腰上都别着牛耳尖刀，各携一根四五寸长的芦管，潜到小岛岸边，趴在铁蒺藜下面，静听岸上巡逻人响动。只见那岸上四五个巡逻的，围着一团篝火，坐成一圈，正向着火。只听得其中一个人在抱怨说："呸！都是些什么人！他们倒快活自在，又饮酒，又吃肉，干撂着我们在这儿喝西北风，忍饥挨冻！"另一个说："老子们晦气，这大好日子，偏偏轮到咱们今晚当值。"又一个说："这大晚上，你们说会有什么事？官府早就不管我们了，乌老大他们也太胆小，太谨慎了，我看我们在这里就是自找苦吃！"不一会儿，又听到有响动声，从远处划过来一条小船，岸上走过来一个巡逻的，对坐着烤火的人说："换班的人来了，还带了酒肉。你们先吃了酒肉，再去哨所交接。"那烤火的人说道："酒肉在哪里？快拿过来！"不一会儿，有人抬着一桶酒，挑着装满猪牛羊肉的食盒来了，众人一窝蜂围上去，抢酒抢肉。趁着众人忙乱成一团的时候，趴在水底下的官兵猛地窜出来，跨过铁蒺藜，在夜色掩护下，沿着木栅栏，悄悄靠近，拿着牛耳尖刀，觑着那些胡吃海塞的人，往脖子上一抹，那些帮众便一个个如倒栽葱般倒下去了。官兵们又换了死人的衣裳，提着酒，爬到塔台上，塔台上巡逻的人看见了，喝道："什么人？"官兵递上酒肉说："大寨里送酒肉的来了！"那巡逻的见了，忙放下兵械，来吃酒，不提防后面的官兵赶上，一刀子捅下去，巡逻的人惨叫一声，一命呜呼。塔台上的官兵朝下面的官兵招手，示意已经得手，下面的官兵见了，便去砍开铁链，打开栅栏门，移走铁蒺藜。胡烈的大船和上百只小船藏在芦苇后面，等待消息，一顿饭工夫，前面探路的水手游了回来，胡烈问："怎么样？"水手打了个成了的手势，胡烈便令旗一挥，叫众人开船，绕过芦苇丛，急速往前，轻易占了第一座岛，把小岛上的栅栏拆了，把所有泊在港湾的船只全部拘入水师中，又朝第二座岛进发。片刻工夫，一连攻下三座岛，胡烈登上塔台，望着前面，不远处最大的一座岛上，就是吴中帮大寨了。

　　只见大寨中灯火荧煌，锣鼓喧天，一伙男女围着篝火手舞足蹈。流水席从寨头一直摆到寨尾，席上堆满了山珍海味，不远处卷棚内架着几口大锅，火烧得极旺，水滚得鼎沸。有人正在杀猪宰羊，剥皮剔骨，还有人拿着托盘，盛着海碗，进进出出。大寨靠东边，有人正在放火铳，惊得芦苇里的水鸟乱飞。靠南边，有三顶大帐篷，挂着大红灯笼，两边窗户垂着青帘翠幔，里面笙歌燕舞，厨役抬着烹疱的羊羔进去，胡烈心想："想必那贼首一定在帐篷中饮酒作乐了。"须臾，只见正中间帐篷里面走出来一个人，对外面伺候的下人吩咐了几句，那下人便离开了，回来时提了两瓶酒来。胡烈极目望去，觑得真切，大帐外面那人不是别人，正是他大哥吴炼澄！胡烈大吃一惊，心想："我大哥怎么也在这里？"

正在迟疑之际，王观察爬上塔台，问胡烈："雷总兵要我问公子何时攻打大寨？"

胡烈说道："兵贵神速，趁这伙贼人正在胡吃海塞，即刻发兵，全力围剿！"

王观察下楼，领着四个巡检，传下钧令去。顷刻之间，战鼓雷动，舰船齐发，上千只箭镞如瓢泼大雨一般朝大寨射去，那些正在狂欢的帮众还没明白是怎么一回事，就一个个人仰马翻，死于非命了。帐篷里，贼首乌程青听得外面官兵来了，惊骇不已，心里焦躁，骑着高头大马，大吼一声，手持大刀冲出来，左突右闪，左砍右杀，却不提防斜刺里被守在外面的官兵拿长矛一把搠翻在地。吴炼澄见不是事，忙从帐后翻身出去，趴在阴沟里，趁黑摸索到岛上礁石边，见礁石旁泊着一条小船，一个人正卖力地拉着索子，因为慌乱，索子被浅水中的树桩卡住，拉又拉不动，定睛一看，是范三爷。吴炼澄便走上前，与范三爷一起把船拉过来，仓皇中，开着小船逃走了。

岛上那一帮贼人见乌老大已死，顿时寨中大乱，人们呼天抢地，夺命而逃，四面官兵早已蜂拥而上，持枪晃戟，如瓮中捉鳖。偶有负隅顽抗者，都被官兵一一击毙。不一时，帮众横尸遍野，有被刀枪砍杀的，有被大火烧死的，有跳下冰冷的湖水中淹死的，不计其数，还有不少帮众束手就擒。只一顿饭的工夫不到，官兵就一举平定了吴中帮。雷总兵、王观察等人都下了船，叫人拆了大寨，毁了围墙、木栅和路障，把一块替天行道和一块四海汇珍的牌匾，以及一切什物杂货全部堆集一处，付之一炬。张巡检命人清点伤亡人数，吩咐把被擒余匪都押解至船中，听候发落。只有胡烈，因怕遇到他大哥吴炼澄，坐在大船上不肯出来，就在船中握筹布画，发号施令。过后，王观察上船报道："共计杀死贼匪四百二十名，擒获贼匪三百一十名，缴获船只两百七十一条，搜出金银细软五箱，丝绢油布八车，牛羊马匹百头。"

胡烈道："可见这帮贼人平素搜刮了多少民脂民膏！"

又问："那贼首呢？"

王观察说："除范三爷和吴炼澄趁乱坐筏子逃走外，贼首乌程青被长矛搠死，金二爷、飞天猴等俱被擒拿。"胡烈听了，也就松了一口气，方才走下大船，亲临大寨检视。听下人报告说共计走了贼犯十名，除范三爷与吴炼澄两个贼首外，还有张三儿、刘兴儿、夏开甲等八人不知逃往何处，其余人等不是被杀，就是被擒。胡烈听毕，一面派人继续搜捕在逃人犯，一面连夜写书陈奏县衙，详叙平匪经过。

# 四十三

第二日一早，任县令奖掖有功人等，对胡烈和雷总兵等人大加赞赏："本官昨日深夜收到贤契平贼的捷报，兴奋得一宿没睡。此次平匪，众人齐心协力，劳苦功高，本官定当上奏朝廷，为众人邀功请赏。"

雷总兵道："若不是胡公子绘出芦苇荡水形地图，又叫那熟悉水势的人在前面引路，此番剿贼，哪有那么容易？"

胡烈道："全赖总兵和观察大人部署兵马，指挥有方，小人只是从旁协助，乐见其成而已。"

众人彼此谦逊了一番，说到此次贼首乌程青被杀，金二爷和飞天猴被擒，吴中帮群龙无首，官兵趁乱合力围剿，一举平贼，雷总兵便说："从此我们吴中再没有了帮会兴风作浪，还水上一片清平，是我吴中百姓之福，商客之福！"

胡烈叹息道："只可惜走了范三爷和吴炼澄两个贼首。"

王观察说："不妨，我已下令全城缉捕，谅这两个贼人不能跑到哪里去！"

任县令要犒劳众人，说道："我即刻叫师爷写文书奏报上司，为各位邀功，众位为平定贼匪，这大半个月来，委实辛苦，譬如我这贤契，为了剿贼，这半个月来一直住在衙门，难得回家一趟。今日中午和晚上下官留诸位都在衙门用膳，先为众将摆个小酒庆功，等到上司行文下来，再摆大宴庆贺，到时衙门贴出告示，举城欢庆。"说罢，吩咐下人去准备筵席，又从酒窖里开封了三十来坛好酒，杀了十头猪、十五腔羊、八头牛，凡是参与此次平匪的官兵都有赏赐。

胡烈忽然想起今日是十六日，二哥成婚的大喜日子，不可不去，便要起身告辞。县太爷说："这次平贼，贤契居功甚伟，我等正要举杯庆贺，怎可少了贤契？"挽留再三，胡烈坚辞道："今日是我兄弟成亲的日子，不可不去，等吃完那边的喜宴后，我再回来向各位敬酒赔罪，还请各位大人们见谅。"任县令听了，也十分通晓情理，便不再强留，吩咐胡烈骑了县衙的青骢马赶快去。又问："贤契，贺礼可曾备好？"胡烈说："还没来得及备。"任县令当即吩咐下人说："去我房间给贤契拿两匹金陵云锦、一方端砚和一方雨花石，权当婚庆贺礼之用。"又派了两名差人护送，胡烈千恩万谢，骑上高头大马，由排军护着，一路威风凛凛，径奔南风坡高塘口江家宅邸洋洋而去。

来到江宅，已快到晌午了。只见府上张灯结彩，笙箫回荡，灯烛辉煌。大门门首上写着"鸾凤和鸣"的横批，两边门旁写着"红莲开并蒂，彩凤乐双飞"的对联，字体遒劲有力，大红纸上金光熠熠。江安站在门口，穿着一套崭新的青色袍子，满面春风，恭迎四方宾客。旁边站着一名丫鬟，端一个龙凤雕花喜盘，盘中装着五色糖果，正在向来宾散发喜糖。只见那青石板地面铺满了花瓣，礼炮早已放过了十二响，迎亲的队伍早已抬着新娘子过了门，拜了堂。江凤鸣正在客厅与本地缙绅攀话，二娘也没闲着，忙着招呼本地官员的家眷，一片欢声笑语。只是不见大娘，却在后边正房佛堂内拈香拜佛。胡烈奉上帖子与贺礼，被下人引进中堂，点上茶来。须臾，只见江子游穿着新郎绛纱袍，戴着簪花幞头，脚踏粉底皂靴，急忙迎上去，一把拉着胡烈说："三弟，你怎么这么晚才来？叫我在门口张望了半天！"

胡烈起身说道："小弟因为公事来晚了，请二哥莫怪。"

看了看四周的宾客，又问："难道大哥还没有来吗？"

江子游道："哪里来！直到现在还不见大哥人影，真是急人。按理说，以大哥的性子应该早就来了，莫不是大哥出了什么事？"

胡烈心里明白，却佯装糊涂，说道："大哥他能有什么事？该不会是去梧州贩丝，路上遇到了风浪，因而耽搁了吧？"

江子游道："这也难说。"

不一会儿，江安过来说："少爷，老爷叫你过去哩！"

江子游说道："三弟稍坐片刻，我去去就来，等下大哥到了，咱们再痛饮几杯，我正好也有很多话要对兄弟说哩。"

说罢，来到江凤鸣那儿。原来是江凤鸣要向自己儿子介绍江南州府上来的几位官员，替他结交延誉。这几位官员都穿着圆领宽袖的便服，口称江子游年侄，向他恭贺新婚。江子游向几名大人行了礼，敬过酒后，寒暄了几句，找了个借口，又折回到中堂，见胡烈还坐在朱红交椅上，问道："大哥还没有来吗？"

"没有来。"

"怪了！"江子游嘟囔了一句，心想："大哥到底出了什么事？按理，今日是我成婚的大喜日子，大哥不可能不来。"心下焦虑，想着还是放心不下，忙叫家仆刘团儿过来，吩咐道："你去青衣江南边洪家宅子酒店隔壁的第二间河房一趟，看看我大哥吴炼澄在家没有？"

刘团儿道："少爷，今日是你大喜日子，他不来得了，你还要去请？"

"你晓得什么？叫你去便去！"江子游呵斥了一句，话还没交代完，只见江安走进来说："刚刚有一个人送了一大担礼过来，上面写着吴炼澄的名字。"

"是我大哥来了?"江子游喜出望外,急忙走出去,胡烈也连忙跟着出去看。

只见台阶上立着一个送礼的人,穿一件粗布葛衣,戴一顶牛皮毡帽,脸颊上一块黑斑,背有点驼,是一个陌生男子,并不是吴炼澄。江子游问那人:"我大哥没来?"

那人见了新郎,唱一个肥喏,道一句恭喜,回答说:"吴大哥他有事来不了,叫小人送了这担礼过来。"

"我大哥如今在哪里?他没说因什么事不来了?"胡烈问。

"他说这几日要去外面走一趟,匆忙背了个包裹,倒没说因什么事,只是说做兄弟的这回对不住二弟了,改日瞅个方便,定来赔礼贺喜。"

胡烈假意道:"定是我大哥回来后又要去南边贩丝,这等匆忙,故此叫了一个人先送了礼过来。"

江子游听了也就罢了,再看看那担礼,里面装着十字锦屏、古人山水和行书轴卷、一床上等蜀锦被、两双金陵绢丝枕、一对人参羊羔酒、三方汝窑观音瓶,样样精美,应是花了不少银子。江子游叫人把礼物抬进去,又请送礼人进大厅上座,看茶,热情款待。吴炼澄因事没来,江子游多少有些失望,幸好三弟来了,稍感慰藉。等待晌午上了酒菜,江子游见外面宾客满座,人声嘈杂,不便说话,就要下人在书房另摆一席,请胡烈去书房内说话。

两兄弟坐在一张小圆桌上,只见江子游的书房布置得甚是清雅,一道仕女屏风隔在进门处,对面是一个博古架,中间一层排着一字线装书,左右各放着一对汝窑荷叶洗。沉香木做成的书案旁,摆着一只长颈的兰花瓶,里面插着字画卷轴。书案后是榻,三面围子,榻后面为床,帐帘漫卷。胡烈见了,自忖:"这就是我二哥的书房了!在这里读书,宛若瑶台仙阙,好不惬意,比起我终日伏在那破屋里一张掉了漆的光桌上读书,真是一个天上一个地下!"

"这才是我需要的书房。"胡烈心想。

江子游忙请胡烈坐下，吩咐下人拿出他大哥送的人参羊羔酒款待三弟。两人闲谈着吴中本地的新鲜事，又聊起科举文章，胡烈问道："眼见大比在期，不知二哥准备得如何？"

　　江子游笑道："三弟，你素知我的性子，我对功名之事向来不太着意，科考来了，只管闷着头去考；什么文章，但凭性情去做。做得好就好，做不好就罢，何必刻意去准备？"

　　"二哥天纵英才，文章天成，不用刻意功书，也能妙笔生花。不像我们这些驽钝之人，只晓得天天掉书袋，拾古人牙慧，还做不出一篇像样的文字哩。"

　　"三弟过谦，以三弟之才，入选南宫，料定易如反掌。"

　　酒过三巡，两人又谈起这一个月来秀才们都热衷于文会，彼此切磋，胡烈便问："后天县衙下面的正名书院就有一个文会，凡是太学生、禀员都可以去会文、会讲，二哥你去不去？"

　　江子游听了不以为意："说起来，前几年的文会还比较有趣，这半年来文会虽然越来越多，却也变得越来越乏味。有些人哪里是为了切磋文章才参加文会？为了混吃混喝还差不多。还有些人拿了一篇过气的文章，辗转参加两三个文会，如同赶场子一般，竟然不觉得害臊！"

　　胡烈听他这么说，也就不再言语了，只说："三弟新婚燕尔，和新娘子不胜绸缪，那些无聊的文会，不去也罢。"

　　不知又吃了多少杯，说起新娘子，胡烈便朝江子游挤着眉笑了笑，又把酒盅递过去，说道："二哥，这回就是你不对了，你和周令史家的女儿成亲，也不事先说一声，也好叫我们早有准备！"

　　江子游接过酒盅，苦笑了一声，似有难言之隐，欲言又止。最后，他只是低下头把酒盅的酒一饮而尽，这样一连吃了四五杯，醉了，开始说一些不着边际的胡话。江子游吐着酒气，喃喃呐呐地说道："你看我大哥，干的什么事？什么生意恁地要紧，难道比你兄弟结婚还要紧？就算你赚了一船的银子，家里牛马成群、米烂成仓，你有万贯家财，那又如何？只要你人来了，就算空着手来，也比什么都强！你人不来，送再多东西，我也不稀罕！你说说这天底下还有什么东西，能比得上兄弟之间的情义更为重要？"

胡烈说："是大哥的不是了，二哥结婚，做大哥的理应亲临才对。"

江子游又指着胡烈，烂醉说："还有三弟也是，我不好说你的！"

胡烈听了，红着脸，不解其意。

江子游继续道："你可知我为何这般急匆匆地成婚？还不是因为三弟你！"

"我？"胡烈听了越发莫名其妙。

江子游指了指窘迫的胡烈，又指了指房门，说："那晚在洪家宅子酒店木桶子门后面，我看见三弟与霜儿姑娘搂抱在一起，三弟呀三弟，你竟然恁地狠心，三不知地就把我心爱的霜儿抢走了，你难道不知道我心里一直喜欢霜儿吗？"

胡烈听了，脸一直红到了脖子根，连忙辩解说："二哥，你醉了！我和霜儿姑娘哪有那种事？"

江子游摆着手说："你不要瞒我了，我见你和霜儿姑娘，郎才女貌，倒也般配。是我配不上霜儿！三弟，你既然跟霜儿好了，那就要生生世世都对霜儿好，不能让她受一丁点儿委屈，流一滴眼泪，不然，做二哥的可跟你没完！"

说罢，江子游又涎着脸笑了，拿起鸡嘴壶倒酒，却发现那两壶羊羔酒都已经吃得精光。江子游觉得还不够瘾，嚷着要下人再去拿酒来。胡烈按着他的手说："二哥，不能再吃了，你醉了！"

江子游哪里肯听，嚷着说："我没醉！没醉！今天是我成婚的大喜日子，你兄弟……高兴哩！来，我们再吃……"胡烈见江子游醉得不轻，在那儿兀自手舞足蹈，连忙叫人去扶他到卧房休息。那下人去扶他时，反被江子游推了一把，还被呵骂了几句。吓得下人都不敢动了，只好去叫管家江安过来。江安一见江子游醉得一塌糊涂，拍着大腿说道："不好了，新郎官还没进洞房见新娘子，就醉成这个模样！这如何是好！"连忙扶江子游去榻上休息，江子游一躺到床榻上，就沉沉地睡着了。

胡烈总算松了一口气，起身回到大厅，向江凤鸣告辞。江凤鸣听说他是子游的结拜兄弟，又是同年科考的秀才，热心留他用了晚膳再走。胡烈心里却想着还要回县太爷府上参加今晚的庆功宴，众官们都在那里等他回去，怕晚了，于是坚决告辞。走出江府后，排军牵着马正在门外等候，胡烈上马扬鞭，一径回到县衙，正好赶上衙门开庆功宴，与衙门中大小官吏吃至深夜，便在公廨寓所内夜宿一晚。

　　第二日，胡烈酒醒，差人进来，说是江家的仆人送来回礼，等候回话。胡烈想起昨夜三弟对自己的一通埋怨，心中有些怫然不悦，便把回礼搁在一边。等回了江家仆人话后，心想，自己已经一连几日都没有回家了，不知老爹在家怎样。便辞了任县令，叫排军安排头口，送至马家坳。途经青衣江夏婶子家的那只乌篷船，蓦然想起逃走的夏开甲，便下马，叫排军在岸上等候，自己登上乌篷船，夏婶子和夏老爹见到胡烈，像见了恩人一般，倒头便拜，慌得胡烈连忙扶起两人，叫道："夏叔夏婶，你们这是怎的了？"

　　夏老爹道："胡烈兄弟，若不是你事先叫我家夏开甲与吴中帮断了往来，我儿恐怕早就没有性命了。我听得这里的渔民说，昨日晚上吴中帮被官府一锅端，尸横遍野，鲜血把整个芦苇荡都染红了，好不吓人哩！又听说帮中的乌老大也被杀了，帮中那些兄弟死的死、伤的伤，剩下的都被抓了去，关在地牢里不见天日！"

　　"是了，你家夏开甲人呢？"

　　夏老爹看了看外面，见那排军远远地站在岸上，看不见船舱里面，迟疑了片刻后，便叫了一声："我儿，快出来，拜谢恩人！"

　　只见从后面帘子里闪出来一个黑影，口里叫着恩人，当着胡烈的面就拜了三拜。胡烈扶起夏开甲，又对夏老爹说道："现在官府缉捕逃犯正凶，这船恐怕也不是藏身之地，官府迟早会搜到这里来。我看还是叫你家夏开甲远走他乡，躲个一年半载，等风声过了再回来。"

　　夏老爹听了，唯唯诺诺，当即叫夏婶子替儿子收拾行李。胡烈又从袖口里摸出三两散碎银子，送给夏开甲，对夏老爹说道："给你儿子做路上的盘缠。"

夏老爹道："这怎么好？胡烈兄弟救了我儿一命，我们怎么还敢再要恩人的银子？"

胡烈说道："就收了吧，平日夏老爹你对我爹照顾有加，让我爹空吃了你家不少米酒，我在你家也趁过不少次食，这些恩情我都记在心里的。"

夏老爹听他如此说，便把银子收了。又叫夏开甲再次拜谢了胡烈，叫夏婶子端上茶来，又帮夏开甲收拾行李。那夏开甲辞了他父母，连夜往高邮方向逃去了。


# 四十四


却说成亲那日，江子游吃得酩酊大醉，倒在床上呼呼大睡。那时，新娘子穿着对襟大袖，段红长裙，身披霞帔，头戴凤冠，缀琳琅珠翠，插一股金钗，头顶上罩销金盖头，正在新房床榻上坐着，一颗少女心紧张得扑通扑通地跳着，眼巴巴地等着新郎官回来掀她的红盖头。见天色已晚，以为新郎官陪了客人，就要回房。可是，等了很久，不见新郎官来。想着今日新婚，贺喜的客人自然很多，也许留住新郎官一时走不开也未必。又等至夜深，客人都已散去。问身边丫鬟新郎官是不是还在陪客？丫鬟说不知道。又叫丫鬟去外面看看，那丫鬟儿遍寻新郎官不着，最后，终于在书房找到新郎官，回来报告说，新郎官吃醉了，正在书房榻上睡得香哩，怎么叫都叫不醒，请小姐独自儿将息。周小姐听了，自己把销金盖头掀开，咬了咬嘴唇，一副热心肠犹如被泼了一瓢冷水，两边的香腮上忍不住暗自落下两滴眼泪。

第二日一早，新娘子起了床，在铜镜前把眉儿描得细细的，发髻挽得高高的，穿着翠兰花纱衫儿，梳妆打扮后，上堂前拜公婆，先是向江凤鸣敬茶，再依次向大娘和二娘敬茶。那时，江子游站在一旁，头依然昏昏沉沉的，奄拉着脑袋斜视了周玉凤一眼，忽然觉得玉凤在晓烛红光的辉映之下，竟显得楚楚动人，她带着发髻的样子，与沈霜儿倒有几分相似，这让他感到莫名的惊诧。江凤鸣对这位新媳妇甚是满意，他还不知道昨晚子游因吃醉了酒，一个人睡在书房，把新娘子冷落在一边。

江凤鸣吃过茶，又送了新人一对祖传的玉坠，叮嘱子游与玉凤夫妻间要像这对成双的坠子一样不离不弃，相敬如宾。大娘也送了自己亲手缝制的两件鸳鸯罗衫，二娘送的则是一股金钗、两珠金环。

二娘说，江子游成了婚，就会变，果然如此！婚姻竟然有那么神奇的魔力，令江子游真的变了，不过，他变得更加沉静，变得更不爱说话了。有时他会想入非非，望着天边的飞鸟，听着林间的虫鸣，看着帘外的潺潺细雨，忍不住像古时的骚客一样吟诗一首。周玉凤在一旁听见他吟诗，也会动情地跟着唱和。周玉凤虽是个女流，可从小跟随父亲一起温习诗、书、礼、乐，才气不输子游，吟出来的诗与子游一样好，甚至还高出一筹。这时，子游听见她酬唱附和，便会心一笑，算是从中获得了些许慰藉吧。

婚后的日子过得平淡无奇，波澜不惊。周玉凤作为江家的媳妇，伺候公公婆婆殷勤周到，对待下人大气也不曾呵过一声，家人无不信服，就连一向待人苛刻的二娘对玉凤也是另眼相看。只是，子游对待玉凤时冷时热，若远若近，总感觉两个人之间隔着一层无形的屏障，让人看不透，也摸不透。有时，江子游坐在书案前用功，周玉凤则在一旁绣花，并偷偷盯着江子游看，她想从他那忧郁的眼神里看见他真正的样子，摸透他的心事，结果她看到的是真诚、稚气、悲伤、无奈……她想，他因何快乐？又因何悲伤呢？也许，现在的他还令人看不懂，只需慢慢忍耐，等日子久了，她终究会知他、懂他。

眼看科考将近，江子游真的收了心，一门心思读书。书院里的几位朋友约他一起去参加文会，他推辞不肯去。那日，宗师下来，督察义学，顺道接见太学生，在明堂劝学，并当堂点评太学生写的文章。县里的秀才都去聆听教诲去了，唯独他一人守在沉潜斋，读书自得其乐。他还不知道，在吴中一带，他的三弟——胡烈，已然成为太学生之首，那日，胡烈的文章被学道大人奉为圭臬，深加激赏，逐字逐句被宗师品评，一时传为佳话。嗣后，任县令升了胡烈做本县主簿，又亲自领着他去东京拜会了几位当道大人，叫他把自己做的几篇花团锦簇般的文字投递上去，受到那几位大人青睐，一时，胡烈风头无二，对于今科登榜，那是势在必得。

自从江子游成婚后，平淡的日子又过去了十来天。这一日，江子游闲来无事，陪江凤鸣在院子里下棋，玉凤陪二娘看丫鬟们收拾园子。忽然，江安进来，向江子游递了个眼色，江子游就知道江安有话要说，于是找了个借口，走出来，江安附耳说道："你结拜大哥吴炼澄在门口等你，叫少爷快快去。"

江子游听见是大哥来了，连忙说："你怎不叫我大哥进来坐？"

"他不肯进来。"

江子游整了整衣服，连忙走出去。那时，吴炼澄戴着一顶破斗笠和青色头巾，穿着一件黯淡破旧的蓝布衫，一见江子游出来了，便高兴地迎上去说道："二弟！恭喜你新婚大喜！"

"大哥，这阵子你去哪里了？怎的这副打扮？快，快进屋里坐。"江子游拉住吴炼澄的手，不胜欢喜。

吴炼澄说："为一些小事错过了二弟的大婚，也是一言难尽。我就不进屋了，你成婚当天，做大哥的没来，心中惭愧。我如今在城南伍子街水月楼备了一席酒，算是赔礼，走，我们去那里吃酒，比在这里自在些！"

江子游素知他大哥的脾气，见他不肯进屋，也不强求。江子游说道："待我回去向家人告知一声就出来。"于是，跑到院子里，向他父亲和他娘子扯了一个谎，说是集贤书院的院长病了，约了廪中的几个秀才一起去看望，晌午不回来用膳了。

江凤鸣问："院长怎的就病了？"

"他年纪也有那么大了。"

"听说是着了风寒。"江子游补充道。

周玉凤说道："相公早去早回。"

江子游等不得这一声，连忙披了一件褐色敞口大衣，跟着吴炼澄一起来到伍子街水月楼。只见暖阁内，四壁各贴着梅、兰、竹、菊图，条案上坐着一方太湖石，架子上摆着福、禄、寿、喜四个瓷瓶，大圆桌上是八色珍馐。炉添兽炭，香霭袅袅。两边青帘垂下，灯烛荧煌。陆元贞正歪坐在一把圈椅上等着，见吴炼澄和江子游到了，忙起身致礼。

吴炼澄笑道："只差三弟了，我已叫人去请，他即刻就到。"

江子游卷起帘子，看看四周，说道："这地方倒挺清幽。"

陆元贞吞着口水说："我们还是一边吃酒一边等胡烈兄弟好了。"

"小二，快暖酒上来！"吴炼澄随即叫酒馆儿荡了一壶姚子雪曲，给每人的酒盅内倾上满满的热酒。

江子游吃了一口，问道："大哥，你实说，近段时间你到底去哪里了？在做什么？我成婚你也不来，害得小弟站在门口悬望半天。因你不来，小弟心中惆怅，新婚之夜，和三弟两个喧得烂醉。这些日子以来，我是既想念大哥，又忧心大哥。"

吴炼澄笑道："多谢二弟挂念，实不相瞒，二弟成婚的前一日，我在芦苇荡大寨和吴中帮兄弟们吃祭祀陶朱公和河神的酒，原本打算第二天一早就从岛上坐船去你府上恭喜。不想当晚，官兵趁帮会祭祀松懈时攻打大寨，那乌老大被官兵杀死，其余帮众死的死，伤的伤，被擒的被擒，我趁乱时，好不容易捡了一只筏子逃出来，总算捡回了一条命。现在想来，真后悔没有听三弟的劝告，以致有此惊吓。"

江子游说："没想到大哥出事，我还一直错怪大哥不来哩。"

陆元贞说："亏了大哥急中生智，从帐篷后面翻出去，不然，也遭了这些贼官兵毒手。"

吴炼澄说："这次官兵行动缜密，出其不意，应是事先打探了消息，有备而来。且说那晚我划到岸边后，不敢回青衣江河房，就在渔民家里躲了一宵。暗自庆幸还是可以准时参加二弟的大婚，挨到第二日天光，正要去你府上恭贺新婚，走到城门口，看见官府全城通缉的告示，上面第一个便是我的名字，我就想要是我这样招人耳目、大摇大摆地去二弟府上，倘若被当场抓个现形，岂不弄砸了二弟的婚礼？想到此，我便打道回府，又挨了一晚上，趁着夜深人静时，收拾了包袱行李，连夜坐船，投徽州我堂舅家避风头去了。"

几个人说着事情的来龙去脉，谈起官府的厉害，骂了几句难听的话。酒过三巡，忽然听到外面有人声，陆元贞说："是胡烈兄弟来了。"话音未落，只见胡烈掀开帘子前脚走了进来，后脚沈霜儿也跟了进来。原来，吴炼澄派的人去马家坳请胡烈来月楼吃酒，正好碰见霜儿姑娘跟胡烈在一起，便一并邀请。沈霜儿走进暖阁内，一眼瞅见江子游也在，便用手拍了一下他的肩胛，嗔道："好呀，江子游，你一声不吭就成了家，也不告诉我一声，连个帖儿也不发，你何人儿，我就这样不被你待见？还是你娶了那位高官家的小姐，怕我这村姑去了，掉了你的身价不成？"

说得江子游顿时不好意思了，脸一直红到了耳根子，急忙申辩："我哪里有？我只是……只是不想让……"

沈霜儿嘻嘻地笑着，说道："只是不想什么？瞧你心虚得说不出话来！"

吴炼澄说："霜儿妹子，你就别取笑二弟了，你看二弟被你说得那窘迫的样儿，这还没正式吃酒，脸倒红了半边。"

沈霜儿只管抿着嘴笑，仍然不依不饶地说："等会儿该罚二哥一大壶酒才解气哩！"又说："二哥，你娶了新娘子，只把她藏在家里怎的？也不带出来让我们瞧一瞧，还是改日我亲自登门去看望新娘子，让新娘子来评一评理，看二哥做的对不对！"一边说，一边拿出一件多子多福白玉籽儿玉雕，送给江子游："本来呢，要送一份大礼，因你不给我发帖儿，气到姑娘我了，故只送这一份微物，权当作二哥的新婚贺礼吧。"

那玉雕晶莹剔透，绝不是什么微物，江子游说什么都不肯要，沈霜儿便急起来，说道："你不要罢了，这是我送给我新嫂子的，又不是送你的，你替她收着！"硬塞到他手上，江子游无奈，只得收下。

众人谈笑着，分宾主坐下，叙了一些阔别已久的话儿。胡烈也问吴炼澄最近去了哪里。吴炼澄道："说来惭愧，后悔没有听三弟的话，险些儿丢了性命！"便又把官府攻打吴中帮大寨的事儿重新说了一遍，胡烈肚里早就明白，却故作惊讶，说道："我早就听到些风声，故此苦劝大哥，可大哥不听，还几次对小弟红脸，小弟怕伤了兄弟和气，也就不敢再劝，只是不想官兵的动作竟然如此之快！"

"三弟提醒的是，都怪我一时大意了，小看了这些贼娘的官兵。"

"如今大哥住在哪里？"胡烈问。

"我不住青衣江河房了，那里太不安全，我现在寄寓在二里头巷金华将军庙旁的一户渔民家里。"

胡烈听了，记在心中，默然不语。

江子游说："是兰溪边的二里头巷？那里离城更远了，以后是不是都难得见上大哥一面？"

吴炼澄说："是远，等这阵子风声过去后，我再搬回河房来住，河房那边还贮存着半船丝、两百匹布，劳烦兄弟们先帮我看着。"说罢又哈哈大笑起来，把那酒盅内的酒一口吃光，说道："就远也不妨，若我想要找兄弟们吃酒时，再远的路我也赶过来！"

"大哥，现在外面风声怎地紧，你干脆不要去外面贩丝了，趁此歇一阵子。"江子游实在担心他大哥的安危。

吴炼澄道："十八日，东营吴口镇沈遇春还向我定了半船丝，要到东江去发卖，已付了定金。沈遇春托人催了我好几次，我不去贩丝，岂不要失信于人？"

陆元贞放下酒杯说道："这不打紧，大哥，还是我去替你跑一趟吧。反正我跟着你也走了很多遭，对于这贩丝的行当也慢慢上手了。"

吴炼澄踌躇了一会儿，说："又要劳烦兄弟。"

众人在谈笑之间，吃光了那一壶姚子雪曲，还觉得不够瘾，又叫掌柜拿了两壶花雕，添了三个热菜。沈霜儿吃不惯这家酒店的花雕酒，叫店家泡了一壶菊花茶。吴炼澄听说科考的日子将近，县里的秀才们一个个摩拳擦掌，准备应试，便问二弟和三弟准备得如何？胡烈看了看江子游，江子游也看了看胡烈，两人都不说话，吴炼澄笑道："好，好，想必你们两个人都已经成竹在胸了，大哥提前预祝你们金榜题名。不过这功名之事，毕竟是身外之物，得之坦然，失之淡然，只要人生过得快意，比什么都强！"

江子游道："大哥教诲的是，我也这般想。"

吴炼澄因为没有参加江子游的婚礼，特意摆了这一席酒贺喜，自然酒席上大半时间都在谈论江子游成亲的事情，大家最感兴趣的莫过于江子游迎娶的那位新娘，都想看看这新娘子到底是一位怎样的姑娘。

沈霜儿笑着对江子游说："你哪一日带新娘子过来，让大家瞅一瞅呗！"

"是呀，让大伙儿都见见新娘子！"

江子游道："也罢，就定在本月二十六日，我和拙荆在府上摆个薄酒吧，到时请大哥、三弟、霜儿姑娘和元贞兄弟都来光临。"

吴炼澄说："好，那日我们一定来。"又侧过头问胡烈："三弟，你看二弟都娶亲了，你和二弟只相差一岁，你是不是也应该考虑考虑自己的终身大事了？"

胡烈有些困窘，不经意地看了一眼沈霜儿，支支吾吾说道："我嘛，还早，且一时还论不到这上面来。"

吴炼澄笑着说："说早也不早啦！这缘分来时，也许就在不经意之间，挡也挡不住哩！"

胡烈红着脸道："小弟现在确无此心，待今年大比过后，再谈论儿女情长吧。"说罢，又偷偷地看了把头微微低下的沈霜儿一眼。

"也好，莫让这些事分了你的心。你若看上了哪家的姑娘，可千万别像二弟那样藏着掖着，临到要成亲才发个帖儿来，把大家瞒得好苦！"笑了一番江子游后，吴炼澄又对胡烈笑着说："我天南地北做客贩丝，遇到的人多，要不大哥也帮你稍稍留意一下？"

江子游见胡烈甚窘，连忙说道："大哥，你就别乱点鸳鸯谱了！三弟若有喜欢的人，到时自会对我们说的，我们也不用性急，也许就像大哥说的那样，这缘来时，不仅不经意，还出其不意哩！"说罢看了胡烈一眼，又看了沈霜儿一眼。

吴炼澄眇着一双醉眼，又转过头来打趣沈霜儿："霜儿妹子也到了快要出阁的年纪了吧？"

沈霜儿朝吴炼澄手臂上拍了一下，笑骂道："又来！捉弄了胡烈一个还不够，又来捉弄我！"

"我可没开玩笑。若我们霜儿嫁人，得请清水塘十里铺的乐器班一路吹着打着，再让二弟三弟各出三道考题，那新郎官得先过了咱们这些做哥哥的这一关才能进门！"

沈霜儿白了吴炼澄一眼："若不能遇见自己喜欢的，我宁愿一百年也不嫁人！"

过了不久，两壶花雕也吃得见底了，看天色将晚，众人散了席，江子游先起身告辞，说答应了内人今晚要早点回家去。

陆元贞笑他："你们看，子游兄弟才结了婚，就要听他娘子的话，要服他娘子管了！"

沈霜儿道："人家新婚燕尔，当然得多陪陪娘子，哪像你们这群光棍儿一样，一天到晚只知在外面瞎混！"

众人都笑，又约好二十五日去兰溪二里头巷一起看望吴炼澄，顺便送些米和菜过去。至于青衣江河房里面堆放的那半船丝和两百匹布，陆元贞答应找人家尽快出脱。二十六日，江子游要在家里摆酒，请众人去他府上一聚，顺便见一见新娘子。二十九日，又是沈南风生日，众人约好要一起去碧溪小林给沈霜儿他爹庆生。替沈南风过完生后，就是一年的乡试之期了。等到下个月初一，江子游与胡烈相约从青衣江南亭口坐客船，一起去州府应考。


# 四十五


众人就在虹桥作别。似乎因为这一席酒，让胡烈和沈霜儿都多了一份心事，有说不完的话，却又不知道从何处说起了。在回去的路上，他们沉默着，沈霜儿走在前面，脸上掠过一丝失落的阴影，又像生气的样子。他们一直走过虹桥，过了三江口，雇了一条身长肚窄的乌篷船。胡烈见沈霜儿不说话，不安地问："霜儿，你在生大哥的气吗？"

"我为什么要生他的气呢？"

"刚才大哥那句玩笑话……"

"喏，没什么……"

沈霜儿上了船，临别时看着胡烈，对他那股读书人特别的木讷简直又爱又恨，心绪如风中的飞絮一般纷繁杂乱地散开去。

"科考就快了吧？"

"嗯，就在下个月初旬。"

"等你考完了，不管结果如何，我都在等……"

"喂，快点开船啦，干什么磨磨蹭蹭的！"有客人在催促船家赶快把篙撑起来。

沈霜儿的话还未说完，那船就像离弦的箭一样飞了出去。胡烈呆立在码头上，似乎听到了霜儿姑娘的叹气声，他一直看着沈霜儿的乌篷船远去，直到那只小船成为一簇簇碧波泛起的一点微光之后，才动身离开。此时，天空中寒云淡淡，低低地压在江面上。岸上已无行人了，惟有杨柳，一排排在风中低吟，像在对谁倾诉着什么，呢喃着什么。胡烈寻思，衙门离三江口不过两三里路，现在回马家坞却要走三十多里路，还不如去衙门寓所住上一晚，等明日雇了头口，再回家去不迟。于是，胡烈一路走到衙门，才回到府衙寓所，刚坐下，拿起一本书准备读，随从进屋，奉上帖子，是廪中学生请他二十二日去岳南书院会讲，因宗师进京，不能参会，便联名邀他充任宗师，点评太学生们的文章。胡烈哑然失笑，心想："这个却十分不当，我还是学生，怎么可以冒充宗师名讳！"过后，又有办事人送来公文，请他过目，都是关于本县粮马、税务、户籍等事务，纷纷杂杂，千头万绪，胡烈细细阅毕，俱分条批了。

不一会儿，又听到外面有人吆喝，原来是任县令刚刚从外面拜客回来。胡烈连忙走出来拜见，任县令延至厅上吃茶，说道："贤契在这里，我正要问，自从贤契做了这衙门主簿，已有半月有余，有司中须打点的大小事务，想必都已熟稔了？这主簿做得可还辛苦？下面的人有没有故意为难你？贤契若有什么难处，但说无妨。"

"自从老父台升了学生做主簿后，学生不敢有丝毫怠慢，总是一边学，一边做，各种典章制度都务求弄得明明白白，尚有疑难之处，也幸有同事相帮。事务虽然繁杂，却晓幸没曾出过什么纰漏。"

"那就好。你可别小看了主簿这个职事，这官虽说不大，可决讼断辟、劝农赈贫、讨猾锄奸、兴养立教，哪一样不关系民生大本？你身为主簿，样样皆要留心，事事都须躬亲，我特意把你安排在这个位置上，就是有心要历练你。"

"老父台用心良苦，学生感激不尽。"

任县令又说："好，贤契，我再考一考你。这一县事务之中，纷繁芜杂，千头万绪，可总有个先来后到、轻重缓急之分，我试问你，若治一县，何为当务之急呢？"

"学生以为若要治一县，当以劝农为要。"

"若治一国呢？"

"则以理财为要。"

任县令听了，深以为然，颔首称赞道："贤契此言不虚。古人云，'食足货通，然后国实民富'。又说，'农不出则乏其食，工不出则乏其事，商不出则三宝绝，虞不出则财匮少'。就连王荆公也说，'聚天下之人不可以无财'。"

两个人在厅堂内聊着如何为国理财，以为"农、工、商"三种，皆为国之重器，三者相互依赖，不可偏废一隅。理财之要，在于先要厘清三者关系，正所谓商借农而立，农赖商而行。农、工、商三者，本为一体，为国之根基。接着王荆公理财的名言，胡烈又问起任县令对荆公新法怎么看。那任县令沉思片刻后说道："单不说这新法的利弊如何，如今朝廷因新法而结成两派，相互倾轧，今日是这派得势，明日就换了另一派上台，让这新法早已变味。不少投机官吏，想趁机浑水摸鱼，卖主荣身，反遭其害，贤契不见上任汤县令就是活生生的例子吗？故而对于这新法，本官以为，无论哪一派得势，贤契都不要羡慕，而要时刻警觉，自应超然其外，不可轻易卷入其中。"胡烈听了，深以为然。两人正聊得起兴，茶汤两换后，忽而下人进来禀告说王观察来见。原来这王观察自从平定了吴中帮之后，又在他那在京为官的丈人一力斡旋下，荣升两级，被调往江都县任都监兼督漕运，不日就要搬取一家老小前往江都府上到任。任县令忙叫人引进，见王观察荣升，又多了一份恭敬之情，老远就拱手致意说："王大人荣升，可喜可贺！"

王观察回拜，又与胡烈答礼。

任县令问："大人几时动身去江都任所？"

王观察道："等交接完这边事务，上面正式行文下来，在那边看好房子后，于下个月初五日动身。"

任县令道："也好，容日本府再备个薄薄酒宴，请上一众同僚，为大人送行。"

俄而，王观察递上一个手本，说道："上次平定吴中帮，逃了几名贼犯，有司缉捕，昨日在一条破落户船儿上拿得贼首范三爷，以及从犯三名，分别是金鱼儿张三，铁臂膊毕老六，水猴子苗青。那范三爷招出吴中帮在十字坡猫耳洞内还藏有金银五箱，锦缎十二箱。现已全部追缴，入库充公。加上前一阵捕获的贼犯五名，目前只剩下吴炼澄一名贼首，尚不知下落。"

任县令看罢手本上的名字，说道："大人劳心劳力，本县清平，全赖大人维持！"

王观察道："卑职只是略尽本分而已。"

任县令问："漏网的那个吴炼澄，到底是何方神圣？偏偏跑了他？难道他有通天遁地的本领？"

王观察道："虽然不知这贼人的下落，但也有一些眉目了，只是不好说的。"说罢，王观察看了一眼胡烈。胡烈低下头去，因内心不安，不敢正视王观察的眼睛。

任县令道："要紧公务，有什么不好说的？但说无妨！"

王观察又看了胡烈一眼，因顾念同僚之情，稍稍迟疑，嗣后被任县令一再催促，只得趋身向前，在那任县令面前耳语了几句，那任县令一听便变了脸色，应道："是吗？这是真的？好，本官知道了，我自有道理。"

任县令不动声色地吃了一口茶，接着又咳了一声，望了一眼胡烈，似乎在等胡烈先开口。胡烈低着头，一声不吭。任县令沉吟片刻后，终于说道："贤契，刚才王大人查访出来，说你跟那贼首吴炼澄，以及一个叫江子游的人号称什么'江南三友'，交往甚密，这是真的假的？贤契何不早说？却把本官瞒得好苦！"

胡烈一听，慌了，连称惭愧，知道已经无可抵赖，急忙起身，低头谢罪，连声辩解道："大人，请听学生一言，事情绝非大人所想的那样！"

任县令道："容你细说。"

胡烈便道："早在一年前，我与那吴炼澄在鸡鸣湖畔相遇，结拜叫他一声大哥，那时，我只知他是从徽州搬来的一名贩丝商贾，并不知他与吴中帮有任何瓜葛。后来一次吃酒，学生偶然听他说与吴中帮的人有往来，学生当时便是一惊。自那以后，学生几次苦口婆心劝他不要与吴中帮往来，他不肯听，学生遂与他恩断义绝，从此不相往来。后来，学生被大人委以剿匪重任，又在花名册上见到他的名字，方知他是吴中帮贼首，那时学生也多方打听，想早日缉拿他归案，奈何一直没有他的下落。学生今日所说，句句属实，望大人明鉴。"

任县令听了，笑道："我也不是要责备贤契的意思，只是如今大比在期，我怕贤契与那贼犯因为牵扯不清，沾染污名，招人闲话，恐坏了贤契的大好前程。"

胡烈惊出了一身冷汗，数次分辩，一再保证后来与那吴炼澄已无任何关联，若知道他的下落，定把他缉拿归案，绝不徇私，如此也就掩盖过去了。

"贤契若能如此最好，我们为官的更要洁身自好，千万不可招惹非议，自毁前程。"过后，任县令又叫下人摆上瓜果糕点，焚一炉好香，三个人说了一些县中的逸闻趣事，又议论了一通吴中水运的利害关系。

# 四十六

等到第二日，整理好文书，处理完衙门公务后，胡烈叫排军安排马匹，回到马家坳。恰好遇见他哥胡北峰从赌坊回来，又向他伸手要钱，被胡烈劈头盖脸臭骂了一顿。

他哥犹自涎着笑脸说："兄弟如今做了大官，每日有大把的银子进账，就是给你哥一点零碎打打牙祭，又有何妨，何故恁般小家子气？"

"什么打牙祭，只怕又是去赌！"

胡北峰见他有些闷闷不乐，又问："兄弟怎么了？敢问是在衙门受了气回来？"

胡烈焦躁道："你兄弟昨日在衙门几乎栽了个大跟头，差一点前途尽毁！"

"是什么事？"

"你兄弟被县太爷一顿好说，说得脸上好没光！你却还在这里一味胡搅蛮缠！"

"到底发生了什么事？"

胡烈便把吴炼澄串通贼匪，县太爷知道了他与吴炼澄是结拜兄弟的事情说了一遍。

胡北峰听了，哈哈大笑说："我以为是什么要紧的事！这有什么难的，那吴炼澄既然是吴中帮贼首，通缉要犯，你自应去出首，证明你绝无徇私之心，把一切都撇得干干净净，说不定那县太爷还要在功劳簿上记你一笔哩。"

"说得倒轻巧！那吴炼澄毕竟是我结拜大哥，闲常也不时周济我，我去出首，岂不是害了他？"

"兄弟什么时候变得这么糊涂了！俗话说，大难临头各自飞，你这样帮他，到时反害了自己！他就算平时周济你，那也不过是一些小恩小惠，与你的锦绣前程相比，哪一个更重要？这样吧，你不肯出首，你哥代替你去出首，如何？"

"这恐怕不行吧？"

"有什么不行？你哥如今又没在衙门做官，跟那个吴炼澄又没半点交情，我去出首，最好不过。"

胡烈沉吟了半天，心想也只好如此了，于是，横下一条心。渐渐地，那脸上的愁容褪去了，换上了笑意，说道："事到如今，也别无他法了。那就有劳大哥去出首，只是在这件事上，千万不能在别人面前说出我的名字来。若上司有赏，所有的赏赐都归大哥，我一文不要。"

他哥听了，满心欢喜地问："真的？"

"那还有假！"

胡烈又把他哥叫到跟前，附耳说道："我昨日已经打听到那吴炼澄现躲在兰溪边二里头巷金华将军庙旁的一户渔民家里，你明日出首时，只说是偶然在二里头巷遇见，见与那画像上的人有八九分相像，让官府按照这个地址缉他归案！"

胡北峰说道："知道了，既然晓得他的住处，就如瓮中捉鳖，不怕他飞上天去！"

胡烈又从腰间的招文袋里掏出五两银子，递到他哥的手上，说道："这五两银子给你零用，可别再去赌了！"

他哥嬉皮笑脸地说："兄弟，你知道你哥也就好这一口，正如咱老爹好吃酒那口一样，你让我一时半会儿怎么戒得掉！兄弟尽管放心，我答应你，等今日过了瘾，以后再慢慢戒赌便是。"说罢，袖了银子，欢天喜地跑出去，依然去村口赌坊，窝在红漆的赌盘上，玩了一夜。

到了二十五日，吴炼澄托陆元贞去蓝桥酒店里买了一对上好金华酒，又去刘记铺子买了两匹锦缎、三匹绢丝。打算二十六日一早，去江子游府上吃酒时送去。到了晌午，陆元贞牵着一头驴儿，把东西驮过来了。吴炼澄因久居在二里头巷，住的地方是一个偏远僻静之处，附近除了几棵光秃秃的老树，临着一条浑浊的水次，难得见到一家像样的酒店，想吃酒时连朋友都找不到一个，把整个人都快要憋坏了。见到陆元贞送东西来，哪肯空放过！硬要拉着陆元贞一起去吃酒。可是，转了四五里路，倒是遇见几个小酒店，不是酒浑，难以入口，就是清汤寡水，连个猪牛羊肉都没有。吴炼澄气闷不已，一路骂骂咧咧，好不容易找到一家农户，院子里有一只生蛋的母鸡，还新酿了一缸烧酒准备过端午节喝。吴炼澄喜出望外，好说歹说，多加了一分银子，劝主人家把那院子里的鸡杀了，用生姜大蒜炒了一大盘鸡肉，清蒸了三条河鱼，炒了两个时令小菜，又打了两大壶烧酒，总算吃得入味。吃完那两壶酒还嫌不够，又添了三壶，鸡骨头、鱼刺吐了一地。一直吃到黄昏，陆元贞才起身告辞。吴炼澄又叮嘱他这几天记得把沈遇春那半船丝发过去，陆元贞说："大哥放心，我也不去子游兄弟那里吃酒了，明天我就去江口叫一条大船，把那半船丝运给沈遇春了账！"吴炼澄谢了，看着陆元贞远去后，方才转头往回走。

那时，吴炼澄已有醉了，一路上打着饱嗝，哼着曲儿，跟跟跄跄回到金华将军庙旁的房子里。到家后，衣服也不脱，脸也不洗，就和衣倒下睡觉，忽然听到外面有敲门声。

"是谁?"没人答应。

"是谁呀?"吴炼澄一连叫了两声，以为是渔民黄四家的小儿毛团在门外捣乱，吴炼澄心里焦躁，口里喃喃地骂着："这小兔崽子，又来瞎闹，让老子不得个清净！看老子不把你这小兔崽子吊在树上！"起身去开门，刚把门栓拨开，见黄四家的小毛团正站在门口，脸色惨白，两腿直发抖。吴炼澄正要打那毛团一个耳刮子，忽然听见一声喊，从毛团背后的木门两侧闪出四个彪形大汉，猝不及防，霎时就把吴炼澄掀翻在地，拿一条索子绑了。吴炼澄正不知何事，想要喊叫，忽然又一记闷棍劈头打过来，便人事不知，昏了过去。等醒来时，发现自己被囚在一辆铁皮马车内，四肢五花大绑，无法动弹，头皮还隐隐作痛。他连声大喊，又叫又骂，用肩膀撞着铁皮，撞得铮铮地响，都没人答应。黑夜中，他竖耳聆听，只听见那车轴滚动的嘎吱嘎吱声，就像疾风暴雨一样。那马车上下颠簸，行得却如飞一般快，卷起一地的尘土，不知要驶到哪里去……

# 四十七

到了二十六日，江府摆酒。众人都到了，独独少了吴炼澄。江子游心神不安，咕哝道："大哥说好了要来的，怎的还不来？"

胡烈心里已经明白了八九分，却还装糊涂，不慌不忙地说："大哥现在住的二里头巷离这里少说也有五六十里路程，现在还早，我们再耐心等会儿。"

江子游叫下人在院子中间的小亭里摆上瓜果糕点，煨了一壶君山毛尖，众人分宾主坐下吃茶，先是江凤鸣过来答礼，众人拜谢。

江凤鸣问沈霜儿："一向不见令尊大人，他的腿疾好一些了吗？"

沈霜儿说："托江伯伯的洪福，请任照溪看了，开了几服药，那老寒腿已经利索多了。"

江凤鸣又听说胡烈和子游下月初一日要同赴州府赶考，十分高兴，说了一些勉励的话。又举起茶盅吃了一口毛尖，皱着眉道："咦！这个茶不中吃，我叫下人去我书房拿上次郡王府送的极品金坛雀舌给大家吃。"

下人去了。须臾，周玉凤梳妆打扮已毕，出来陪客。只见玉凤穿着杏红丝裙，外面玉色云缎披袄，极为清雅的装扮，款款朝大伙儿走来，当着众人拜了一个万福。沈霜儿偷偷打量，见周玉凤头上戴一支杏花簪，耳上缀一缕明艳艳的祥云耳坠，随风而过之处，清香淡淡，环佩叮当之声不绝，端的如画中人物一般，美而不妖、雅而不艳。沈霜儿见了，上前拉着周玉凤的手，一口一声姐姐地叫着。

"今日才见姐姐真容，难怪二哥一直不肯对我们说，原来家里藏着这么一位如花似玉的姐姐哩！"院子中传来沈霜儿嘻嘻的笑声。

江子游向周玉凤介绍说："这就是我上次跟你说的霜儿姑娘，这位是我的结拜兄弟胡烈。"

玉凤向沈霜儿行礼,又向胡烈行礼。玉凤又对沈霜儿说道:"早就听见霜儿妹妹的芳名了,今日一见,果然不凡。"

"姐姐才是惊为天人。"

"姐姐,你头上戴的是什么花儿?"沈霜儿问。

"是南街请王三爹打的丁香花样式珠翠儿,我请青石巷的王三爹打了一对,一个是丁香花儿的,一个是紫荆花儿的,我戴丁香花儿,那个紫荆花儿就送给妹妹戴好了。"

"生受姐姐的东西,却没什么礼物送给姐姐,怎么要得?"

江子游在一旁笑道:"你前几日不是送了玉凤一个白玉籽儿玉雕?"

沈霜儿道:"姐姐新婚,没什么可送的,那玉雕原是我去普安寺烧香求来的,但愿姐姐不要嫌它轻微便好。"

"妹妹说哪里的话,还是妹妹有心。"

众人说了一些闲话,吃光了那一壶金坛雀舌。二娘吩咐下人过来邀请大伙儿去后园亭子里坐,说已经叫下人在亭中重新摆了瓜果糕点,还请了两个会唱南曲的弹阮筝,再说后园初春的景致虽不比吴中的叠翠园,尚可一观,请胡烈和沈霜儿一起去走一走,散散心。

眼见快到晌午时分,吴炼澄还是没有来,江子游觉得奇怪,心里直犯嘀咕:"大哥是不是又发生了什么事?这会儿还不来,奇怪,就连平素最积极的元贞兄弟也没有来。"心里总是放心不下,催促江安骑着马儿去路上看看。

胡烈安慰道:"元贞兄弟应该是去梧州贩丝去了,大哥是不是还挂记着沈遇春那半船丝,也跟着一道去了梧州?二哥,我看你也无须这么挂心不下,你又不是不知道大哥那性子,他经常走南闯北做客商,哪一日闲得住?"

江子游见胡烈说的也在理,嘀咕了几句,也就不再多想。不一会儿,二娘叫下人撤去石桌上的扬州糕点,换徽州的八宝锦盒,里面装着墨子酥、烧饼、乳鸽、板鸭等什锦。下人领着两个唱曲的过来,二娘请沈霜儿拣了一套江南小令《木有枝》,周玉凤叫他们唱《三生石》,那两个唱曲的分立两旁，一个拨阮、一个弹筝，唱了半天。过后，江子游带着胡烈去书房看他新做的一幅字画，顺便谈论科举文章。家里女眷便在后园信步闲走。沈霜儿对周玉凤说："明日是家父生辰，二哥和大哥约好要一起去碧溪小林，姐姐也一定要来。"

玉凤笑着说："准定来。"

霜儿又对大娘和二娘说："请两位娘也一起去。"

大娘说："我便不去了吧，明天是观音诞，又是十日斋，让二娘带着玉凤一起去好了。"

二娘是一个口无遮拦的人，笑着说："上次我们带着子游去碧溪小林相亲，承蒙你爹拿出新酿的糯米酒招待我们，那酒入口清甜，又吃多不醉，我正想着哪日要再去碧溪小林，尝尝那酒的滋味哩！"

大娘听二娘说出子游曾去碧溪小林相亲的事，见玉凤又在一旁，唬得脸色都变了。因怕玉凤多想，连忙咳了一声，算是提醒二娘不要再说了。可是，周玉凤在一旁早已听见，此前，她也曾听家里的丫鬟说起子游去相过亲，看过一个姑娘，似乎还对那位姑娘十分满意，也不知为何没谈成。那时，玉凤只当一个笑话来听，没想到这姑娘就是面前的沈霜儿。周玉凤站在园子中出神了半天，默然无语。

沈霜儿笑着向二娘说道："那酒还有的，二娘若喜欢，下次我亲自带过来送给二娘。"

二娘并不知大娘咳嗽的意思，犹自说道："霜儿姑娘真好，可惜我家子游没有那个福分。"

大娘见二娘越说越不着边际，连忙支开话题，说："霜儿姑娘，那时去碧溪小林，落木萧萧，地上铺了一层厚厚的金黄，如今初春时节，想必林中的树叶都绿了吧，你园圃中的花儿也都开了？"

沈霜儿道："都陆陆续续开了，迎春花、兰花、杨花都次第开了，海棠花要稍晚一点儿，此时正好在花圃中摆个桌儿，端上新酿的糯米酒，请大娘、二娘和玉凤姐姐饮酒赏花哩。"说罢拉着玉凤的手，一边往前走，一边说："姐姐一定要去碧溪小林走一走，那园圃里的花牌上面还有胡烈题写的小令。"

　　她们转过园中的小山，穿过一排埋在地下露出半身的土陶色酒缸，转过一个角门时，周玉凤偷偷地看了沈霜儿一眼，心想：她这样好的容貌，又这样无忧无虑，谁见了都会喜欢她吧，我若是个男儿，应该也会喜欢上她这样的女子吧。不知为何，周玉凤心中感到一些失落，在这大好的春光里，在众人的欢声笑语中，却多了几分莫名的惆怅。

# 四十八

　　二十六日，众人一道给沈南风庆生。江凤鸣带着二娘、江子游和玉凤，坐着青布幕帘的红船去了碧溪小林。大娘没去，在家斋戒，只是精心给沈老爹和沈霜儿挑了一份礼物，由江子游代为转交。胡烈一早就在碧溪小林帮忙张罗了，沈霜儿在一旁看下人们打糍粑、榨果酱，林中不时传来欢声笑语。只有吴炼澄仍然没有来。前一天，江子游还让江安按照吴炼澄上次在水月楼说的地址去二里头巷找他，找遍了二里头巷附近的孤村野店，也没有看见吴炼澄。江子游又让江安去青衣江河房找找看，河房中的那些丝麻葛布都还在，只是蒙了一层灰，门梁上挂着一只酒葫芦，空的。房下两旁几枝寒梅疏影横斜，河水静悄悄地从树下流过，四处都不见吴炼澄的影儿。

　　沈南风穿着青衣道袍，系着茶褐銮带，穿丝鞋净袜，如山中隐士一般，殷勤款待江凤鸣一家。彼时，符老爹、魏三叔、鲍二叔也来了，还与江凤鸣在云逸亭下了两盘围棋。听说江子游娶了周家的姑娘，沈南风颇感可惜，可是看到胡烈一表人才，言谈不输子游，虽然身世清寒，但前途可期，并且又与霜儿相处甚欢，也就稍稍放宽了心。

　　自从碧溪小林回来后，江子游依然感到心神不安，又亲自跑到码头去向那些贩丝的客商打听，都说没有见过吴炼澄。问有没有看见过陆元贞，那贩丝客人倒是说："看见陆元贞前几日开着大船和沈遇春一起去梧州贩丝去了。"江子游心想，也许大哥真的一起下江贩丝去了吧，"可是，大哥临行前为什么不对我们吱一声呢，就这样一声不响地走了，走得这么匆忙。"心中不免多了一份惆怅。日子就这样一日一日地飞逝，吴炼澄就好像从这片土地消失了一样，杳无音信。就连陆元贞，也不见回来。

自此之后，胡烈又硬拉着江子游去江声书院做了两次文会，又把各科墨程拿出来，反复研读。两人在一起时，便讲评时文，高谈阔论，激扬文字，挥斥方遒，直至傍晚方散。回家之后，又各自温书，常至三更半夜，仍不觉困倦。眼看就要到大比之日，江子游和胡烈各自打点好行装，江凤鸣亲自去上东集村雇了一条客船，付了十两银子船资。家人在门上贴了符箓，廊下挂了花钱。那日，恰逢下着绵绵细雨，周玉凤和沈霜儿举着竹伞，一路送行到南汀码头。江子游和胡烈登上客船，与玉凤和霜儿挥别，远赴州府应考。

却说吴炼澄被关在狱中，要汤不见，要水没有。心里想着二弟和三弟，忆起三兄弟一起吃酒游湖的那些日子，何等快活！如今却身陷囹圄，度日如年，不胜悲愁。一日，趁着新来的小牢子送饭之际，悄悄地对他说："我有一笔横财，小哥只需帮忙跑一趟路，就有几十两银子赚，不过举手之劳。"那小牢子终日在各房牢营中窜，经常捞些油水，什么事不知道？听吴炼澄这话，知道可以敲一大笔银子，便问是什么事。吴炼澄说："我有两个结拜兄弟，一个叫江子游，另一个叫胡烈，你去找他们，告诉我的下落，叫他们去伍子街找一个叫莫子秋的人，请他向州府衙门上下使银子，救我出去，我定有重酬。"说罢，从脖子上扯下一个玉马儿坠，送给牢子说："这点微物，权当路费，容日还有重报。"那小牢子接了坠子，眼珠子打转儿，心想就跑一趟便能赚几十两银子，天上掉馅饼的好事，何乐而不为？第二日，小牢子一头跑到江子游家里，这一日正好是江子游与胡烈一起去州府赶考的日子。江子游出门没过多久，小牢子找到江府，江安进去通报，把事情对江凤鸣禀告了，江凤鸣沉吟片刻，说道："我早就说那个吴炼澄江湖气太重，迟早要闹出事，果不其然！他如今托人来找我儿帮忙，我儿正一心准备科考，哪有工夫搭理他？再说，因他的事而让我儿分心，抑或是把我儿牵连，岂不是要葬送我儿的前程！"便扯了个谎，把那小牢子赶了出去，把此事瞒下，叮咛江安不得对外人去说。那小牢子吃了个闭门羹，又一径跑到马家坳，见了胡烈的哥哥胡北峰。那胡北峰巴不得吴炼澄打入死牢，永世都不放出来，故而也没一声好气，骂道："那吴炼澄自己犯了滔天大罪，早该送到刑场千刀万剐！我家兄弟是堂堂衙门主簿，清清白白，怎么会跟吴炼澄这种罪人称兄道弟？我没由头管他的破事做甚？"又劈头盖脸把那小牢子痛骂了一顿。那小牢子跑了一天，吃了一肚子气，悻悻地回到牢房。吴炼澄问他事情办得怎么样，可有眉目了？小牢子骂道："精贼骨头，你还好说哩？你那两个兄弟都是些什么人！不肯做人情救你也就算了，还连累把俺一顿臭骂。老子跑了一天没歇口气，没喝口水，跑得腰酸腿疼，遇见你这个败时脑壳、骗子，老子怎恁地晦气！"吴炼澄听罢，呆了，半晌说不出话来。那小牢子骂骂咧咧地走出去，干脆连晚上的牢饭都懒得送过来了。

　　过了两天，偏又下起了瓢泼大雨，雨水从牢房屋顶上直接倾泻下来，把牢房地面漏成了一条沟，草铺都打湿了，吴炼澄的衣服也湿透了。吴炼澄前一天才挨了一顿打，此时又冷又饿，在牢房里大叫大骂，又是要衣穿，又是要饭吃，又嫌牢房凄冷狭窄，臭气熏天。牢子们正在门口自在吃酒，笑话他："这厮到了这里，还当自己是大爷哩！"吴炼澄大怒，指着牢子骂娘，又大声苛骂："等老子出去，叫上我两个兄弟，把你们全部剁碎，扔到大江大河里去喂鱼！"一个牢子被他张狂的话激怒了，走过去，朝着吴炼澄握着牢门木栅的手就是一鞭子，喝道："呀嘿！你这个打脊奸贼，已沦为阶下囚，嘴巴还这么不干净！人还这么不老实！你是什么东西，我看你准是活腻了！"到了晚上，吴炼澄手上被鞭打的血迹未全干，腿上、背上的皮肤全部皲裂开了，又饿得实在两眼昏花，坐在湿漉漉的地面上，有气无力地叫着二弟和三弟的名字。

　　一个年老的牢子听见了，问他在呻吟什么？他扯住那牢子的衣裳，嗫嚅道："你帮我去找我两位兄弟，我二弟叫江子游，三弟叫胡烈，让他们救我出来，我给你十两金子！"

那牢子还以为他在说胡话，所谓的二弟、三弟，在牢子眼里不过是瞎编的鬼话，子虚乌有。况且，像这样的鬼话他在牢里不知曾听过多少异想天开的犯人说过，便忍不住笑出声来。

"你咋不叫我去请玉皇大帝来救你？"牢子嘲弄道。

"你不肯去找我二弟和三弟，那去邮亭街找一个叫吴有洊的人，找到他后，让他给州府的宋大人写一封书子，我也给你十两金子！"

牢子见他衣衫褴褛，蓬头垢面，并且，有了前车之鉴，哪里信他有什么金子！一把扯开他的手，啐了一口，说道："你就老实点吧！你这个穷鬼，简直白日做梦！你哪里来的金子？什么二弟三弟？什么吴有洊？你刚才叫的人名中，我们衙门里倒是有一位同名的老爷也叫胡烈，就是他派人平了你吴中帮！"

吴炼澄说："那你让姓胡的过来见我，我要对他说话！"

那牢子笑道："胡老爷也是你能见的？再说他哪有空见你？如今胡老爷是我们老太爷跟前的大红人，他已经上了去州府的大船，参加科举，这会儿应该已经到了枫林渡口了！"

吴炼澄忽然想起来了，这个月初八日，就是乡试之期，对了，二弟和三弟应该已经在去州府的路上了吧，那衙门的胡老爷是不是就是胡烈呢？吴炼澄苦笑了一声，摇着头，自言自语地说："不，不，他怎么可能是胡烈呢？他是衙门的胡主簿！"

那牢子见吴炼澄低垂下头，满身伤痕，口里还在念念有词，却再也听不清他在说些什么了，心里倒有几分同情他起来，便解下腰间的一个酒葫芦，递给吴炼澄说："喂！这半壶酒，送给你这老鬼吃，暖暖身子，不过记得吃完酒后得把酒葫芦还我，我等会儿过来拿。"吴炼澄接过酒葫芦，凄然一笑，眼巴巴地看着那牢子走了出去。此刻，风也住了，雨也歇了，似乎一切都在幽暗中沉静下来了。吴炼澄坐在地上，呆呆地看着牢门外，倍感凄惨，吃一口酒，苦笑一声，又吃一口酒，又笑一声。他佝偻着腰，举起一只手，高高擒起那只酒葫芦，对着从窗台射过的白月光，说道：

"二弟，敬你这一杯酒，祝你早日金榜题名，显祖荣宗！"

说完咕噜痛饮一口，又换另一只手，仍然高高擒起那只酒葫芦，说道："三弟，敬你这一杯酒，祝你早日高中魁元，将来做个好官！"

说罢，又大饮一口，继续说道："二弟、三弟呵，我再敬你们这杯酒，无论你们以后到哪里，做多大的官，请都不要忘了你们的大哥，也不要忘记我们三兄弟在一起的美好时光！"说完，把那葫芦里的酒咕噜咕噜几口一饮而光，吃罢，抹一抹嘴，又是纵声一笑，那笑声甚是凄厉，甚是刺耳，像尖刀一样划破了静静的长空，让守营的牢子们听了都不寒而栗！

不觉光阴似箭，科考完了后，又过了半个月，朝廷放榜下来，胡烈考了第二等第三名，江子游考了第三等第四名，都巍然高中了。两人意气风发，激动得相互拥抱在一起。想到十年寒窗，终于扬眉吐气，胡烈更是喜极而泣。当日，便差人骑一匹快马，先回家报喜。江子游又拉着胡烈去贡院旁的酒馆内吃酒庆祝。想起去年因为考场失意，同游金山湖，悻悻而归。如今金榜题名，仍然约好一起同游金山湖。那金山湖的风光依旧，然而，两人的心境却大不相同。还记得去年看金山湖时，湖水茫茫，如同泪光。今年那湖水却如同美酒，让人沉醉。不久，捷报传来，轰动了整个南风坡。二十七日，江子游和胡烈从金山湖回程，江家的江凤鸣、大太太、二太太、周玉凤，以及胡家的胡老爹、胡北峰等人一早就来到江口，迎接两位新科老爷。知县任老爷、徐师爷和书院的宗师等一众官僚也来了。报喜的人来往数次，报告两位新科老爷离江口的里程数。不多久，只见一群人簇拥着两匹白马，上面高高坐着胡烈和江子游，皆昂首挺胸，披红带彩，缓缓而来，好不威风。霎时，锣鼓喧天，爆竹声响，喇叭声起，县太爷亲自向胡烈和江子游敬酒，徐师爷亲自敲锣，众人分列两旁，纷纷道贺。过后，任县令又请胡烈和江子游先回驿馆休息，还说南风坡一日同中两名进士，乃百年一遇的盛事，为此特意在衙署安排了一席晚宴，算是为两位新科老爷接风。那场景，就如同当日江子游在那个初秋晌午时分做过的梦境一样。此时此刻，胡烈春风得意，昂首挺胸。而江子游如堕在梦里，一片朦胧，如真似幻。在去驿馆的路上，江子游又想起他大哥来了，想着要向大哥报喜，便问他父亲江凤鸣："爹，我去科考的这些日子，我大哥有没有来找过我？"

江凤鸣故意装糊涂："你哪个大哥？"

见江子游用炙热的眼神望着他，也许是心虚了，便说道："你是不是说那个徽州贩丝的客商吴炼澄？他呀！听说又开着货船与大同来的几个客商一道去成都府贩丝去了，成都府离这里千里之遥且重重山、重重水，少说也得一年半载才能回呢！"

江子游听了，信以为真，嘀咕道："我大哥真是个一刻也闲不住的人呀！"

"商人嘛，向来如此，他们如苍蝇一般，哪里有点利益就往哪儿钻。"江子游对父亲的嘲弄沉默以对，心中却不以为然。

等到了晚上，为了给两位新科老爷接风洗尘，衙署门口挂起了一排宫灯，里面布置得灯火辉煌，如同过节一样。大厅内摆了五桌，还摆不下，外面又摆了六桌，桌上一律堆满八色珍馐，汤陈桃浪，酒泛金波。下面歌舞缦起，丝竹奏鸣，十二个歌伎轮番唱南曲助兴，合城大小官员都来送礼道贺。江子游和胡烈坐首席，县太爷陪坐，学院宗师打横，那场面好不风光。

吴炼澄在狱中隐约听到锣鼓欢歌，惊觉道："外面为何有欢歌笑语声？"

牢子道："自是衙门里有喜事。"

后又闻到一阵肉羹香气，问："平时饭菜都是剩饭馊水，今晚饭菜如何有肉羹？"

牢子又笑道："县太爷为两位新科老爷治酒，满城庆贺，故而你们今日也有此口福哩！"

吴炼澄听了，心想，二弟、三弟不知是否高中？或许那两位正在吃酒庆祝的新科老爷就是咱二弟和三弟吧，想到此，心中高兴，两眼不知不觉流下一行热泪，捧着那一瓯热气腾腾的肉羹，呼噜呼噜几口吞下肚去。

"慢点，慢点，看你这打脊的饿老鬼！"牢子摇着头轻蔑地笑起来。

吴炼澄也不看牢子一眼，依然痴笑着，脑海里浮现出过去和二弟、三弟一起吃酒、一起唱歌的情景，那是多么欢快的情景呀，他想，那种欢快可不是一般人能够领会的，那种欢快也绝非此刻衙门里的那种欢快所能比拟吧！

县府贺喜的筵席直吃到一更才散，众人轮番把盏敬酒，江子游和胡烈都吃得酩酊大醉。席散后，就让两人在衙门府中下榻歇息。第二日，又是江家治酒，款待任县令及上下官员。第三日又是胡老爹在月明楼摆酒，夏老爹和夏婶子打下手帮衬。到了下午，县太爷回衙，正好上面公文下来，要提审吴中帮贼犯，命限期内将贼人押解州府。

徐师爷问任县令："贼首范三爷和吴炼澄都已审问明白，其余从犯也都发落清楚。只是那吴炼澄与胡烈老爷是结拜兄弟，是不是要看在胡烈的情面上，将吴炼澄的罪状从轻发落？"

任县令想了一想，说道："糊涂！正是因为那吴炼澄与胡烈是兄弟，才不能轻饶！"

徐师爷问："这是为何？"

任县令说："你想想，胡烈是新科老爷，即将入朝为官，要是放走了吴炼澄，让他继续跟胡烈往来，或是让外人知道了他们曾是兄弟，这事若是传出去，岂不正好授了当朝官员把柄，坏了胡烈的前程？"

徐师爷又问："那大人打算如何处置呢？"

任县令说："吴炼澄的罪名，可大可小，你尽管在文书中将其罪名大书特书，把文字做得实了，请上司严加发落。"

那徐师爷听罢，遵命而行，在审结判书中将吴炼澄的罪名条条开列，就连不曾犯过的事情也强安在吴炼澄的头上，说吴炼澄勾结吴中帮，欺压来往客商和渔民，又在岛上窝藏兵械，意图谋反，将判书做得滴水不漏。上司看到文书，见是谋反大罪，就大笔一挥，判了吴炼澄和范三爷一个秋后绞刑，其余从犯一律杖脊一百，发配边疆。

# 四十九

等到选官之日，江子游选了东安道知县，胡烈选了天兴道知县，一个在南，一个在北。东安是个小县，人口稠密。天兴则地广人稀，物产丰饶。朝廷叙功，因为县令任达剿匪有功，升为京官，调为水部员外郎，主管舟车、河渠、盐务等职事。一日，任县令置酒款待胡烈与江子游，又相互勉励，讲起为官之道，传授多年为官心得，讲得头头是道，让胡烈和江子游受益匪浅。席间，江子游和胡烈问起任县令什么时候赴京，任县令说因为水部官员空缺，户部接连发文来催，来不及和同僚一一辞行，翌日就要上京去了。嗣后，江子游与胡烈约了几个要紧官员，又在月明楼治酒，送任县令赴京，直送到武陵渡口折返。

过了几日，胡烈不忘之前许诺，待到金榜题名后，亲自去碧溪小林向沈南风提亲，备了厚厚的一担彩礼，风风光光娶沈霜儿过门。吃过了胡烈和沈霜儿的喜酒。江子游也打点行装，携家眷玉凤和仆人江安去东安道赴任。待到那边安定之后，再接江凤鸣、大娘、二娘和子钧同住。临行的前一个晚上，江子游与胡烈在青衣江河房内吃酒，江子游把盏，问道："三弟，你打算什么时候去天兴道赴任？这边可都已料理妥当了？"

胡烈说："等处理完这边家里和衙门的事务，还要去见几位同僚，请学道及书院宗师吃完节酒，过了初六日，再和霜儿一道去普安寺烧过香，为她过世的亲娘还了血盆愿心，恐怕要等到本月初十日，才能动身赴天兴道就任。"

江子游问："此去远地，一别之后，不知何时才能见到三弟？"

胡烈道："霜儿他爹说已经在碧溪小林住惯了，况且天下难得有碧溪小林这样安静的地方，死活不肯跟我们同去天兴道，也罢，我只得每年过节时回来看望老丈人。只是，二哥一家老小都赴东安，不知二哥此去之后还会回南风坡吗?"

江子游说:"当然还会回来,等到年后,估计大哥从成都贩丝也回来了,我们三兄弟,还有霜儿,还要一起去月明楼吃酒,一起游青衣江看花灯,一起登云母山、爬古城墙……"

江子游看着暖阁外茫茫一片的江面,似乎被江风勾起无限的回忆和惆怅,他把金樽倾满,轻轻地说道:"三弟,你看这江面真广阔啊!想起我们三兄弟泛舟江上,你吟诗,我弹琴,大哥起舞,这样逍遥快活的日子,不知还能否再有?"

胡烈似乎也被江子游的惆怅感染了,吃了一口酒,劝慰说:"二哥,今天恁的一个大喜日子,何故说这些没气力的伤心话?我想纵然大哥去成都贩丝,一去不返,我们兄弟二人也可以放歌湖上,激扬文字,尽叙平生青云之志。再说,我们现已官袍加身,更应处处小心,以免招惹朝廷非议。以大哥那种江湖习气,如果我们总是混迹其中,恐怕不是长久之计。"

江子游沉吟片刻,说道:"三弟说的也是,待大哥从蜀地回来时,我们再好好劝劝大哥,他纵不肯替朝廷效力,但若像沈世伯那样,归隐林中,也落得个逍遥自在。"

胡烈笑道:"以大哥那种性子,只怕劝不动他。"

两个人又吃了一回酒,互相叮嘱了一番,叙了些闲话,约定等到了任所后,哪怕不能再见面,也要鸿雁传书,互通音信。见天色已晚,两人各自散去。第二日一早,江子游带着玉凤和江安去江口坐船,远赴东安道上任。江凤鸣、大娘、二娘和子钧都来告别,江凤鸣见儿子学有所成,如今远去他乡为官,一朝离别,不免感伤,忍不住老泪纵横。俄而,胡烈和霜儿也过来送行。那日,沈霜儿穿着一件软银轻罗百合裙子,上面着掐花对襟外裳衣,头戴周玉凤送给她的那支紫荆花簪儿。沈霜儿轻轻跳上客船,一上船便拉着周玉凤的手说道:"都怪胡烈这人慢条斯理,老不打紧,若不是中途换了一匹快马,险些儿没赶上给姐姐送行哩!"又说:"往后我们姊妹天各一方,不知何时才能再见面?姐姐到了那边后,一定记得常来个信儿,免得妹妹牵挂。"说罢,哭了。玉凤穿着一件水袖百褶凤尾裙,戴着那支丁香花簪儿，微笑如风中一朵含苞待放的百合，她紧紧握住霜儿的手，轻声说道："妹妹不用挂心，等妹妹到了天兴后，若遇见去东安的客商，记得托那人捎个信儿，报个平安。姐姐在东安这边，若是想念妹妹了，不管路程有多么遥远，只要江郎哪天有空了，无论如何我也要劝他一起坐船儿来看望妹妹。"这一边，胡烈也紧紧握着江子游的手，说道："二哥，珍重！"江子游也哽咽地道一声："三弟，珍重！"说罢，彼此潸然泪下，一切说不完的话似乎都隐含在一声"珍重"之中了。胡烈又亲自斟满酒，向江子游饯行。江子游回敬，叮咛再三，互道祝福。四个人在船中，八目相视，难舍难分，连一旁的家人和掌托的船家见了都有些动容了，江安眼圈儿也红了，不停地用衣襟擦拭眼角。临到要分别之时，那船挂起一面知府的水牌，家人把箱笼囊箧一应搬进船舱内。等到所有的东西都清点完毕后，船家拜了神福，趁着顺风顺水，松开缆绳，开船向东驶去。江子游立在船头，远远地看着岸上的胡烈和沈霜儿，他看见胡烈搀扶着霜儿，江风把霜儿的衣袂飘起来，把两鬓的头发拂起来，宛若洛水女神。

不一会儿，那船越行越远了，转眼就到了江心。见外面风大，玉凤叫江安去船头招呼江子游进船舱内坐。江子游应了一声，说马上就过来，却依然站在船上一动不动，一面怔怔地看着岸边，一面想着心事。玉凤见江子游迟迟不进舱内，便亲自起身，给子游披衣。江子游立在船头，披着飞鱼氅衣，搀着玉凤，极目远眺，直至再也看不清码头上的胡烈，也再看不清霜儿了，方才回到船舱里面……

初十那日，是胡烈带着沈霜儿、胡老爹和胡北峰远赴东安道上任的日子。沈南风带着家仆一直送到枫林渡口方才折返。临行前，霜儿姑娘又一次劝说父亲与他们一道去东安安享天年。沈南风舍不得碧溪小林的一草一木，打算留在小林终老，故而任由胡烈和沈霜儿怎么劝，都不肯去。从枫林渡口回来后，园圃中的金盏花也次第开了，花牌上的小令仍在，只是经过风雨的冲刷，稍显斑驳。那些花牌就隐在花草丛中，上面还沾有绿色的苔痕。小林中曾经飘荡着霜儿的欢歌笑语，还有吴炼澄、胡烈、江子游等人劝酒吟诗的打闹声，如今惟有溪水潺潺、冷风晰晰，见此情景，沈南风也忍不住发出一阵感慨。因心里惆怅，便叫家仆拿出新酿的糯米酒，去草亭内，想找老友一起吃酒，竟找不到。于是，独自一人坐在草亭，闷闷地吃了一瓷瓯甜酒，吃得醉眼蒙眬，靠着草亭栏杆，沉沉地睡去了。

时光荏苒，日月如梭，自从胡烈和江子游分别去天兴道和东安道赴任后，转眼又过了三年。这三年内，两兄弟各主政一方、兴修水利、救济灾民、兴办义学、修缮堂庑，为地方办了不少好事。尔后，朝廷叙功，胡烈调往蔡州任知府，江子游升任汀州知府，相隔更加遥远。一来山遮水隔，二来政务缠身，两人各自忙忙碌碌，说好的两年后兄弟俩要在南风坡青衣江画舫内再度聚首，一起吃酒，竟也变得遥遥无期，甚至，两个人之间的书信往来也越来越少了。

那时，江凤鸣、大娘、二娘也卖了在南风坡一半的产业，只留下在南风坡的几间祖屋和高塘口的数十亩水田交由二娘那边的兄弟打点。家人便一起随着江子游去了北边，后来又辗转于多个地方。那时，子钧也已经长大了，进了学，跟随他在府中温习诗书，工于举业。二娘也不像从前那么尖刻了，在子游面前总是客客气气的。然而，世事纷繁，宦海沉沉浮浮，做官既不得意，又加之官场的虚与委蛇，尔虞我诈，让江子游更加身心俱疲，他虽身在魏阙，却心在竹林。每逢归家时，凭栏望月，遥想当年和吴炼澄、胡烈、沈霜儿一起游青衣江、泛鸡鸣湖、登云母山的种种情景，心想那种逍遥自在的生活不知何时还能再有！他有时觉得心累了，就在凉亭子抚琴一曲，就跟玉凤抱怨一通，说自己总有一天要辞了官，回南风坡，做一个山林中的老农，去看望他大哥吴炼澄，再一起划着小舢板去碧溪小林拜访沈世伯，循着当年的足迹重游故地一遍，那是何等惬意！这时，玉凤便笑着说："你要做一个山间锄禾的老农，我就做一个为你端茶送水的农妇。"可是，这终归只是一句玩笑话，一来公务繁忙，二来玉凤已身怀六甲，回南风坡的计划也就一推再推，如此又耽搁了两年，终不能成行。

就在江子游离开南风坡的第七年，这一年，天下大旱，瘟疫流行，民不聊生。没多久，神宗驾崩，高太后主政，新法尽废，不少拥护新法的官僚或被打入监牢暗无天日，或被远黜边寒之地。胡烈因曾在汤县令和任县令下面办事，早已看透新旧两派的争斗，故而左右逢源，两边都不得罪，一路官运亨通，直升到了同知枢密院事，一时成了京城民望。自从离开东安道调任蔡州知府以来，这些年胡烈又辗转大名府、河东路、淮南路、京兆府等多个地方为官。从地方直到中央，从知州直到枢密院知事，胡烈的官越做越大，政绩越干越突出，公务也越来越繁忙，常常忙至深更半夜，有时忙得就在公廨过夜。胡烈醉心于公事，撂下沈霜儿在家，独守闺房，沈霜儿有时三四个月难得见到胡烈一面。虽然，沈霜儿在家穿金戴银、呼奴使婢，可是守着深宅大院，也不免常常感到孤单冷清，所以，每每闲着无事时，便想着当年兄弟姊妹们在南风坡时一起游青衣江、赏花灯纵情玩乐的情景，总不免唏嘘感叹。如今的沈霜儿，已经不再像碧溪小林中那个无忧无虑的沈霜儿那样快乐了，她美丽的容颜下总是藏着淡淡的忧愁，然而，胡烈并不知道，还经常说她做了诰命夫人，却还像在碧溪小林中不懂事、不成熟的样子，与家中的大小丫鬟们打闹一处，一点也不像一位官太太，没有半点官太太的威仪。沈霜儿听了，只当作耳边风，一笑置之。可当这样的话说多了，沈霜儿便偶尔忍不住嘟着嘴回敬一句："我固然是当初碧溪小林里那个又疯又闹的野丫头，可胡郎却不再是当初那位在沙洲河鲜坊卖字、算命的胡郎！"胡烈一听，红着脸，说："切莫在他人面前提起这话！当初卖字、算命，实不得已，要是被我同僚知道当年那些糗事，岂不措颜无地！"沈霜儿听罢，只冷笑一声，带着一股莫名的惆怅和失望，不再多言了。

一年后，儿子胡绯在京兆府出生，让倍感孤单的沈霜儿总算有了一点寄托。沈南风听说自己有了外孙，高兴得托前往京兆府贩丝的客商捎信，寄了很多绸子布、瓜果，还有围涎、长命锁和碧溪小林的糯米酒。又在信中说十二日端午前，要坐船去京兆府看望女婿和外孙，顺便一起过节。沈霜儿收到父亲寄来的东西，既高兴又倍感亲切，就连那糯米酒喝起来也觉得比以前要清甜爽口很多！倒是胡烈不以为然，说道："这些东西，我差佟管家去东镇集市上采办便行了，何必如此大费周章大老远地寄过来？"

因听说父亲要来京兆府，沈霜儿兴奋得整宿未睡，提前一日就带着胡绯和家仆去东兴码头等候。那天，江面上雾气朦胧，涛声不绝于耳，等了足足一个多时辰，终于看到沈南风坐的客船缓缓驶来了。当看到沈南风的第一眼时，沈霜儿便已热泪盈眶。想不到几年不见，父亲更老了，两鬓的头发和胡子都斑白了，背也佝了。那时，沈南风穿着一件宽大的青色道袍，挎着一个酱色行囊，后面跟着一个老仆，拎着大包小包。看见女儿衣着华丽，外孙乖巧可爱，沈南风满心欢喜，旅途的疲惫一扫而光，说起沿途的风尘，也不值一提。父女俩多年不见，自然有说不完的知心话。当日下午，胡烈也早早告假回府，设宴款待老丈人。在宴席上，说起自己因公务繁忙，不能亲自去接老丈人，深感不安，又说起请老丈人在京兆府多住几日之类的话。沈霜儿则十分关心碧溪小林中的园圃。

"园圃中那些花都开了吧？"

"现在绣球花开得正好哩！"

"那些木牌都还在吗？上面的小令也还在？"

"嗯，都在的。"

那一天，沈南风因为高兴，吃得酩酊大醉。晚上安顿了老丈人后，胡烈叫差人备马、提灯笼，回衙门继续办公。住了几日，沈南风终因耐不住深宅大院的清冷寂寞，并且，总是惦记着碧溪小林园圃中那些花草瓜果，执意要回去。胡烈和沈霜儿一再挽留，又勉强在京兆府住了半月有余。一日，终于吵着嚷着，带上谢老儿，两个人坐客船回碧溪小林去了。

等胡烈做了京官，举家迁往东京，那时儿子胡绯也快三岁了。沈霜儿便开始教他读书认字，让他读《百家姓》《千字文》之类，四岁便让他背诵《诗经》。胡烈既做了京官，比起在地方更加忙碌，常常早出晚归，不知疲倦。沈霜儿则把所有的时间和心思都放在教子上面。一日，清明节前，东京大小官员的家眷都去桃林踏青，翠明湖边游人、仕女如织。沈霜儿带着胡绯，也打算去桃林看花，才走到半路，家仆匆匆忙忙送来从碧溪小林寄来的家书，信上说沈南风的老寒腿严重了，好几天躺在床上不能下地，不知还能熬过多久，叫沈霜儿和胡烈快回南风坡去看一看。沈霜儿顿时慌了神，忙叫家人收拾好食盒锦缎，打道回府。等到晚上胡烈回家，沈霜儿拿出家书给胡烈看，又说道："我想带绯儿回南风坡去看望我爹，顺便在碧溪小林多住几日，陪陪他老人家。"胡烈听了，并不反对，只是说道："想来我们也有五六年没有回去了，不知现在的碧溪小林怎样？丈人有病，我本该同你一起去探望丈人，奈何公务缠身，一时走不开，只好劳你带着绯儿独自儿回去，等这边清闲下来，我再派人去接你。"说罢，仍不放心，又吩咐家仆王庆和宗胜同去，好一路照应。到了十三日，叫了一条大船，胡烈让家人挑着一担礼物，亲自把霜儿与胡绯送到千机渡口。那开船的主人是个积年的水手，拜了福神后，挂起府院的灯笼，张着风帆，一路行到了三青岩，上了岸，又改成坐马，不消半月，沈霜儿便回到阔别已久的南风坡了。

却说江子游自汀州调往距东京更远的汝州做府尹后，在汝州为官多年，政绩显著，可一直未见升调。属下官员都感不平，江子游却毫不在意。汝州地方虽然偏僻，喜的是也有好山好水，闲暇之余，江子游便与同僚一起游山玩水，游目骋怀，曲水流觞，极尽欢乐。不想，父亲江凤鸣在汝州年事已高，因水土不服，染了瘴气，一朝辞世，逝前对江子游细细叮嘱说："我走后，当把我葬回南风坡祖坟内，也算落叶归根了！"江子游不敢忘记父亲遗言，把棺材停在房中，请朝霞寺的和尚们连做了三昼夜法事，等法事已毕，便奏报朝廷，请求丁忧去职。朝廷准奏，江子游除去官服纱帽，穿上黑色葛布粗衣，倒也一身轻松。因二娘抱恙，子钧须留在家中侍奉二娘，玉凤在家带着漾儿，要等过完十五才一道回去。江子游只带着大娘、老管家江安和两个家仆，于初五日早上，先行扶柩返回吴中。从汝州到吴中南风坡，有上千里之遥，须先走陆路，再走水路。江子游一路攒行，风餐露宿，不到一个月，便到了枫林渡口，正赶上连夜大雨，只好在渡口处找了一户渔民家避雨。等家人都沉沉睡下后，那雨还渐渐沥沥下个不停。江子游一个人在草席上辗转反侧，听着外面潺潺的雨声，久难入眠，想起曾经和吴炼澄、胡烈一起在青衣江乌篷船内听雨的情景，何等惬意！如今四旬已过，半生薄凉，身如一片枯叶，随风飘零。心自揣测，不知大哥吴炼澄如今过得好不好？以他那旷达的天性应该过得不错吧？是不是还像以前那样驾着大船走南闯北去贩丝，一刻也闲不住？一想到不久便又能与大哥相见，畅叙胸臆，不免百感交集，恨不得这一夜江风，直把自己送到南风坡。

到了第二日早上，雨停，碧空如洗。江子游和家人用过早膳，去枫林渡口等船。等了半日，不是路过的船小，载不下这许多人，就是船主人嫌运棺材不吉利，不肯载。好不容易，等来一只大船，只见船上挂着白帆，打着天字号的旗帜，原来是一位贩丝的客商，泊在枫林渡口。江子游叫江安去问一问那船是否肯载他们回南风坡一程，江安回来后禀告说："船上朝奉问了船主人，那船主人听说是朝廷官员丁忧回家，扶柩归葬，当即就表态愿意载客。只是船主人说船上中舱里装着一船绢丝，后舱是主人家眷，我们只可于艄头存坐。"

江子游说："不妨，能让我们坐他的船，已是感激不尽，何敢再有奢求？况且这里离南风坡也只剩半日路程了。"

不一时，把棺材和行李全部移到船上，家人就在船头坐着。水手在渡口买了东西，回来开船。朝奉十分客气，亲自送瓜果点心和茶水过来。

江子游问："你家主人是哪里人？"

朝奉说："就是南风坡人，前几日主人从镇江收了一船丝，打算放在铺子里发卖。昨日遇上大风雨，不能行船，主人便把船停在港湾，天幸遇见大人一行。"

不一会儿听到中舱里传来人声，那朝奉说："我家主人来了。"

须臾，只见一个穿锦服、束玉带的男子走出来，江子游一看，怔在原地，那人见了江子游也同样吃了一惊，原来这人不是别人，而是陆元贞，曾经在南风坡一起吃酒的兄弟！两人相见，不胜欢喜，那时陆元贞已经留了一圈髭须，江子游眉间也添了很多深深的皱纹。两人见了各自家人，互道问候，陆元贞就在后舱放桌儿摆酒，请江子游上座。两人对饮，谈着各自的遭际，说着近年来南风坡的变化。原来，陆元贞已经接了吴炼澄的班，成了一位走南闯北贩丝的客商，生意越做越大，就连扬州、常州、临安等地也都有自己的分号。

"说起来，还多亏吴大哥，手把手教我怎么经商，告诉我哪里的丝好，哪里的丝便宜，又教我怎样囤货，如何押船，如何与各地商埠、码头的财主们打交道，如果不是当年吴大哥带着我去贩丝，告诉我这些行商的门道，我哪里会有今天？"陆元贞说道。

江子游便问："如今我大哥人呢？他还经常走南闯北去贩丝，一点也闲不住吗？"

"你大哥？"陆元贞霎时变了脸色，眼中掠过一道悲哀的光，沉吟了半晌，说道："难道你还不知道你大哥的事？"

江子游问："我大哥发生了什么事？"

"你真不知道？"

见江子游瞪大迷惑的眼睛，陆元贞说道："自从你远赴东安道做官后的两个月，也就是那个秋后，大哥被官兵押到刑场……，那个任县令，可真狠！生生判了大哥一个绞刑！"

江子游一听，整个人都懵掉了，他一双眼睛睁得大大的，嘴巴大张着，半天没有醒过神来。

江子游问："我大哥不是去成都贩丝了？"他还清楚地记得那年高中回乡，他爹江凤鸣对他说吴炼澄押了船去成都贩丝的事。

陆元贞说："他哪里去成都贩丝？大约在你们赶考的前一日，不知官府的人怎地就寻到了兰溪边二里头巷，一条索子一声喊就把大哥抓走了！"

"大哥是条汉子！被皂隶百般凌虐，哪怕被打得遍体鳞伤，却不曾吭过一声！"陆元贞吃了一口酒，咬了咬嘴说："可怜大哥临刑前却还在念着你和三弟的名字哩。"

这一回，江子游不由得不信了，他先是震惊，继而悲恸，巨大的悲伤如排山倒海一般袭来。他的眼圈儿红了，也许是因年纪大了，怕人看见他哭的模样，忍着，只是用衣襟拭了拭眼角。陆元贞以为是船上风大刺眼，见他面前的酒樽空了，又连忙倾满酒。

"二哥，你再吃一杯。"

"我酒够了。"

陆元贞说："怕是这酒不合二哥的口，再说这船身窄小且又风大，款待不周。等到了岸上，小弟再寻个宽敞地儿，正式摆酒为二哥接风。"

江子游看着白茫茫的江面出神，过了一会，他幽幽地问道："我大哥，如今葬在何处？"

陆元贞说："大哥死后，是碧溪小林的沈世伯去收的尸骨，就葬在碧溪小林附近的白虎丘上。"

江子游道："好，好，我大哥生时为人，放荡不羁，死后为神，魂归自然，与山水长伴，这样也好，也好。"说罢，终于忍不住流下两行眼泪，伴着江风夹带的雨水，点点滴滴，全部洒入了酒樽之中。

陆元贞又向他说起南风坡近几年的变化："南风坡青衣江旁边新修了一道河堤，堤上都植了桃、杏，每当桃花、杏花盛开时，吴中的游人、仕女就出来踏青。去年，古城墙塌了半边，县尊调集民夫又新修了城墙，一律用青砖白玉，墙加高了一丈、加厚了一寸，显得更气派了！"

陆元贞又说："当年我们一起吃酒的月明楼被改成了刘公公的内宅，自从刘公公被抄了家后，那座宅邸又改成了县衙公办的学堂，每每打那儿经过，就能听见童子们的朗朗书声。"

时移世易，这些年南风坡确实大变了模样。县令换了三任，当年的熟人也都已经老去了。"江南三友"的名号，曾在坊间被人传颂，如今也没有几个人知道了。江子游吃完樽中的酒，吩咐江安说："等到了南风坡，下了船，你去岸上买一些香烛、纸马，我想去碧溪小林的白虎丘，亲自到我大哥坟前祭奠一杯水酒。"

陆元贞说："我初二日才在大哥坟前烧了一陌冥纸，等会下了船，让朝奉在船上守着货物，我陪你一起去！"

陆元贞又说："你去碧溪小林，正好可以见见霜儿姑娘哩，她上个月二十八日从东京坐船回来看望沈老爹。如今，霜儿姑娘出落得更具风韵，面如满月，再也不像那个又跳又跑的野丫头了。她儿子胡绯已经六岁，扎着一个犄角，拽着他娘的后衣襟，像极了胡烈，一见我就叫叔叔，叔叔，简直乖巧得不得了！"

江子游呀了一声，说道："霜儿？霜儿也回来了？呀！我们大概有十几年没有见面了，她儿子都这么大了，那么，我二哥胡烈，他也回来了吗？"

　　陆元贞说："你兄弟没回来，听说他如今当了同知枢密院事，终日忙得抽不开身！"

　　"二哥不回来实在可惜！"

　　"他官运亨通，这一生也算如愿了。"

　　两人又闲聊了一阵，那一壶酒已经吃光。不知几时，江风越来越大了，那白帆被风刮得呼啦啦直响。茫茫的江面与天相接，白鸥翻飞、流云聚散、寒水空流。陆元贞已经吃醉了，耷拉着脑袋，在江风中一副悠闲自得的样子。江子游却没有醉，他凭栏远眺，凝望着对面如野兽脊梁一般起伏的江岸出神。在顺风借力下，那船越行越快，离南风坡越来越近。此时，江子游归乡心切，他的神思也早已飞越了山川，飞过了青衣江，飞过了鸡鸣湖，轻轻地落在了碧溪小林。他像是做了一个梦，在梦中，只见沈霜儿从林中木屋里飞奔出来，扎着辫子，露出红彤彤的脸，依然那样楚楚可爱，朝他又笑又跳。过去，吴炼澄带着他们这班兄弟姊妹一起游山玩水的情景，也像梦中的呓语一般，随着阵阵江风，纷至沓来，那些在一起的欢歌笑语和吟诗作赋也慢慢清晰起来。那梦，就像当年他们夜游青衣江时听到的渔家女儿的歌声一样，时远时近；又像他们吃过的酒一样，有时寡淡，有时浓酽。那梦，既是旧梦，又是新梦。